10
18
12, AVENUE D'ITALIE. PARIS XIIIe

Sur l'auteur

Frank Tallis est un docteur en psychologie renommé, spécialiste des troubles obsessionnels. Il a d'abord publié des essais de psychologie grand public, puis des romans (*Killing Time* et *Sensing Others*) pour lesquels il a reçu en 1999 le Writer's Award de l'Académie des arts de Grande-Bretagne et, un an plus tard, le New London Writer's Award. Sa série viennoise, *Les Carnets de Max Liebermann*, débute avec *La Justice de l'inconscient*, saluée dès sa parution par une critique et un public unanimes. Frank Tallis vit aujourd'hui à Londres.

FRANK TALLIS

COMMUNION MORTELLE

Traduit de l'anglais
par Michèle VALENCIA

INÉDIT

10
18

« Grands Détectives »

créé par Jean-Claude Zylberstein

Du même auteur
aux Éditions 10/18

« Les Carnets de Max Liebermann »

LA JUSTICE DE L'INCONSCIENT, n° 3982
DU SANG SUR VIENNE, n° 3983
LES MENSONGES DE L'ESPRIT, n° 4087
LES PIÈGES DU CRÉPUSCULE, n° 4215
► COMMUNION MORTELLE, n° 4313

Titre original :
Deadly Communion

ISBN-978-2-264-04804-2

PREMIÈRE PARTIE

LE TEMPLE DE THÉSÉE

1

Assis sur une chaise en bois, au chevet du lit de repos, Liebermann avait adopté une attitude qu'il trouvait propice à l'écoute : jambes croisées, poing droit contre la joue, extrémité de l'index appuyée sur la tempe. Allongé, son patient, Herr Norbert Erstweiler, ne pouvait voir le jeune médecin. De fait, Herr Erstweiler ne voyait pas grand-chose à part le plafond blanc et, s'il baissait le regard, une porte dont la partie supérieure était en verre opaque. Dans ses yeux agités se lisaient le malaise, l'appréhension. On aurait dit que Herr Erstweiler craignait l'arrivée d'un intrus, songea Liebermann.

— Je n'attends personne, précisa donc le psychiatre.

— Je vous demande pardon ?

— Nous n'allons pas être interrompus. Personne ne va entrer.

— À la bonne heure… je n'aurais pas aimé être dérangé.

— Vous parliez de troubles du sommeil.

— En effet. Je n'arrive plus à dormir. Je me couche, j'éteins la lampe et, aussitôt, la terreur m'envahit. C'est à cause de l'obscurité… à cause de quelque chose qui est lié à l'obscurité.

— Quelque chose que vous sentez alors ?

— Non, je ne dirais pas ça. C'est plutôt la qualité de l'obscurité… son vide. Et je ne mange presque rien non plus. Mon appétit s'est envolé et mes selles sont molles.

Liebermann remarqua que ses mains tremblaient légèrement.

— Avez-vous des difficultés à respirer, Herr Erstweiler ?

— Oui, je me sens oppressé et mon cœur cogne sans arrêt. Il ne fonctionne pas correctement. Je le sais.

Liebermann consulta les notes posées sur ses genoux.

— Non, Herr Erstweiler. Vous n'avez pas de problème cardiaque.

— Je ne suis pas sûr que le cardiologue que j'ai vu m'ait examiné avec toute l'attention nécessaire.

— Le professeur Schulde est un très bon spécialiste.

Erstweiler jeta un coup d'œil vers la porte.

— Peut-être… mais même les spécialistes se trompent parfois.

Liebermann scruta son patient : la trentaine, des cheveux bruns parsemés de fils blancs, un visage mince aux traits tirés, des yeux injectés de sang, des marques de doigt sur ses lunettes. Le front était creusé de trois rides, une courte, une longue et une courte. Profondes, elles resteraient à jamais. Il avait négligé sa toilette et son menton était rugueux.

Erstweiler posa une main pâle sur son cœur aux battements précipités.

Le jeune médecin se rendit compte que l'évocation de ses symptômes rendait le patient encore plus anxieux. Il décida donc de le distraire de ces sombres pensées en modifiant ses questions.

— D'après ce que j'ai cru comprendre, vous êtes arrivé à Vienne il y a peu de temps.

— Oui, je m'y suis installé juste avant Noël.

— D'où êtes-vous ?

— De Tulln… vous connaissez cette ville, docteur ? demanda Herr Erstweiler avec espoir.

— J'en ai seulement entendu parler. C'est là que vous êtes né ?

— Non, je suis né à Eggenburg, mais ma famille s'est installée à Tulln quand j'étais très jeune. Ce n'est qu'une ville de province tranquille. Mais je suis moi-même un type simple, qui se contente de peu. Marcher, pêcher, faire un peu de bateau à rames en été, voilà qui suffit à mon bonheur.

Erstweiler cilla et un faible sourire adoucit ses traits.

— J'étais très heureux à Tulln.

— Pourquoi êtes-vous parti ?

— Après le décès de mon employeur, je n'avais plus d'utilité là-bas. J'étais le secrétaire particulier d'un conseiller, le conseiller Meternich, et je travaillais à l'hôtel de ville. Ce n'était pas un poste très prenant – courrier, tenue de l'agenda, ce genre de choses. Meternich est mort en automne de l'année dernière. Sa maladie a été très longue. Il savait…

Erstweiler hésita et bégaya.

— Il savait qu'il a… allait mou… mourir…

À l'évidence, le malheureux luttait pour surmonter une scène qui l'avait horrifié. Après une profonde inspiration, il poursuivit :

— … et il m'a recommandé à un ami pour un poste d'employé de bureau. Meternich était un aimable vieux monsieur et il se doutait que j'aurais des difficultés à trouver un emploi à Tulln. Son ami, Herr Winkler, est un homme d'affaires qui importe du Japon meubles et objets d'art. Je travaille à présent dans son entrepôt, à Simmering. Ce n'est pas très bien payé, mais on m'a dit que je serais bientôt augmenté.

Liebermann prit quelques notes et demanda :

— Vivez-vous seul ?

— Oui… non. C'est-à-dire que… J'ai pris une chambre chez un monsieur tchèque et son épouse.

— À Simmering ?

— Tout près de l'entrepôt de Winkler.

— Avez-vous de la famille ou des amis à Vienne ?

— Non.

— Et à Tulln ? Y avez-vous laissé des proches ?

— Mes deux parents sont décédés. J'ai un frère aîné… mais nous ne nous sommes pas adressé la parole depuis des années. Il est allé vivre à Salzbourg. C'est un fonctionnaire important dans les chemins de fer. Il porte l'uniforme aussi bien qu'un général ! Nous n'avons jamais été très proches. Il trouve que je manque… d'ambition, conclut Erstweiler avec une grimace.

De l'index Liebermann se tapota la tempe, puis griffonna les mots : *anxiété névrotique* et *anxiété hystérique*. Mais il n'était pas satisfait de ce premier diagnostic. Après avoir remarqué que son patient jetait de nouveau un coup d'œil vers la porte, il ajouta entre parenthèses : *démence paranoïde ?* Puis il décida de revenir aux symptômes.

— Quand avez-vous commencé à ressentir ces malaises, Herr Erstweiler ?

— Il y a environ une semaine. C'est arrivé d'une façon soudaine.

— Avez-vous souffert de troubles comparables dans le passé ? De difficultés à respirer ? De rythme cardiaque précipité ?

— Non, jamais. J'ai toujours été en parfaite santé.

— S'est-il produit quelque chose qui vous a bouleversé ?

Erstweiler ne répondit pas. Liebermann persista :

— Avez-vous reçu une mauvaise nouvelle, été témoin d'un accident, mis fin à une relation ?

— Non… rien de ce genre.

— Mais quelque chose s'est bel et bien produit.

Erstweiler ferma les yeux. La simple idée de se dévoiler lui donnait envie de se couper du monde.

— À votre avis, qu'est-ce qui ne va pas ? demanda Liebermann d'une voix douce. Que signifient ces symptômes ?

Le patient rouvrit des yeux vitreux, fixes, et répondit d'une voix elle aussi terrifiée :

— Que je vais mourir.

— Mais vous vous portez très bien, Herr Erstweiler ! Tous les examens et les analyses ont montré que vous étiez en parfaite santé. Certes… ajouta Liebermann en tapotant son stylographe sur le bras de son fauteuil pour attirer l'attention de son patient. Il n'y a aucun doute, vous souffrez en ce moment d'anxiété – hyperventilation, tachycardie, insomnie et perte d'appétit –, mais ces symptômes sont relativement bénins.

Erstweiler ignora ces arguments.

— Mon sort est scellé, souffla-t-il. Je vais mourir. Et il n'y a rien que vous puissiez faire pour me sauver, ni vous ni vos confrères. Quand la mort frappe à la porte, on ne peut pas la renvoyer.

Liebermann ajouta une mention à ses notes.

— Herr Erstweiler ?

Ce dernier parut s'arracher à sa distraction. Ses yeux revinrent se poser sur le monde réel – le plafond, la porte.

— Oui ?

— Il vous est arrivé quelque chose. Si vous voulez que je vous aide, il faut tout me dire.

Liebermann adoucit le ton pour ne pas donner l'impression qu'il donnait un ordre.

— Je n'aurais jamais dû accepter cette hospitalisation. C'est mon généraliste, le Dr Vitzhum, qui en a eu l'idée. Il m'a convaincu… convaincu que je souffrais des nerfs et que je verrais les choses sous un autre jour après quelques semaines de repos. Bien sûr, je me suis empressé de le croire, étant donné l'alternative. Sur le moment, je pensais qu'il avait raison, je croyais que je risquais de devenir fou… mais non. Si seulement c'était le cas ! Seigneur ! Si vous me déclariez malade mental et pouviez le prouver, je serais on ne peut plus soulagé.

— De quoi avez-vous peur, Herr Erstweiler ?

— De mourir. Je ne veux pas mourir.

Liebermann écrivit *thanatophobie* et le souligna deux fois.

— Une fois de plus, Herr Erstweiler, je dois vous prier de vous confronter à la réalité.

— Oh ! croyez-moi, c'est ce que j'ai fait.

À l'évidence, Erstweiler ne parlait pas de ses examens médicaux.

— Je ne peux pas évaluer votre santé mentale si vous dissimulez des éléments. J'ai besoin de tout savoir. Vous dites qu'être déclaré malade mental apaiserait votre souffrance. Toutefois, je ne serai pas en mesure de vous procurer ce soulagement – bien peu compréhensible, d'ailleurs – si vous refusez de vous confier à moi.

Erstweiler tira sur son menton hérissé d'une barbe naissante. Suivit un long silence. Il finit par prendre la parole.

— La première fois que ça m'est arrivé… je n'en étais pas sûr…

La pomme d'Adam d'Erstweiler s'agita.

— Je me promenais au Graben[1] quand un fiacre est passé. J'ai à peine entrevu le passager et j'ai cru que c'était mon frère. Nous avons la même taille et de nombreux traits en commun, notamment ceux qui nous viennent de la branche paternelle de notre famille. Il portait un chapeau mou. J'aurais dû comprendre.

— Comprendre quoi ?

— Nous nous ressemblons beaucoup sur le plan physique, mais nous nous sommes toujours habillés de façon très différente. Contrairement à moi, il n'a jamais, que je sache, porté de chapeau mou. D'ailleurs, il ne vient pas souvent à Vienne. Ça ne pouvait donc être lui.

— Je ne suis pas certain…

Erstweiler l'interrompit.

— S'il vous plaît, laissez-moi poursuivre, Herr Doktor. Maintenant que j'ai commencé, je souhaite terminer… Ce soir-là, une fois rentré chez moi, j'étais agité. Je n'arrivais pas à rester assis. J'ai essayé de lire, mais la concentration me faisait défaut. Ma table est près de la fenêtre et, sans raison particulière, j'ai tiré les rideaux et regardé dehors. Ma chambre est au premier étage et je me suis retrouvé en train de regarder un homme posté sous un réverbère. Il portait un chapeau mou.

En souriant intérieurement, Liebermann baissa les yeux sur ses notes et souligna *démence paranoïde*.

— Quelqu'un vous suivait ?

L'air peiné, Erstweiler secoua la tête.

— Cet homme avait quelque chose de curieux. Je l'ai senti aussitôt, mais ce n'est qu'après l'avoir

1. Rue élégante de Vienne. (Toutes les notes sont de la traductrice.)

observé pendant au moins une minute que j'ai pu mettre le doigt sur la raison de mon trouble.

— Quelle était-elle ?

— Il n'avait pas d'ombre. Au moment précis où je m'en suis aperçu, il a levé la tête vers ma fenêtre. Mon cœur cognait dans ma poitrine et mes boyaux se sont liquéfiés. Son visage…

La tête d'Erstweiler oscilla avec plus de violence.

— C'était moi, c'était mon *Doppelgänger*, mon double.

— N'auriez-vous pas pu vous tromper ? Vous étiez agité, la nuit venait de tomber…

— Il était juste sous le réverbère !

Pour la première fois, une note de frustration était perceptible dans sa voix.

— Qu'avez-vous fait ?

— Que pouvais-je faire ? Je me suis servi un slivovitz et me suis blotti dans mon lit jusqu'au matin. J'ai passé la nuit dans un état d'agitation horrible. Vous savez sans doute ce que ça signifie, Herr Doktor, quand un homme voit son double ? Je vais mourir… et rien ne pourra me sauver.

2

L'inspecteur Oskar Rheinhardt descendit de sa voiture juste devant l'entrée du Volksgarten[1], qui donnait accès au théâtre impérial. Deux agents en long pardessus bleu et casque à pointe gardaient le portail. Ils reconnurent l'inspecteur et claquèrent des talons à son passage. Tout en avançant d'un pas vif, Rheinhardt fouilla ses poches pour y trouver sa boîte de

1. Jardin public.

cigares et soupira quand ses recherches se révélèrent vaines. Il avait laissé ses trabucos sur son bureau, chez lui, se rappela-t-il. Au-dessus de la Hofburg[1], de longs nuages plats étaient suspendus dans un ciel mitigé et l'heure matinale assourdissait, adoucissait les couleurs.

Rheinhardt ne s'était pas beaucoup éloigné quand il entendit quelqu'un courir derrière lui. Il se retourna et vit son adjoint.

— Monsieur !

Les longues jambes du jeune homme lui assuraient vitesse et régularité.

Ah ! si on pouvait redevenir jeune, songea l'inspecteur (même si, à la vérité, il n'avait jamais accompli d'exploit sportif notable).

— Bonjour, Haussmann.

Le jeune homme ralentit, s'immobilisa et se pencha, les mains sur les genoux. Lorsqu'il eut repris son souffle, les deux hommes avancèrent sur le chemin et aperçurent bientôt un bâtiment de pierre grise au fronton triangulaire et aux colonnes doriques. D'autres agents de police étaient postés tout autour.

— Vous êtes-vous jamais demandé pourquoi nous avons un temple grec au milieu de notre Volksgarten ? dit Rheinhardt d'un ton détaché.

— Non, monsieur.

Prudent, Haussmann s'en tint là. Il savait d'expérience qu'une telle question était en général suivie d'un exposé didactique. Son supérieur semblait aimer jouer au maître d'école.

— Eh bien, mon garçon, il a été construit pour abriter une célèbre statue du grand sculpteur italien Antonio Canova, *Thésée et le centaure*. C'est pourquoi nous l'appelons le temple de Thésée. En réalité,

1. Palais impérial.

cet ouvrage est une réplique du temple d'Héphaïstos d'Athènes.

— Héphaïstos ?

— Le dieu du feu et des métaux, et donc du travail des forgerons.

— Est-ce que la statue se trouve toujours là, monsieur ? demanda Haussmann en feignant d'éprouver un vif intérêt.

— Non. On l'a installée au Kunsthistorisches Museum il y a une dizaine d'années. Elle se trouve à peu près au milieu du grand escalier. Vous ne l'avez jamais vue ?

— Je ne suis pas grand amateur d'art, monsieur.

— Vous n'êtes jamais allé au Kunsthistorisches Museum ?

— Non, monsieur. Je trouve les peintures anciennes…

— Oui ?

— … déprimantes.

Rheinhardt secoua la tête et agita la main pour balayer cette réponse.

— C'est une belle statue, poursuivit-il sans se laisser décourager par l'inculture artistique de son adjoint. Thésée, le héros redoutable, s'apprête à frapper, son gourdin levé.

Soudain, Rheinhardt parut inquiet.

— Vous savez qui est Thésée, j'imagine ?

— Oui, monsieur. J'ai chez moi un livre de légendes grecques. Je l'ai gagné en remportant un concours scolaire de poésie.

Rheinhardt haussa les sourcils.

— J'ignorais que vous écriviez des poèmes.

— Je n'en écris plus maintenant, monsieur. Mais, lorsque j'allais à l'école, j'en écrivais.

Leur conversation tourna court quand un robuste agent aux joues en feu quitta ses compagnons pour venir les accueillir. Il se présenta.

— Ah ! Badem, c'est vous qui avez découvert le corps ! s'exclama Rheinhardt.

— Oui, monsieur.

La poitrine bombée, l'agent se tenait très droit, comme s'il s'attendait à être décoré. Touché et amusé par la fierté du jeune homme, Rheinhardt lui agrippa l'épaule.

— Bravo ! La police vous doit une fière chandelle.

— Merci, monsieur, dit Badem, les yeux luisants d'émotion, avant d'ajouter d'un ton plus détaché : Elle est là-bas, monsieur l'inspecteur.

Il leva la main et montra une haie de buissons où ses collègues s'étaient rassemblés.

Rheinhardt quitta le sentier pour se rendre à l'endroit indiqué.

La jeune femme était allongée sur l'herbe. Ses épingles à cheveux étaient tombées, et d'épaisses et longues mèches brunes encadraient son visage. La disposition de ses membres – bras et jambes écartés – suggérait l'abandon. Sa robe relevée au-dessus des genoux laissait voir des bas rayés. Rheinhardt remarqua que les semelles de ses bottines étaient très minces et un examen plus attentif révéla la présence d'un petit trou. Le manteau élimé, aux poignets effrangés, avec quelques lambeaux d'une doublure ôtée depuis longtemps, complétait le tableau. Jeune, la victime semblait âgée de dix-huit ans tout au plus, et la blancheur de sa peau contrastait avec le carmin de son fard à joues.

Intéressant, sensuel et séduisant, le visage ne possédait cependant pas une beauté classique. L'expression figée par la mort suggérait une indifférence hautaine, voire une certaine cruauté. Déformées, les lèvres n'étaient pas très régulières. Le nez était trop fort. Pourtant, ces défauts se combinaient pour donner un ensemble saisissant.

Rheinhardt s'agenouilla près d'elle et fouilla ses poches pour chercher une pièce d'identité, mais il ne trouva que de la menue monnaie, un mouchoir et deux clés. Le chapeau de la victime avait roulé un peu plus loin, près de ce qui ressemblait à un sous-vêtement.

— Elle n'a été ni poignardée ni tuée d'une balle, déclara l'inspecteur après avoir ouvert le manteau.

Il ne voyait pas non plus de sang sur la simple robe blanche.

— Étranglée, peut-être, monsieur ? risqua Haussmann.

Rheinhardt modifia sa position et examina le cou.

— Non, je ne pense pas. À moins qu'on ne l'ait étouffée…

Après s'être relevé, il brossa son pantalon et s'approcha du vêtement jeté au loin. Lorsqu'il le déplia, ses soupçons se trouvèrent confirmés. C'était une culotte en coton rouge.

Haussmann fronça les sourcils.

— Est-ce qu'on a… abusé d'elle ?

— Je suppose.

Une légère brise agitait la culotte. Se sentant soudain irrespectueux, Rheinhardt la plia avec soin et la posa sur l'herbe.

— Monsieur l'inspecteur ?

Un homme portant un chapeau mou et des lunettes le regardait par-dessus les buissons. C'était le photographe. Son compagnon, un adolescent, apparut derrière lui, un trépied dans les mains.

— Ah ! Herr Seipel. Bonjour.

— Pouvons-nous commencer, monsieur l'inspecteur ?

— Oui. Allez-y.

Rheinhardt s'écarta du corps, puis sortit son calepin pour noter quelques observations avant de s'adresser à son adjoint.

— Venez, Haussmann.

Les deux hommes se dirigèrent vers le temple de Thésée. Une fois arrivés, ils en gravirent les larges marches.

L'inspecteur se frotta les mains en regardant autour de lui. Devant, il voyait les murs en stuc blanc du théâtre impérial et les flèches de l'église votive. En tournant la tête à gauche, il apercevait le clocher gothique de l'hôtel de ville et la splendeur classique du Parlement, sur lequel, face à face, deux auriges ailés luttaient pour maîtriser leurs chevaux qui se cabraient, séparés par un tympan richement orné de figures en marbre.

— Avez-vous pris votre petit déjeuner ?

Surpris par cette question inattendue, Haussmann répondit d'un ton prudent :

— Non, monsieur.

— Moi non plus. Puisque nous nous trouvons juste à côté du *Café Landtmann*, il me vient à l'idée que nous pourrions y manger un morceau avant d'aller à l'Institut médico-légal.

— Oui, monsieur, si vous voulez.

— Juste un ou deux *Kaisersemmel*[1].

Puis, trouvant cette perspective peu enthousiasmante, l'inspecteur ajouta :

— Et peut-être une pâtisserie. Encore la semaine dernière, j'y ai mangé une assez bonne tarte aux prunes.

Ils contournèrent les arcades qui prolongeaient l'extérieur peu original du temple sans songer à admirer la vue ravissante que révélait leur déambulation – dômes noir et vert, lanternes baroques, jardins aux fleurs épanouies et à la haie ornementale – et se

1. Petits pains ronds comportant quatre ou cinq encoches cintrées sur le dessus.

contentèrent de fixer les yeux sur des dalles si usées qu'elles avaient pris un lustre argenté.

Soudain, Haussmann bondit et s'accroupit.

— Qu'y a-t-il ? demanda Rheinhardt.

— Un bouton, répondit Haussmann en le tendant à son supérieur.

Il était gros, rond, en bois.

— Voyez-vous des empreintes de pas ?

S'appuyant sur les mains, Haussmann se pencha en avant et scruta le sol. Sa position renforçait les angles de son corps et lui donnait l'aspect d'un animal sauvage. On aurait dit un grand chien élancé en train de flairer la terre. Quand la réponse arriva, elle fut décevante.

— Non, rien.

Rheinhardt leva le bouton :

— Il vient de son manteau.

3

Par où commencer ? Par une naissance ou par une mort ? Car voyez-vous, les deux vont toujours de pair. Quand commence une vie ? À la conception ? C'est un point de départ possible, mais non le seul. Il n'y a d'ailleurs aucune raison de privilégier ce moment. Ainsi la couleur de mes yeux, héritée de ma mère, a précédé ma venue au monde. D'une certaine manière, les traits qui se combinent pour former un individu étaient déjà là avant sa naissance. La procréation ne représente que leur point de convergence. Par conséquent, nous devons autant aux morts qu'aux vivants. J'existais – quoique sous une forme évanescente – bien avant qu'un prêtre de province ne m'asperge le front d'eau bénite et ne me donne un nom. Il n'y a pas de *fons et origo*[1]. Je n'ai pas de commencement.

Vous voulez une histoire. Vous voulez une chronologie. Mais la vie n'est jamais aussi simple. Voyez-vous, de prime abord, mon histoire bute sur un problème philosophique. Il est toutefois un fait dont je suis certain : j'ai tué ma mère. Bien sûr, certaines personnes ne voient pas les choses sous cet angle, mais, pour ma part, je ne puis les considérer autrement. Elle est morte quelques minutes après ma « naissance ». Imaginez la scène, si vous le voulez bien : le médecin descend l'escalier, mon père se lève de son fauteuil, fébrile, puis dérouté par l'expression qu'arbore l'homme de l'art. *Est-ce que l'enfant va bien ? Oui,* répond le médecin, *c'est un garçon, un beau garçon en bonne santé*. Mon père baisse la tête. Il sait que quelque chose ne va pas. *Votre malheureuse épouse... Je crains de n'avoir rien pu faire pour la sauver*, marmonne le docteur avant de recouvrer bien vite son autorité. Suivent des détails techniques. Une explication qui n'est pas destinée à être comprise. Voilà comment sont les médecins, vous êtes bien placé pour le savoir. Après une poignée de main, il s'en va. Sonné, engourdi, vidé, mon père monte l'escalier et entre dans la chambre où les femmes sont encore en train d'ôter les draps ensanglantés. Son épouse est morte. L'une des femmes couvre le visage de la défunte, fait un signe de croix, puis regarde mon père avec un sourire triste, doux, compatissant, celui qu'on voit aux lèvres de la Madone dans les tableaux qui la représentent, et elle dit en montrant le berceau : *Votre fils.* Mon père s'avance pour scruter la minuscule créature emmaillotée.

1. Source et origine.

Permettez-moi une observation : depuis, j'ai compris que la réaction de mon père au malheur qui venait de le frapper n'était nullement fréquente. Quand une femme meurt en couches, il arrive souvent que son mari aimant trouve une consolation dans leur enfant nouveau-né, car il recèle quelque chose de son épouse adorée ; mon père, toutefois, semble avoir failli à ce principe. Il ne voyait pas ma mère en moi. Ma présence au monde ne le rapprochait pas d'elle. Tout au contraire. Je dirais plutôt que je lui rappelais son absence et augmentais par là la douleur de sa perte.

Un foyer triste. Brisé. Froid. Lugubre. De longs silences… Le tic-tac de l'horloge. Voilà l'atmosphère dans laquelle j'ai grandi.

Il y avait une photographie de ma mère sur le manteau de la cheminée. Je la vois encore si je ferme les yeux – nette, étincelante dans l'obscurité : fioritures du motif décoratif qui courait sur les bords du cadre en argent, bouquet de petites fleurs alpestres, bougie parfois allumée, mais rarement. Mon père parlait de ma mère comme d'un ange, si bien que j'en suis venu à penser qu'elle avait des ailes.

Lorsque je restais seul à la maison, je me glissais dans le salon et j'attrapais sur le manteau de la cheminée la photographie dont j'examinais le visage. Ma mère était une très belle femme : cheveux dorés, grands yeux, traits délicats. En arrière-plan, il y avait quelque chose qui, pour moi, figurait des plumes blanches repliées avec soin dans son dos. Communier avec l'image de ma mère était une activité secrète. Il le fallait car mon père la réprouvait. Un jour, il me prit sur le fait et m'arracha le cadre des mains. Furieux, il s'écria que cet objet précieux, irremplaçable, réclamait un soin extrême. Si je le lâchais, le verre se briserait. Il me fallait témoigner plus de respect. Je me souviens du regard étrange de mon père. Effrayé, je pensais qu'il allait me punir. En me remémorant à présent l'incident, je qualifierais cet étrange regard de jaloux, possessif.

Les femmes du village me prenaient en pitié. Elles m'apportaient de la soupe et des plats qu'elles préparaient pour les fêtes, m'invitaient à venir jouer avec leurs enfants. Pendant que je m'amusais avec Hans, Gudrun, Dieter ou Gerda, les villageoises m'observaient en riant. Mais je les surprenais parfois à échanger des coups d'œil et je voyais alors couler des larmes apitoyées. Juste avant que je reparte, elles me bourraient les poches de pain d'épices, m'embrassaient et me serraient contre elles. Toutes avaient la même odeur caractéristique, salée et sucrée à la fois, une odeur mêlant transpiration et confection de gâteaux. J'adorais être enveloppé par leurs bras dodus et rougeauds. Mais cela ne suffisait jamais. Elles ne pouvaient pas remplacer ma mère, elles ne possédaient pas d'ailes.

J'aimais bien l'école, contrairement aux autres enfants qui la détestaient. Elle me permettait d'échapper à la maison et à la sombre mélancolie de mon père. Ma petite salle de classe me plaisait : murs blanchis à la chaux, tableau noir, poêle ventru. Ma matière préférée était l'histoire, surtout en raison de la manière vivante dont notre maître nous l'enseignait. Bienveillant, chauve hormis deux touffes comiques qui pointaient au-dessus de ses oreilles, Herr Griesser portait des lunettes et soulignait souvent ses propos de gestes débridés. Du bout du doigt, il parvenait à dessiner un horizon exotique – pyramides, ziggourats –, et nous transportait à Gizeh ou à Élam. Les légendes grecques prenaient vie grâce à ses descriptions frappantes d'actes héroïques. Pour moi, Thésée était aussi réel que le boulanger du village.

En plus d'être un excellent maître, Herr Griesser était un archéologue amateur passionné. Un jour, il découvrit une hache préhistorique dans la vallée de la Wachau et en fit don au Muséum d'histoire naturelle. On peut encore la voir aujourd'hui exposée dans une vitrine de la salle consacrée à l'âge du bronze.

Ce fut Herr Griesser qui, le premier, me parla des momies. J'étais absolument fasciné. Bien sûr, quand il me dit qu'il y avait des momies à Vienne – de vraies momies –, je brûlai de les voir. Je priai, suppliai mon père de m'y emmener, mais, de façon prévisible, il refusa.

Mon intérêt pour les momies avait un côté curieusement pratique pour un enfant. Je me demandais comment on parvenait à conserver les cadavres. La méthode d'embaumement égyptienne est décrite par Hérodote. C'est un processus grossier, mais efficace. Une fois les entrailles et le cerveau retirés, le corps est frotté au vin de palme et purifié avec des épices. Ensuite, on le fait tremper dans une solution saline pendant soixante-dix jours, on le rince et on l'enveloppe de bandelettes. Enfin, on le dépose dans un cercueil en bois.

Les Égyptiens accordaient aussi un grand prix à l'aspect des défunts, et surtout des défuntes. La poitrine était rembourrée et les bouts de seins remodelés à l'aide de boutons en cuivre ; on utilisait des perruques, on peignait les corps en ocre et on teintait les ongles avec du henné.

Ingénieux.

Mais je m'écarte du sujet.

De tels faits ne présentent pas grand intérêt pour vous. C'est sur moi que vous voulez en savoir plus.

4

Au pied de la table d'autopsie, le professeur Mathias regardait la défunte. C'était un monsieur d'un certain âge au visage aimable, fatigué. Ses cheveux gris étaient décoiffés et son aspect avait quelque chose de débraillé. Il noua les cordons de son tablier derrière son dos tout en fredonnant des notes qui ne donnaient pas vraiment de la musique. Sa lugubre mélopée devint encore moins mélodique lorsqu'il atteignit le grave de son registre vocal et ne produisit alors qu'une sorte de grondement rythmé et soutenu. Le moment venu, il abandonna le chant au profit de la parole.

— Ainsi donc, vous pensez qu'elle a été violée ?

— Oui, répondit Rheinhardt. On lui a ôté son sous-vêtement. Nous l'avons retrouvé à quelque distance du corps. Haussmann ?

Son adjoint sortit d'une pochette la culotte en coton rouge. Mathias la prit et l'examina à la lumière électrique.

— Pas la moindre déchirure. Si on la lui avait enlevée de force, on verrait des traces de violence. Peut-être la victime était-elle consentante ?

— À moins qu'on ne l'ait menacée d'un couteau pour l'obliger à la retirer.

Mathias enfouit le visage dans le coton rouge, ferma les yeux et prit une profonde inspiration.

— Professeur, que faites-vous donc ? s'écria Rheinhardt.

Le vieil homme soupira et répondit d'un ton las :

— Je me sers de mon nez, un organe quelque peu sous-estimé, pour déceler…

Il marqua une pause avant d'ajouter :

— Des traces masculines.

Mathias agita la culotte sous ses narines frémissantes tel un œnologue humant l'arôme d'un bordeaux bouqueté.

— Alors ?

— Rien. Un soupçon d'ammoniaque, peut-être, mais rien d'autre.

Il laissa tomber le sous-vêtement sur un chariot et reporta son attention sur la défunte.

— On m'a dit qu'on l'avait retrouvée dans le Volksgarten ?

— Oui, près du temple de Thésée, derrière des buissons.

— Elle n'avait pas de papiers sur elle ?

— Non.

De ses doigts repliés, Mathias effleura la joue de la jeune femme.

— « Mort, effroi de la nature, Ton horloge avance sans répit ; Ta faux luit quand tu la brandis, Tombent alors l'herbe, la tige, la fleur. » Eh bien, Rheinhardt ? Vous avez reconnu ce poème ?

— Je crains bien que non.

— *À la mort*, de Christian Schubart, hasarda Haussmann d'un ton hésitant.

Rheinhardt regarda Haussmann, puis le professeur Mathias pour savoir s'il avait donné la bonne réponse.

— Oui, votre adjoint a raison.

— Bravo, Haussmann.

Le jeune homme sourit.

Le professeur Mathias continua à déclamer :

— « Ne fauche pas indifféremment Ce bouton à peine ouvert, Cette rose encore pâle. Sois miséricordieuse, chère mort ! »

Il secoua la tête.

— Elle est si jeune… et elle a quelque chose d'aristocratique dans l'expression, vous ne trouvez pas ?

Ne partageant pas cet avis, Rheinhardt préféra garder le silence. Le professeur effleura les cheveux de la victime pour remettre une boucle en place et souffla :

— Si vous voulez bien m'excuser, madame.

Après avoir regagné le pied de la table d'autopsie, il ôta bottines et bas à la défunte. Il fit remarquer à Rheinhardt que les ongles des orteils étaient vernis en violet, puis souleva la robe, la replia au-dessus de l'abdomen et exposa un triangle frisé châtain. En se servant des doigts de sa main droite comme d'un spéculum, il écarta les grandes lèvres et scruta le vagin. Puis il tâta la partie de la robe coincée sous le périnée et tira sur le tissu pour le dégager des fesses. Penché sur la table, il l'examina avec attention. Après quoi, il attrapa des ciseaux sur le chariot et découpa un petit carré qu'il frotta entre le pouce et l'index et agita sous son nez.

Le spectacle de ce vieux médecin légiste à l'aspect de gnome en train de se livrer à un examen aussi intime parut tout à fait obscène à Rheinhardt.

— Bon, conclut Mathias. Elle a bel et bien accueilli un homme en elle. Mais je ne vois aucun signe de viol. La robe n'est pas déchirée, il n'y a ni contusions, ni irritation, ni saignements. Votre adjoint et vous-même voudriez-vous avoir l'obligeance de lui retirer son manteau, inspecteur ?

Ils commencèrent par dégager les bras, puis tirèrent vers le bas, la tâche étant alors plus aisée. À l'aide d'énormes ciseaux, Mathias fendit le devant de la robe, de l'ourlet à l'encolure, puis il se servit d'un couteau de chasse pour trancher les lacets du corset. La lourde toile retomba de part et d'autre des seins.

— Messieurs, je vais de nouveau vous demander votre aide. Pouvez-vous la soulever légèrement ?

Mathias dégagea le corset et le posa sur le chariot près de la culotte en coton rouge.

Les trois hommes considérèrent le corps nu en silence. Craignant de révéler leurs pensées, ils ne se regardaient pas. La jeune femme avait des proportions parfaites : chevilles délicates, mollets fuselés, hanches convergeant vers une taille fine. Sous la lumière électrique crue, la silhouette était étrangement séduisante. Rheinhardt ferma les yeux et sentit ses joues brûler de honte. À présent, il s'imaginait que la lèvre retroussée de la jeune femme exprimait moins la cruauté que la réprobation.

— Me permettez-vous de fumer, professeur ? demanda-t-il.

— Oui, allez-y.

Rheinhardt sortit de sa poche la boîte de cigares qu'il avait achetée sur le chemin de la morgue.

— Un trabuco, Haussmann ?

— Non merci, monsieur.

Les yeux de son adjoint étaient fixés sur le sexe dévoilé de la victime.

Rheinhardt alluma son cigare. L'arôme familier le réconforta, lui rappela qu'il avait une autre vie plus agréable qui attendait son retour. Déjà, il était impatient de s'installer dans son fauteuil et d'écouter Therese, sa fille aînée, jouer une sonate pour piano de Mozart.

Après avoir choisi une loupe, le professeur Mathias fit le tour de la table en examinant la peau de la victime.

— Il n'y a pas de rougeur sur le cou ou le ventre, aucun signe de cyanose et pas de trace de piqûre non plus.

Il leva la tête et ajouta :

— Jeune homme, pouvez-vous m'aider à la retourner ?

Le corps était plus lourd qu'il ne s'y attendait et, lorsqu'il le souleva pour le mettre sur le côté, Haussmann grogna. Il s'efforça de terminer la manœuvre en le faisant lentement rouler sur le côté, mais il lui échappa et les seins produisirent un bruit de succion désagréable en s'écrasant sur le granit lisse.

— Allons, redressons-la à présent, dit le légiste.

Haussmann dégagea un bras coincé pendant que le professeur écartait les jambes de la jeune femme, puis poursuivait l'examen de la peau en s'interrompant de temps à autre pour tâter et presser tel ou tel endroit. Bientôt, il recula.

— Toujours rien d'anormal.

— Alors, comment est-elle morte ? demanda Rheinhardt.

— Je l'ignore. Je vais devoir l'ouvrir. Nous pouvons d'ores et déjà exclure strangulation, coup de poignard, balle, injection et ingestion de certains poisons, mais pas tous.

— Et si on l'avait étouffée ?

— Elle se serait débattue.

— Elle l'a peut-être fait.

— Je ne crois pas.

— Pourquoi ?

— Voyez comme ses ongles sont manucurés avec soin. Pas un seul n'est cassé. Une femme qui lutte de toutes ses forces pour échapper à la suffocation ne peut pas avoir des ongles aussi parfaits, inspecteur.

— À votre avis, elle est donc morte de cause naturelle ?

— C'est une possibilité qui, à ce stade initial, n'est pas à négliger. Vous semblez en douter, inspecteur.

Rheinhardt secoua la cendre de son cigare dans un seau vide et fronça le nez.

— Voilà une manière curieuse de mourir. Reconnaissez que les circonstances sont vraiment particulières.

— Cette jeune femme paraît en bonne santé, mais on ne sait jamais… elle ne serait pas la première à mourir dans une posture manquant à ce point de dignité. Quant à son amant, ou plutôt son client, il s'agit peut-être d'un homme ayant femme et enfants, responsabilités et bonne réputation… Un tel individu n'irait pas volontiers prévenir la police. En comprenant dans quel guêpier il s'est fourré, il a dû effectuer un… euh… retrait hâtif.

Mathias regarda Haussmann.

— Jeune homme, nous devons la remettre sur le dos.

Cette fois, Haussmann préféra se placer du côté de la tête. À peine avait-il commencé à retourner le corps qu'il recula soudain, saisi, et émit un cri de dégoût. La jeune femme resta à plat ventre.

— Vous me paraissez bien délicat ! lâcha le professeur.

Haussmann considéra le corps avec des yeux inquiets.

— J'ai senti quelque chose.

— Comment ça, vous avez senti quelque chose ? répliqua le professeur d'un ton légèrement irrité.

— J'ai senti quelque chose de dur qui dépassait de sa nuque. Sous les cheveux.

Mathias posa la loupe sur la table et écarta les mèches emmêlées. Un objet métallique apparut alors, luisant sous la forte lumière électrique. Rheinhardt jeta son cigare dans le seau et s'approcha.

C'était un cône en argent, niché dans le creux où le crâne et la nuque se rejoignaient. Le professeur Mathias tira dessus.

— Il est coincé.

Il replaça la tête d'aplomb et fit une nouvelle tentative. Enfin le cône céda. Il était fixé à une aiguille, tordue en haut, qui avait à peu près deux fois la longueur d'un doigt. Mathias la leva. Le métal était couvert d'une pellicule rosée.

— Qu'est-ce que c'est ? s'enquit Rheinhardt.

— Une épingle à chapeau, je crois. Que c'est ingénieux !

— Ingénieux ? Vous trouvez ingénieux de planter une épingle à chapeau dans la nuque d'une femme ?

— Non, inspecteur, vous ne m'avez pas compris. Ce n'est pas la nuque de cette femme qui a été transpercée, mais son cerveau.

— Je ne vois toujours pas ce qu'il y a d'astucieux là-dedans.

— Réfléchissez, Rheinhardt, réfléchissez !

De ses jointures, Mathias se frappa la tête.

Rheinhardt fronça les sourcils et lâcha :

— Je vous saurais gré de vous expliquer, Herr Professor.

— Le cerveau est emboîté dans le crâne, inspecteur. C'est l'organe le mieux protégé de tout le corps.

— Ce qui rend son accès difficile ?

— Presque impossible.

— Et pourtant ?

— À la base du crâne, dans l'os occipital, pour être précis, il y a une ouverture appelée trou occipital. Pas plus grande que ça.

Mathias forma un cercle avec le pouce et l'index.

— Quand on penche la tête en avant, le trou occipital est aligné sur une ouverture assez petite située au-dessus de la plus haute vertèbre. En profitant de cette brèche dans l'armure anatomique humaine, on peut insérer un objet pointu, une épingle à chapeau, par exemple, dans la protubérance annulaire – une structure cervicale qui rend sans doute possibles les fonctions les plus vitales : respiration et rythme cardiaque. Voilà un moyen de tuer quelqu'un qui se révèle d'une extrême efficacité et fort peu salissant. L'aiguille détruit les centres nerveux et la tête d'épingle sert à bloquer l'écoulement de sang et de liquide céphalo-rachidien !

Mathias tendit l'objet à Rheinhardt. Le travail de l'orfèvre n'avait rien de remarquable et l'argent était de piètre qualité.

— Eh bien, Haussmann, où pensez-vous qu'on puisse se procurer une épingle de ce type ? demanda l'inspecteur.

— Je n'en sais rien, monsieur.

— Peut-être aurez-vous l'amabilité de vous renseigner ?

Il remit l'épingle à son adjoint.

— Tout de suite, monsieur ?

— Oui, Haussmann. Tout de suite.

5

Devant l'atelier de couture, l'enseigne était fort discrète. Sur un carreau vernissé encastré dans le mur, on lisait MAISON VOGL écrit en capitales romaines noires. Dessous, le mot *couture*, en italique, utilisait des caractères plus petits.

Pleines d'espoir, Kristina Vogl et son assistante, Wanda Wolnik, regardaient par la fenêtre du vestibule. Une domestique avait été postée près de la porte. La propriétaire de cette maison de couture était une jeune femme séduisante, grande, aux cheveux bruns et aux yeux bleus saisissants. Si elle portait une robe noire toute simple, le pendentif accroché à son cou étincelait – une rose en argent entourée de pierres semi-précieuses de différentes tailles. Plus petite que sa patronne, Wanda était elle aussi vêtue de noir. Jolie, blonde, elle avait une peau parfaite, mais quelque chose dans la rondeur de ses traits et dans sa posture peu élégante révélait un manque de sophistication. Elle n'avait pas encore adopté cet air détaché, arrogant, que la plupart de ses semblables cultivaient dans le monde de la haute couture.

— Allons, redressez-vous, Wanda, dit Kristina.

— Oui, madame, répondit la collaboratrice avant d'inspirer et de remonter la poitrine.

— Frau Schmollinger est quelqu'un de très important. Nous devons faire bonne impression.

Kristina jeta un coup d'œil anxieux à l'horloge.

Deux minutes de retard...

Et si Frau Schmollinger ne venait pas ? Un petit mot s'imposait. Quelques lignes pour exprimer regrets et inquiétude : Je suis désolée que vous n'ayez pas pu venir comme convenu et je vous espère en bonne santé. *Non, trop impertinent.* Peut-être vaudrait-il mieux envoyer une simple carte de la maison avec un nouveau rendez-vous et se garder de toute familiarité.

L'appréhension de Kristina n'avait pas lieu d'être. Un claquement de sabots annonça en effet l'arrivée d'un carrosse impressionnant tiré par quatre chevaux.

— C'est elle, madame ?

— Bien entendu. Alors, pour l'amour du ciel, pensez à vous tenir droite.

À travers les voilages, elles virent le cocher sauter à terre et aider Frau Schmollinger à descendre du carrosse. Âgée d'environ cinquante-cinq ans, elle portait un chapeau à large bord, orné de plumes exotiques, et un long manteau de zibeline.

Kristina ordonna à la servante :

— Karoline, ouvrez la porte. Sans hâte.

Scrutant son assistante, elle repéra un cheveu doré tombé sur sa manche et s'empressa de l'ôter. Puis, très droite, elle arbora une expression de paisible indifférence.

Avec grâce, Frau Schmollinger franchit la porte.

Kristina inclina la tête et Wanda, intimidée par cette apparition de plumes et de fourrure, la salua d'un geste qui devait plus à la génuflexion qu'à la révérence.

— Frau Schmollinger, je vous souhaite la bienvenue, dit Kristina d'une voix langoureuse et raffinée. Nous sommes très honorées. Par ici, je vous prie.

Aucune présentation n'était nécessaire. Une cliente aussi distinguée ne pouvait être reçue que par Frau Vogl en personne.

Kristina entraîna Frau Schmollinger dans la salle d'accueil où Wanda prit son chapeau et son manteau.

— Désirez-vous du thé ? s'enquit Kristina.

— Non, merci, répondit Frau Schmollinger en regardant autour d'elle.

Son expression trahissait curiosité et surprise. Les murs laqués en blanc étaient décorés de miroirs et, au plafond, des lampes faites de globes en verre et de cuivre martelé pendaient à des chaînes délicatement ouvragées. L'attention de Frau Schmollinger fut attirée par une vitrine élégante aux ornements métalliques. À travers le verre incliné, elle apercevait des bijoux exposés sur un lit de velours bleu : broches en tourmaline, boucles d'oreilles en agate et bracelet en corail figurant une ronde de salamandres.

— Je vous en prie, asseyez-vous, dit Kristina.

Frau Schmollinger s'installa sur une chaise dont le haut dossier était composé de cadres rectangulaires imbriqués les uns dans les autres. Le chêne était teinté en noir et des taches de craie étaient incrustées dans le grain du bois. Sur la table basse – un simple cube sur lequel était posé un panneau carré – s'étalaient des magazines : *La Couturière parisienne*, *La Mode illustrée*, et *Ver Sacrum*[1], l'organe du mouvement artistique de la Sécession. Frau Schmollinger tourna ses yeux gris larmoyants vers Kristina. Un sourire fripa sa peau parcheminée et poudrée.

— Vous m'avez été chaudement recommandée, Frau Vogl. Je suis très amie avec la comtesse Oberndorf.

— La comtesse est l'une de nos clientes les plus appréciées.

— L'année dernière, vous avez réalisé pour elle une robe d'été exquise.

— En effet. Une création à smocks jaune et blanc avec des manches en dentelle.

— Oui, c'est cela ! Elle la portait pour nous accueillir dans son château, mon mari et moi. Une robe fabuleuse !

— Vous êtes trop aimable.

D'une main levée, Frau Schmollinger exécuta une sorte de bénédiction.

— Je me demandais une chose… Mon mari et moi allons retourner au château des Oberndorf cet été…

— Aimeriez-vous porter une tenue du même type ?

— Oui, répondit Frau Schmollinger en étirant le mot. Une tenue intéressante. Originale.

Frau Schmollinger plissa les yeux. Elle ne voulait pas quelque chose de similaire, elle voulait quelque chose de mieux.

— Je suis sûre que nous allons trouver dans la collection d'été un modèle qui vous conviendra.

Frau Schmollinger sourit.

— Parfait.

1. Printemps sacré.

— Wanda, voulez-vous m'apporter mon registre rouge, s'il vous plaît ?

La jeune assistante s'approcha d'un placard aménagé dans un coin de la pièce, ouvrit les portes incrustées d'éclats de verre et sortit un gros volume relié en cuir qu'elle remit à sa patronne. Kristina s'assit à côté de Frau Schmollinger et lui montra esquisses et lithographies coloriées collées sur du papier épais.

La plupart des modèles étaient lâches et ressemblaient à des cafetans. Il n'y avait ni fanfreluches ni garnitures, mais Kristina expliqua que les tissus qu'elle utilisait étaient de la plus belle qualité : *peau de soie*[1], satin et mousseline. En outre, tous les motifs, géométriques ou floraux, avaient été conçus par des artistes de la Sécession.

— La taille haute rend le corset inutile et permet une liberté de mouvement sans précédent, expliqua Kristina en montrant un exemple. Mes clientes trouvent que les créations de la maison Vogl les libèrent, conclut-elle en haussant un sourcil épilé.

Le vocabulaire de Frau Vogl possédait une note quelque peu subversive. Le choix de ses mots avait une curieuse résonance politique : liberté, libérer. À un moment donné, elle parla même d'égalité. Sa cliente plus âgée tendit l'oreille et, ce faisant, prit conscience de la cage baleinée qui lui emprisonnait le torse. Elle se rappela que, l'été précédent, elle avait peine à respirer en se promenant avec la comtesse dans les jardins du château des Oberndorf, et revit l'ample tissu éclatant de sa compagne, qui flottait à la légère brise.

Après lui avoir montré le catalogue d'été, Frau Vogl l'invita à voir certaines créations déjà réalisées. À cette fin, elle la conduisit dans un large couloir

1. En français dans le texte.

bordé de cabines vitrées. Dans chacune se trouvait un mannequin portant un modèle. Wanda suivait les deux femmes à distance respectueuse. D'après leur conversation, il était évident que Frau Schmollinger avait l'intention de commander plusieurs vêtements.

À mi-chemin, Frau Schmollinger s'immobilisa pour examiner une robe lâche qui semblait tissée d'or et appartenir à la garde-robe d'un ange.

— Qu'est-ce que c'est ? demanda-t-elle, impressionnée.

— Remarquable, n'est-ce pas ?

— Elle est en or ?

— En fil métallique appelé lamé. C'est une invention des sœurs Callot, à Paris.

— Serait-il possible d'avoir une robe d'été en…

— Lamé ? Oui, bien sûr. Le fil peut aussi être argent.

Frau Schmollinger s'imagina en train de sortir sur la terrasse du château avec un soleil couchant qui se refléterait sur le lamé. Tous les hommes en resteraient muets d'admiration.

Au bout du couloir, une porte à double battant donnait sur le salon d'essayage. Dans ce grand espace trônaient un fauteuil – noir, aux lignes épurées – et une psyché. Le sol était recouvert de feutre gris pour que les clientes fortunées puissent marcher pieds nus avec plus de confort.

Du premier étage parvenaient les bruits d'une grande activité : crépitement des machines à coudre et douce musique de voix féminines. La maison Vogl employait une équipe de couturières et deux coupeuses.

— Voulez-vous que nous commencions ? demanda Kristina à Frau Schmollinger.

— Oui.

— Wanda, pouvez-vous aller me chercher mon centimètre et mon carnet ?

Un sourire aux lèvres, l'assistante quitta le salon d'essayage. Elle se sentait follement excitée. Frau Vogl lui offrait toujours un déjeuner à l'*Imperial* quand une nouvelle cliente passait une grosse commande. Wanda imaginait déjà ce qu'elle choisirait : du rôti de porc aux boulettes et, en dessert, un *Topfenstrudel*[1]. Ou alors la tarte viennoise aux pommes et aux noix ? Elle ne parvenait pas à se décider.

6

Rheinhardt considéra Arno Zeiler, assis en face de lui. Tout dans son aspect suggérait la déchéance : cheveux ternes et mous, vêtements fripés et joues creusées. Ses yeux étaient sombres et vides.

— Cigarette ? proposa l'inspecteur.

L'homme pivota et inclina la tête. Rheinhardt alluma la cigarette et la passa à Zeiler qui la prit d'un geste maladroit, entre le pouce et l'index. Il tira aussitôt une bouffée, toussa et continua à regarder dans le vide.

De l'Institut médico-légal, où on l'avait amené pour qu'il reconnaisse le corps de sa fille, Adele, Zeiler avait été directement conduit au poste de Schottenring.

— Herr Zeiler, pardonnez-moi, mais puis-je vous demander pourquoi vous n'avez pas signalé que votre fille n'était pas rentrée à la maison hier soir ? s'enquit Rheinhardt d'une voix douce.

Zeiler secoua la tête et répondit :

1. Tarte au fromage blanc.

— Elle passe souvent la nuit dehors.

— Toute la nuit ?

— Oui.

Avec la partie charnue de sa main, Zeiler se frotta un œil.

— Ce n'est que cet après-midi que nous avons commencé à nous inquiéter. Ma femme a dit que je ferais bien d'aller voir la police. En général, Adele rentre vers midi.

— Où est-elle allée…

Rheinhardt pinça les lèvres avant d'ajouter :

— … pour ne pas rentrer de la nuit ?

— J'en sais rien.

L'inspecteur tapota son stylographe sur son bureau.

— Excusez-moi, Herr Zeiler, dois-je comprendre que votre fille avait l'habitude de passer la nuit dehors et que vous n'avez jamais pris la peine de lui demander où elle allait ?

— Avez-vous une fille, monsieur l'inspecteur ?

— J'en ai deux.

— C'est vrai ? Bon, moi, j'en ai trois.

Il se reprit.

— Non, maintenant, je n'en ai plus que deux. Adele est morte. Il me reste Trude et Inna. Trude a seize ans et elle souffre de problèmes respiratoires. Elle n'a jamais été très robuste et souffre des bronches. Inna a treize ans et elle ne peut pas marcher correctement. Ce sont ses articulations qui ne sont pas comme il faut. On ne peut rien faire pour elle. Je travaillais dans un chantier de bois à Favoriten, mais j'ai perdu mon boulot quand le propriétaire a fait faillite et, depuis, je n'ai rien trouvé. Ma femme travaille de temps en temps à la blanchisserie, mais pas souvent. La vie n'a pas été facile, monsieur l'inspecteur. Adele était une gentille petite. Elle nous aidait de son mieux…

Zeiler se mordit la lèvre inférieure.

— Elle nous aidait tous de son mieux. Nous n'aimions pas ça, mais qu'est-ce que nous pouvions faire ? C'était soit accepter son aide, soit mourir de faim. Qu'est-ce que nous pouvions faire ?

— Vous voulez dire qu'elle se…

La sensibilité de Rheinhardt ne lui permit pas de terminer sa phrase.

— Qu'elle se prostituait ? Non. Ce n'était pas une prostituée. Mais elle savait attirer l'attention des hommes, et ils lui offraient des cadeaux, jamais d'argent, vous comprenez, juste des cadeaux, et parfois, elle ne rentrait pas. Adele apportait les cadeaux au mont-de-piété. Nous avions besoin de cet argent. Monsieur l'inspecteur, j'espère pour vous que vous ne vous trouverez jamais dans cette situation. Aucun père ne devrait en passer par là. C'est pour ça que je ne posais pas de questions, vous comprenez ? D'ailleurs, je n'avais pas besoin de demander quoi que ce soit. Sans compter que je ne voulais pas savoir.

Zeiler tira sur sa cigarette, regarda vers la fenêtre et poursuivit :

— Elle a été poignardée. On m'a dit qu'elle avait été poignardée.

— Oui.

Rheinhardt éprouvait de la réticence à dévoiler les détails du meurtre et orienta la conversation vers un autre sujet.

— Quand avez-vous vu Adele pour la dernière fois ?

— Hier après-midi.

— A-t-elle dit où elle allait ?

— Voir Rainmayr.

— Qui ?

— Herr Rainmayr. C'est un artiste peintre. Elle lui a servi de modèle.

Pendant que l'inspecteur notait ce nom, il ajouta :

— Mais ça peut pas être lui, monsieur l'inspecteur. Non, pas Herr Rainmayr.

— Qu'est-ce qui vous fait dire ça ?

— Il y a des années qu'elle va le voir. De plus, c'est un type bien. Un jour, il a payé la visite d'un spécialiste quand Trude était très malade.

Rheinhardt fit la grimace.

— Je sais que ce point est délicat, Herr Zeiler, mais…

— Vous voulez savoir s'il avait des relations avec elle, si ça faisait partie de leur arrangement ?

Zeiler secoua ses cendres par terre et ajouta :

— J'en sais rien, monsieur l'inspecteur. Comme je vous le disais, je ne posais pas de questions.

— Vous doutiez-vous…

Rheinhardt laissa sa phrase en suspens. Zeiler n'allait certainement pas confier ce qu'il pensait à ce propos.

— Savez-vous où habite Herr Rainmayr ?

— Oui. Il a un atelier quelque part dans la Lange Gasse.

7

Haussmann passa devant des cariatides qui soutenaient des linteaux et des façades en stuc fourmillant de putti. Les toits semblaient déborder d'activité : statues de créatures fabuleuses, déesses et héros légendaires se détachaient sur un ciel de plus en plus sombre. Ce jour-là, le jeune policier avait déambulé dans toute la ville pour essayer de trouver des magasins susceptibles d'avoir vendu l'épingle à chapeau en argent ; pas un seul des chapeliers ou bijoutiers du premier district n'avait reconnu ce modèle. Posté à un coin de rue, Haussmann consulta sa liste d'adresses chiffonnée.

Comment pouvait-on s'attendre qu'il déniche tous les endroits où on pouvait se procurer des épingles à chapeau à Vienne ? Chapelleries, bijouteries, stands de marché, étals de marchands ambulants, brocantes… il y avait tout simplement trop de possibilités. En outre, rien ne prouvait que l'assassin en avait fait l'acquisition à une date récente. Il pouvait l'avoir en sa possession depuis des années, peut-être s'agissait-il d'une épingle héritée de son arrière-grand-mère !

Haussmann traversa le Hoher Markt – une place dominée par une énorme fontaine nuptiale qui commémorait l'union de la Vierge Marie et de Joseph. Sous un baldaquin en bronze reposant sur quatre hautes colonnes corinthiennes, le couple saint était protégé par des anges. L'édifice était parachevé par un soleil radieux, doré, dont les plus hauts rayons luisaient grâce à ceux qui émanaient du couchant.

Le moment venu, Haussmann parvint à destination : Tassilo Jaufenthaler, bijoutier.

Modeste, l'établissement se composait d'une petite échoppe, de vitrines poussiéreuses contenant du strass sur des tissus mités, et d'un comptoir derrière lequel était assis un homme minuscule, presque chauve, aux traits quelconques et aux lunettes cerclées d'acier. Il se leva quand Haussmann entra.

— Bonsoir, monsieur.

— Herr Jaufenthaler ?

— Oui.

— Bonsoir.

Las d'avoir échangé des amabilités avant d'en venir au fait, Haussmann demanda de but en blanc :

— Vendez-vous des épingles à chapeau comme celle-ci ?

Il déposa l'objet sur le comptoir.

Herr Jaufenthaler le saisit et répondit :

— Malheureusement, je n'en ai plus, monsieur. J'ai tout vendu. Mais j'en ai de très semblables au même prix à peu près. Si vous voulez bien regarder dans la vitrine qui se trouve à côté de la porte.

Incrédule, Haussmann répéta sa question.

— Vous en êtes sûr ? Celles que vous avez vendues étaient les mêmes que celle-ci ? dit-il avec un geste vers le comptoir.

— Parfaitement identiques.

Le bijoutier considéra Haussmann d'un œil soupçonneux.

Le jeune policier lui montra alors sa plaque.

— La police ? Je ne comprends pas. Je peux vous assurer que les épingles que je vends n'ont pas été volées. Je les tiens de Krawczyk, mon fournisseur polonais. C'est un catholique fervent et il n'aurait pas accepté d'objets volés.

Haussmann leva une main.

— Je ne vous accuse de rien, Herr Jaufenthaler. Je souhaite seulement vous poser quelques questions. Vous rappelez-vous les clients qui vous ont acheté ces épingles à chapeau ?

Le bijoutier réfléchit un instant avant de répondre.

— J'en ai pris cinq à Krawczyk, pas plus, parce qu'elles ne sont pas d'un modèle courant. L'épingle est assez grosse, vous voyez ? Elles conviennent à de très grands chapeaux, et je n'étais pas sûr qu'elles seraient très demandées. Mais elles se sont vendues, et plus vite que je ne le pensais. Quelques jeunes dames… et, oui, Frau Felbiger, une de mes bonnes clientes, et aussi un monsieur.

— Un monsieur ?

— Oui, un monsieur.

— À quoi ressemblait-il ?

— Grand. Brun. Distingué.

— Le reconnaîtriez-vous si vous le voyiez ?

— Je crois.

— Quand a-t-il acheté l'épingle ?

— Il y a environ trois semaines. Je peux vérifier dans mon registre, si vous voulez.

— L'avez-vous revu depuis ?

— Non.

— Est-ce que Krawczyk fournit ces épingles à d'autres magasins ?

— Il faudra lui poser la question.

— Herr Jaufenthaler, je crains de devoir vous demander de m'accompagner au poste de Schottenring pour signer une déposition.

— Une déposition ? Un peu plus, et on penserait que quelqu'un a été assassiné.

— C'est le cas.

— Quoi ? s'écria Jaufenthaler en riant. Avec une épingle à chapeau ?

— Oui. Avec celle que vous avez dans les mains.

Le sourire du bijoutier s'effaça. Le visage décomposé par le dégoût, il lâcha l'objet sur le comptoir.

8

— Dites-moi, quelqu'un d'autre a-t-il vu votre double ? demanda Liebermann.

— Vous pensez que j'ai tout inventé, c'est ça ? répliqua Erstweiler. Vous me prenez pour un fou !

Liebermann réfléchissait à la formulation de sa prochaine phrase quand Herr Erstweiler ajouta :

— Excusez mon impertinence, Herr Doktor, mais, à l'évidence, vous cherchez une façon diplomatique de tourner les choses. Je vous en prie, ne vous fatiguez pas les méninges à cause de moi, ça n'en vaut vraiment pas la peine. Je me rends tout à fait compte du côté ridicule de mon récit. D'ailleurs, je vous considérerais comme un piètre représentant de votre profession si vous ne voyiez pas dans mon double le fruit de mon imagination. Comme je l'ai déjà dit, je serais soulagé d'apprendre que je suis fou. Qu'il serait donc réconfortant de savoir avec certitude que cette créature, ce démon qui me ressemble, n'était rien de plus qu'une hallucination, et que ce pressentiment terrifiant n'est qu'une innocente illusion.

— Alors, pourquoi me faire des reproches ?

— Parce que je ne peux pas vous donner la réponse que vous attendez, la réponse qui confirmerait votre premier diagnostic et m'apporterait de l'espoir. Quelqu'un d'autre a-t-il vu mon double ? Malheureusement, la réponse est oui. Herr Polster.

— Qui ?

— Herr Polster. Le tenancier d'un bistrot à bière qui s'appelle *Le Ramoneur*.

Erstweiler s'interrompit, jeta un coup d'œil vers la porte, prit une profonde inspiration et continua :

— En rentrant du travail, je m'y arrête parfois pour prendre un rafraîchissement, mais jamais le mercredi soir, pour la bonne raison que, ce jour-là, nous nous occupons des livraisons à l'entrepôt. Je dois donc rester tard pour vérifier les marchandises, préparer l'inventaire et rédiger des lettres en cas de problème. Il y a une quinzaine de jours, je suis allé au *Ramoneur* et Herr Polster s'est approché de ma table pour s'en étonner. *Quoi, déjà ?* m'a-t-il dit en substance. Je n'y ai pas attaché d'importance. Mais au cours de la conversation, il ne cessait de faire allusion à des choses que j'aurais dites et dont je n'avais gardé aucun souvenir. Voyant là une sorte de plaisanterie, je n'ai pas relevé. Toutefois, Herr Polster insistait tant que j'ai fini par être agacé. Je lui ai demandé : *Quand donc ai-je dit ça ?* Et il a répondu : *Hier soir, bien sûr !* Comme vous l'avez deviné, la veille était un mercredi. J'ai perdu patience et, à ma grande surprise, Herr Polster s'est montré fort embarrassé et confus. Il a ensuite pris ma réaction à la légère et, me rappelant que j'avais bu plus que de coutume, il m'a promis d'être discret. J'ai alors compris qu'il ne plaisantait pas. Pour lui, j'étais vraiment venu au *Ramoneur* la veille. Ce qui ne pouvait signifier qu'une chose.

— C'était votre double ?

— Bien entendu.

— Votre conversation avec le tenancier vous a permis de savoir ce que votre double avait dit ?

— J'ai eu l'impression qu'il avait de plus mauvaises manières que moi, que c'était un individu obscène.

Erstweiler rougit.

— Comment s'exprimait cette obscénité ?

— Faut-il vraiment que je vous dise tout, Herr Doktor ?

Liebermann laissa un silence s'installer.

— Bon, très bien, marmonna Erstweiler. D'après les commentaires de Herr Polster, j'ai compris que mon double avait lâché quelques remarques sur les charmes de Frau Milena, l'épouse de mon logeur, Kolinsky.

Liebermann se pencha en avant.

— Comment est cette Frau Milena ?

— Elle est très sé…

Erstweiler se reprit.

— C'est une personne très gentille. Kolinsky ne l'apprécie pas à sa juste valeur. Il faut dire que ce type est une brute. Il rentre ivre à la maison et lui crie après… Parfois, j'entends même des bruits, comme s'il la bousculait.

— Que faites-vous quand ça se produit ?

— Je descends demander si tout va bien. Frau Milena me répond : *Oui, Herr Erstweiler, tout va bien. Excusez-nous pour le bruit.* Ou alors : *Bozidar ne se sent pas bien*, ou encore : *J'ai trébuché et je suis tombée*, bref, une bêtise de ce genre. Et le père Kolinsky se contente de rester assis là, à grogner et à agiter la main. Au moins, les choses se calment après ma visite, et Frau Milena doit apprécier ce répit. Mais je me suis souvent demandé : *À quoi ça sert d'intervenir ?* Puisque ça recommence quelques jours plus tard. On dit qu'il n'est pas judicieux de se mêler des disputes conjugales et je vois très bien pourquoi. D'ailleurs, le mariage est considéré comme sacré. Il n'est pas recommandé de s'interposer entre un mari et une femme qui ont été unis par Dieu.

Liebermann nota : *Ne veut pas admettre qu'il est attiré par Frau Milena. Pourquoi ?*

— Vous le croyez vraiment ? demanda-t-il. Que le mariage exprime la volonté de Dieu ?

— Je ne sais pas. C'est ce qu'on nous raconte. Ou alors, je cherche une bonne excuse. Peut-être devrais-je faire plus pour Frau Milena, parler au père Kolinsky.

— Le menacer ?

Erstweiler se redressa et fixa soudain le regard sur la porte. Ses mains tremblaient.

— Il y a quelqu'un dehors !

Liebermann s'empressa de se lever et de s'approcher de la porte.

— Pour l'amour de Dieu, ne le laissez pas entrer ! s'écria Erstweiler.

Le jeune médecin appuya sur la poignée et ouvrit la porte. Le couloir était vide.

— Vous voyez ? Vous n'avez rien à craindre.

Le patient s'affaissa sur le lit de repos et soupira.

— J'aurais pu jurer…

— Quoi donc ?

— J'ai cru voir une ombre derrière la vitre.

Liebermann se rassit et reprit ses notes. Il écrivit : *L'idée de menacer Herr Kolinsky provoque une hallucination*. Il ajouta : *Pourquoi ?* Tâchant de comprendre les processus psychoaffectifs en jeu, il passa les faits au crible. Voilà un homme qui désirait l'épouse de son logeur, mais niait ces sentiments et préférait les attribuer à un alter ego surnaturel. Peut-être la notion d'interposition entre deux époux était-elle associée dans son esprit à un châtiment divin. Son hallucination était-elle la punition que Dieu lui avait infligée pour ne pas avoir respecté le sacrement du mariage ? Liebermann jeta un coup d'œil à son patient. Le pauvre bougre croyait sans doute en Dieu, mais il n'était ni bigot ni fanatique.

— Herr Erstweiler ?

— Oui ?

— Verriez-vous une objection à ce que je m'entretienne avec Herr Polster ?

Mal à l'aise, Erstweiler regardait toujours le panneau vitré.

— Vous croyez que j'ai tout inventé ?

— Non.

— Alors pourquoi voulez-vous parler à Herr Polster ?

— Je pense que ce sera… instructif, répondit le médecin en hésitant avant de choisir un mot apaisant.

Erstweiler fit rouler sa tête sur le côté, ferma les yeux et murmura :

— Faites comme vous voudrez, Herr Doktor.

À l'évidence, il était trop épuisé pour poursuivre la séance.

9

Tout en marchant dans la Lange Gasse, Rheinhardt descendit du trottoir pour permettre le passage d'un landau et y regrimpa bien vite à la vue d'une voiture qui approchait. Il fredonnait l'*Andante con moto* du *Trio* de Schubert pour piano, violon et violoncelle en *mi* bémol majeur et donnait à sa voix de baryton les sonorités expressives du violoncelle. La mélodie reflétait son humeur : alanguie mais déterminée. Bientôt, il arriva à destination. La peinture des deux grandes portes en bois s'écaillait. Il poussa légèrement un battant et entra dans une galerie voûtée.

Après avoir enjambé un cadre de bicyclette rouillé, l'inspecteur dut négocier un parcours hérissé d'obstacles : cartons de cintres, nombreuses bouteilles de vin vides, statue d'un ange aux ailes brisées, abîmée par les intempéries, couchée sur le côté.

Au bout de la galerie, une étroite venelle séparait deux rangées de maisonnettes attenantes identiques, à la façade blanchie à la chaux et au toit plat. Quelque part, quelqu'un jouait un des *Préludes* de Chopin sur un piano désaccordé ; Rheinhardt n'en fut pas moins impressionné par l'excellente technique du pianiste. Levant les yeux, il s'aperçut que la ruelle, ou plutôt l'impasse, était bouchée par un mur en brique sur lequel deux grands vases étaient posés en équilibre précaire. Derrière, il apercevait les cimes des arbres et, un peu plus loin, l'arrière de hauts immeubles résidentiels percés de fenêtres.

En arrivant devant une porte ouverte, il lança :

— S'il vous plaît !

Un jeune homme à l'aspect débraillé apparut. Il ne portait pas de col et sa chemise n'était pas rentrée dans son pantalon de velours malpropre.

— Vous désirez ?

Son accent avait une note aristocratique.

— Je cherche Herr Rainmayr.

— Ludo Rainmayr ? C'est la dernière maison sur la droite. Je me sens toutefois dans l'obligation de vous informer qu'il s'adonne à son art et supporte mal d'être interrompu. Ça le met en fureur. Vous êtes venu réclamer le paiement d'une dette, je suppose ?

Rheinhardt ne répondit pas.

— Bon, si c'est le cas, vous allez être déçu, je le crains. Ludo n'a plus un rond. Il a tout dépensé hier soir. Nous sommes allés au *Ronacher* pour voir une troupe de comédiens acrobates, les Dorfmeister.

L'inspecteur était certain qu'il avait en face de lui un acteur indigent.

— Merci de votre aide, dit-il en soulevant son chapeau. Je vous prie d'accepter mes excuses pour vous avoir arraché à vos activités.

— Du tout, c'était un plaisir, répondit le jeune homme sans percevoir l'ironie de son interlocuteur.

Rheinhardt s'enfonça dans la ruelle. Un chat efflanqué sauta d'un rebord de fenêtre et fila tel un messager. En atteignant la dernière maisonnette de droite, l'inspecteur frappa à la porte.

Une voix cria :

— Entrez !

La pièce dans laquelle Rheinhardt pénétra était sombre pour un atelier d'artiste. L'absence de lumière naturelle était toutefois compensée par plusieurs lampes à huile suspendues au plafond. Il y avait là un poêle en fonte, des chaises entassées dans un coin, un chevalet et une table encombrée de chiffons, pinceaux, flacons, bols et pots de peinture. À côté du chevalet, un homme frisant la soixantaine portait un cafetan bleu brodé de fleurs jaunes. Ses cheveux gris étaient d'une épaisseur et d'une longueur exceptionnelles, tout comme sa barbe.

Devant le peintre, deux femmes nues, très jeunes et d'une maigreur prononcée, posaient sur un matelas couvert d'un drap blanc. L'une était allongée sur le ventre, l'autre sur le dos. Peu développés, les seins de cette dernière pointaient à peine de sa cage thoracique. Elle avait les jambes légèrement écartées et ne bougea pas, ne chercha pas à se couvrir lorsque Rheinhardt entra. Seul l'ennui se lisait sur ses traits. Sa compagne tourna la tête pour jeter un coup d'œil par-dessus son épaule, mais, elle non plus, ne sembla pas perturbée par l'arrivée d'un étranger.

— Oui ?

— Herr Rainmayr ?

— Oui.

— Inspecteur Rheinhardt, police.

Rainmayr était si absorbé dans son travail qu'il ne prit pas la peine de lever les yeux.

— De quoi s'agit-il ? demanda-t-il d'une voix bourrue.

— J'ai bien peur de devoir m'entretenir avec vous en privé.

Après avoir lâché un soupir, Rainmayr regarda brièvement l'inspecteur de la tête aux pieds, puis s'adressa à ses modèles :

— Bon, vous deux, rhabillez-vous. Allez boire un café chez Kirchmann. Mais soyez de retour dans une heure au plus tard.

Les deux jeunes filles se levèrent sans paraître gênées le moins du monde de montrer leur corps et passèrent derrière un paravent sur lequel robes et sous-vêtements étaient jetés. Un jupon disparut soudain.

— Puis-je vous offrir quelque chose à boire, monsieur l'inspecteur ?

— Non, merci.

— Une goutte de schnaps ?

— Non, merci.

— Je suis à vous dans un instant.

Rainmayr se mit à nettoyer ses pinceaux avec un chiffon trempé dans de la térébenthine. Cette simple tâche parut accaparer son attention. De derrière le paravent parvenaient des murmures et des gloussements. Puis une claque sonore, qu'on devinait administrée sur les fesses, fut suivie par un sifflement et un juron tellement obscène qu'il aurait pu faire rougir un débardeur.

Rainmayr leva les yeux au ciel et brailla :

— Lissi, Toni, ça suffit !

Un certain nombre de toiles non encadrées mais achevées étaient appuyées au mur du fond. Rheinhardt s'avança sur le sol couvert de poussière de charbon pour jeter un coup d'œil. Toutes les peintures représentaient des jeunes femmes plus ou moins déshabillées, et toutes avaient le même physique émacié. La plus grande et la plus frappante des toiles montrait une adolescente devant un miroir, vêtue seulement de bas noirs et d'un ruban autour du cou. Les bas n'étaient pas tenus par des jarretelles et plissaient sur ses jambes. La main droite sur le ventre, l'index baissé vers l'objet de son attention (que Rainmayr avait figuré dans le miroir par un barbouillage rouge vif au milieu de ses poils pubiens emmêlés). Elle avait de grands yeux, des lèvres pleines et une expression provocante. Le portrait était exécuté avec talent, mais Rheinhardt trouvait son sujet dérangeant.

— Seriez-vous intéressé par l'achat d'un tableau, monsieur l'inspecteur ?

— Non.

La réponse fusa avec plus de violence que Rheinhardt n'en avait l'intention.

Le peintre haussa les épaules.

Les modèles apparurent, vêtues de robes en calicot et coiffées de chapeaux à large bord, ornés de rosettes.

— Tenez, prenez ça, leur dit Rainmayr en puisant quelques pièces dans un récipient posé sur la table et en les lâchant dans une main tendue. Pas plus d'une heure, c'est compris ?

Elles acquiescèrent et se précipitèrent vers la porte en riant à cause de quelque plaisanterie. Après leur départ, Rheinhardt fit remarquer d'un ton glacial :

— Vos modèles sont très jeunes, Herr Rainmayr.

— Dès qu'on a passé un certain âge, toutes les femmes paraissent jeunes. D'ailleurs, elles sont plus âgées que vous ne le pensez, monsieur l'inspecteur, et moins innocentes que vous ne l'imaginez.

— Peignez-vous toujours des jeunes femmes ?

— Comme tout le monde, un peintre doit manger. Mon travail reflète les goûts de mes clients. Plusieurs collectionneurs ont une faiblesse pour les sujets féminins qui se trouvent dans la phase intermédiaire entre l'adolescence et la maturité.

— J'aimerais beaucoup consulter la liste de ces acquéreurs.

— Voilà qui ne m'étonne guère et, si je n'étais pas lié par le secret, je me ferais un plaisir de vous la montrer. Vous seriez surpris de voir le nombre d'amateurs d'art qui occupent des postes de responsabilité et de pouvoir.

À l'évidence, Rainmayr ne redoutait pas les poursuites.

Des juges lui auraient-ils passé commande ? se demanda Rheinhardt.

— J'ai cru comprendre que vous employiez comme modèle une certaine Adele Zeiler… Je ne me trompe pas ?

Rainmayr posa ses pinceaux sur la table.

— C'est exact. Bien que j'aie moins souvent recours à elle ces derniers temps.

— Quand l'avez-vous vue pour la dernière fois ?

— Dimanche après-midi.

— Comment était-elle ?

— Comme d'habitude.

— De quoi avez-vous parlé ?

— D'un spectacle de danse qu'elle voulait voir… de la maison de couture qui vient d'ouvrir à Bauernmarkt[1]. À un moment donné, elle m'a demandé du travail, mais je n'ai pas pu accéder à sa requête et elle s'est un peu fâchée.

— Fräulein Zeiler fait-elle partie des gens que vous connaissez bien ?

— Oui. Je la connais depuis environ trois ans.

— Vous voulez dire qu'elle a commencé à poser pour vous quand elle avait quinze ans ?

— Seize. Je l'ai vue assise sur un banc dans un parc avec son père, et son visage m'a intrigué. Elle avait un air parfaitement indifférent. C'était encore une enfant, mais tout ce que la vie avait à offrir l'ennuyait déjà. J'ai parlé à Herr Zeiler et nous sommes arrivés à un arrangement. Il a deux autres filles, l'une souffre d'une toux terrible et l'autre est infirme. J'ai exécuté quelques esquisses de la première. Elle a un visage agréable, mais pas assez.

Rainmayr secoua la tête.

1. Marché paysan.

— Herr Zeiler m'a même amené l'infirme ici quand il a perdu son travail et m'a supplié de l'employer elle aussi, mais je ne suis pas une œuvre de bienfaisance.

Rainmayr s'interrompit, puis demanda :

— Adele a volé quelque chose ? C'est pour ça que vous êtes ici ?

Rheinhardt examina quelques dessins épinglés au mur : d'autres jeunes femmes dans des postures suggestives de type onaniste. Au lieu de répondre, il posa à son tour une question :

— A-t-elle dit où elle allait dimanche ?

— En sortant d'ici ?

— Oui.

— Ah, je vois. Elle s'est enfuie, hein ? Voilà qui ne m'étonnerait pas.

— Pourquoi dites-vous ça ?

— Je crois qu'elle n'en pouvait plus. De la situation familiale. Elle s'en plaignait. C'est plus ou moins elle qui entretient sa famille. Vous comprenez, monsieur l'inspecteur, une jeune femme séduisante parvient toujours à gagner un peu d'argent.

— Elle ne s'est pas enfuie, Herr Rainmayr. Adele Zeiler a été assassinée.

Le peintre sourit, ne prenant pas cette affirmation au sérieux.

— Que me chantez-vous là ? Assassinée ?

— Dimanche soir. Son corps a été découvert dans le Volksgarten. Elle a été poignardée.

Rainmayr se raccrocha à la table pour ne pas perdre l'équilibre.

— Mon Dieu… Pauvre Adele ! Assassinée…

— Alors, a-t-elle dit où elle allait ?

Le peintre leva les yeux.

— Oui, elle devait rencontrer quelqu'un dans un café.

— Qui ?

— Je l'ignore. Un homme, je suppose.

— Dans quel café ?

— Elle a parlé du *Hönniger*… près de l'Ulrichskirche.

10

Leur séance musicale allait bientôt toucher à sa fin, et Liebermann se prit à réfléchir sur le choix des lieder que Rheinhardt avait interprétés. Son ami avait fait preuve d'une franche morbidité en privilégiant les textes sur les fossoyeurs, les séparations et la lune. À un moment donné, il avait insisté pour qu'ils s'essaient à un titre de Schubert assez peu donné, *À la mort*, et, quand il chanta les premiers vers – *Mort, effroi de la nature, Ton horloge avance sans répit* –, Liebermann décela un trouble qui lui fit deviner que son ami était récemment allé à la morgue. Plusieurs années dans la police ne l'avaient pas immunisé contre le spectacle d'un cadavre ; les défunts pouvaient bien se décomposer dans la terre, dans son esprit, leur souvenir se conservait à jamais.

— Avant que nous terminions, j'aimerais beaucoup entendre ceci, suggéra Liebermann.

Il attrapa un autre recueil de Schubert et le posa sur le porte-musique.

— *Der Doppelgänger*[1].

Rheinhardt n'était pas persuadé que ses cordes vocales seraient en état de fournir une interprétation valable.

1. *Le Sosie* en français.

— Je vais faire de mon mieux, mais ne m'en demande pas trop. Ma voix commence à me lâcher.

Avant de se lancer dans l'introduction mystérieuse, Liebermann laissa s'installer un silence respectueux. Puis il baissa les mains et les touches cédèrent sous le poids de ses doigts. Ce contact produisit de doux accords évoquant des cloches lointaines, l'obscurité et l'approche menaçante de quelque chose d'étrange. Rheinhardt se mit à chanter :

Still ist die Nacht
Calme est la nuit…

Le narrateur retourne devant la maison où vivait autrefois une femme qu'il aimait. Il voit là un homme accablé de chagrin, qui se tord les mains.

Une note dissonante se glisse dans la mélodie – un élancement angoissé.

L'horreur était perceptible dans la voix de Rheinhardt :

Mir graust es, wenn ich sein Antlitz sehe –
Der Mond zeigt mir meine eigne Gestalt.
Je frémis quand j'aperçois son visage
Car la lune me montre mes propres traits.

La voix ronde de baryton gagna en puissance et en résonance :

Ô toi, mon sosie, blême compagnon !
Pourquoi singes-tu le chagrin d'amour ?

Pendant quelques secondes, il y eut comme un soulagement, mais, bientôt, les accords insistants du piano, fatidiques, sombres, guidèrent le morceau vers sa conclusion désolée.

Les doigts de Liebermann ne quittèrent pas le clavier. Il était perdu dans ses pensées.

Un texte intéressant…

Le narrateur voit son double ; ce double n'est toutefois pas un être surnaturel, mais une vision de lui-même dans les affres d'un amour non partagé. Liebermann se demanda comment une telle hallucination pouvait se produire et quel but elle servait dans l'organisation psychique. Trop lourd à porter, le tourment du narrateur menaçait peut-être sa santé mentale, de sorte qu'un mécanisme protecteur s'était déclenché. Ainsi son chagrin se reportait ailleurs – du moins en grande partie. Si c'était le cas, le double pouvait constituer un moyen de défense complexe, en devenant le gardien des souvenirs et des émotions qui, sinon, risquaient de provoquer l'effondrement mental. Liebermann songea à Herr Erstweiler et à la façon affectueuse dont il avait parlé de Frau Milena, la jeune épouse de son logeur, Kolinsky. Pendant que ces idées s'enchaînaient, le jeune médecin perçut vaguement un son exprimant la frustration. Il prenait naissance non loin de l'endroit où se trouvait son ami.

— Dieu du ciel, Max ! Tu ne m'écoutes pas. Te voilà presque en transe !

Encore empêtré dans ses réflexions, Liebermann se retourna.

— Tu n'as pas entendu un seul mot de ce que j'ai dit ! grommela Rheinhardt.

Liebermann ôta les mains du clavier.

— C'est vrai, je l'avoue, Oskar. La musique a orienté le cours de mes pensées et je me suis bientôt perdu dans des conjectures brumeuses.

Il referma le couvercle du piano et caressa la laque noire.

— Excuse-moi, tu disais ?

Rheinhardt lâcha un soupir phénoménal.

— Maintenant, ça n'a plus d'importance.

— Allons, Oskar ! lui reprocha Liebermann en se levant. Passons au fumoir. Si je ne me trompe pas, nous avons beaucoup de choses à évoquer ce soir.

Les deux hommes s'installèrent dans des fauteuils placés devant un modeste feu de cheminée. Liebermann servit le brandy et offrit un cigare à l'inspecteur. Une fois bien installé, ce dernier fouilla dans la poche de son veston et tendit une enveloppe à son ami.

— Je m'y attendais, dit Liebermann en sortant des photographies.

Une jeune femme étendue sur l'herbe.

Le manteau ouvert, des bas rayés, des bottines…

— Elle s'appelait Adele Zeiler et avait dix-neuf ans. Un agent a découvert son corps lundi matin, tôt, dans le Volksgarten. Sa culotte avait été ôtée et des traces de semence sèche ont été trouvées sur sa robe. Aucun signe de lutte n'a été constaté, ni ongles cassés, ni ecchymoses, ni vêtements déchirés. En outre, le professeur Mathias n'a décelé aucune…

Rheinhardt toussa dans sa main et poursuivit :

— … blessure interne.

Le visage.

La main droite – ongles longs et intacts.

— Elle a donc consenti aux rapports sexuels ?

— C'est ce qu'il semblerait. J'ai trouvé un bouton de son manteau près du temple de Thésée. J'imagine que l'auteur du crime et sa victime ont dû s'abriter sous le toit de ce monument pour se livrer à leurs ébats intimes. Dans son excitation, l'homme a peut-être tiré sur le manteau et cassé le fil du bouton. Quoi qu'il en soit, elle a sans doute accepté de se replier dans un endroit plus discret et ils ont choisi une rangée de buissons, à proximité.

— Comment est-elle morte ?

— Elle a été poignardée.

Liebermann reprit la première photographie et fronça les sourcils.

— Avec ça, ajouta l'inspecteur en fouillant de nouveau dans sa poche.

— Une épingle à chapeau ?

— Exactement.

Liebermann attrapa l'objet, l'examina, puis laissa courir son doigt sur l'aiguille et en tâta la pointe.

— Nous savons où elle a été achetée, poursuivit Rheinhardt. Dans un petit magasin de la rue Hoher Markt appartenant à Herr Jaufenthaler. C'était l'une des cinq que lui avait fournies Krawczyk, un Polonais. Herr Krawczyk n'a pas réussi à persuader beaucoup de bijoutiers viennois de lui en acheter. Deux seuls autres magasins en ont pris, mais, à ce jour, n'en ont pas encore vendu une seule.

Rheinhardt s'interrompit pour souffler un gros nuage de fumée.

— Herr Jaufenthaler, lui, est parvenu à les vendre toutes les cinq et il se souvient que l'un des clients était un monsieur.

— Il a pu le décrire ?

— Oui, mais pas très bien : cheveux bruns, teint pâle, bonnes manières. Pas encore la trentaine. Pas de signe distinctif.

Liebermann posa l'épingle sur la table basse et reporta son attention sur les photos.

— Où a-t-elle été poignardée ? Je ne vois pas de taches de sang sur sa robe, notamment au niveau du cœur, là où je pensais en trouver.

Rheinhardt garda le silence.

— Fräulein Zeiler n'a sûrement pas été poignardée dans le dos. Infliger une blessure mortelle, du moins une blessure entraînant un décès immédiat, par-derrière, avec une arme aussi petite serait presque impossible. On pourrait traverser les poumons, je suppose… mais ça manquerait d'efficacité.

Voir son ami plongé dans un tel abîme de perplexité procura à l'inspecteur une satisfaction un rien coupable. Cette situation étant rare, il entendait faire durer le plaisir. Il se contenta donc de lâcher :

— Le professeur Mathias était impressionné par l'ingéniosité de l'assassin.

À présent irrité parce qu'il ne parvenait pas à résoudre cette énigme, Liebermann jeta un regard furieux à l'inspecteur.

— Alors ?

Rheinhardt sirota une gorgée de brandy.

— Il a introduit l'épingle…

Il ne put s'empêcher de retarder la révélation de quelques secondes.

— … entre la plus haute vertèbre et le crâne, dans ce qu'on appelle, je crois, le trou occipital, et a ainsi touché le cerveau.

Du plat de la main, Liebermann se frappa la tempe.

— Bien sûr ! Que je suis bête ! Et comme c'est intéressant !

Il prononça le dernier mot avec une insistance qui trahissait une soudaine illumination.

— Intéressant ? Pourquoi ?

À son tour, Liebermann fit des mystères.

— Continue, je t'en prie.

Rheinhardt savait qu'il ne servirait à rien d'insister.

— Le père de Fräulein Zeiler a signalé sa disparition et, par la suite, a reconnu le corps. Elle habitait avec ses parents et deux sœurs dans le 16e arrondissement. Les deux sœurs sont handicapées, l'une souffre d'une maladie pulmonaire, l'autre est infirme. Les Zeiler dépendaient de plus en plus d'Adele pour survivre, surtout depuis que Herr Zeiler a perdu son travail. Elle les entretenait en revendant les cadeaux de messieurs, des messieurs dont elle cultivait l'amitié, si l'on peut dire, uniquement dans ce but. Son père a juré qu'elle n'acceptait jamais d'argent, mais la plupart des gens ne verraient pas grande différence entre elle et une prostituée. Elle complétait aussi ses revenus en posant pour un peintre, un certain Rainmayr, un type peu recommandable que je suis allé voir hier. Si j'emploie ce terme, c'est surtout à cause de ses toiles. Ses œuvres, si on peut les appeler ainsi, doivent plaire au genre de types qu'on surprend à passer des pièces sous la table pour acheter des cartes postales obscènes au *Café Central*. Il peint des jeunes filles. De très jeunes filles.

Son expression s'assombrit.

— Rainmayr prétend avoir des clients dans des cercles proches du pouvoir, une affirmation qui, je le crains, peut très bien être exacte. Fräulein Zeiler est allée voir Rainmayr dimanche après-midi. Elle voulait travailler pour lui, mais il a décliné son offre. Ils se sont disputés, je suppose. Elle a ensuite quitté l'atelier pour un petit café, le *Hönniger*, où Rainmayr croit qu'elle devait rencontrer un de ses admirateurs. J'y suis allé et l'un des serveurs a reconnu Fräulein Zeiler en voyant sa photographie. Il m'a confirmé qu'elle était là dimanche soir avec un homme dont il a fourni une description qui correspond à celle de Herr Jaufenthaler : cheveux bruns, plutôt grand, mince, pâle… avec un détail supplémentaire : des yeux bleus. Le serveur pense qu'il devait exercer une profession libérale.

Liebermann reprit en main l'épingle à chapeau pour l'étudier de plus près. La courbure, près du petit renflement en argent, sembla tout particulièrement l'intéresser. De nouveau, il passa un doigt sur toute la longueur de l'aiguille.

Une pluie d'étincelles jaillit des flammes dans la cheminée.

— Il est tentant de supposer que le compagnon brun de Fräulein Zeiler est l'assassin, reprit l'inspecteur. Nous n'avons cependant pas de preuve irréfutable. Il a pu acheter l'épingle pour l'offrir à Fräulein Zeiler, après quoi chacun serait reparti de son côté. N'oublions pas qu'une telle jeune femme devait susciter de fortes jalousies. À l'évidence, elle ne s'attachait pas à ses partenaires masculins, mais eux, quels étaient les sentiments qu'ils éprouvaient à son égard ? Les menait-elle en bateau ? Et si l'un d'eux s'était aperçu qu'elle se moquait de son affection ? Un homme entiché d'elle aurait pu la voir dans ce café en train de flirter outrageusement avec l'inconnu brun, et en devenir fou furieux. N'aurait-il pas pu la guetter et lui laisser croire que c'était une rencontre due au hasard ? Enfin, n'aurait-il pas pu convaincre Fräulein Zeiler de se promener avec lui dans le Volksgarten pour profiter une dernière fois de ses faveurs avant de…

Liebermann leva la main avec impatience.

— Non, non et non ! s'écria-t-il. Pas du tout ! Ce meurtre n'a rien à voir avec un vulgaire mélodrame du *demi-monde*[1]. Il ne s'agit ni de promesses non tenues, ni d'espoirs brisés, ni d'orgueil blessé !

Saisi, Rheinhardt haussa un sourcil.

— La jalousie, poursuivit Liebermann, surtout chez les hommes, est souvent cause de violence sexuelle à titre de punition ; néanmoins, l'individu qui a assassiné Fräulein Zeiler se distingue, me semble-t-il, du lot commun d'amoureux irascibles et vengeurs. Son mobile me paraît aussi peu habituel que

1. En français dans le texte.

l'air d'une autre planète. J'irai même jusqu'à dire qu'il est unique dans les annales de la psychopathologie.

L'exaltation gagnait le jeune médecin.

— Même l'ouvrage de Krafft-Ebing, *Psychopathia sexualis*, qui dresse une liste impressionnante dans laquelle on trouve assassins pervers sexuels, nécrophiles, fétichistes, sadomasochistes, vampires et coprophiles, hermaphrodites et exhibitionnistes, ne recense pas de cas comparable.

À mesure que la fièvre de Liebermann montait, l'expression de Rheinhardt se faisait plus sceptique.

— Allons, Max ! Cet homme est en effet très intéressant en ce qu'il a imaginé et mis en œuvre une technique pour tuer avec une épingle à chapeau apparemment inoffensive, je te l'accorde. Mais, à part ça, je ne vois rien de singulier ni de remarquable dans ce crime. Si l'auteur n'est pas un amoureux jaloux, il doit au pire s'agir d'un pervers sexuel. Il a bénéficié des faveurs de Fräulein Zeiler, après quoi il l'a tuée.

— Permets-moi de ne pas être d'accord avec toi.

— Je ne pensais pas que ce point pouvait prêter à controverse !

— Si tu veux bien, je vais te faire part de quelques observations cliniques utiles à notre propos. Lors d'un crime sexuel, le pervers, à plus forte raison le nécrophile, tue pour obliger sa victime à se soumettre à son désir, une femme morte n'étant pas en mesure de rejeter ses avances. D'après l'autopsie du professeur Mathias, nous savons que Fräulein Zeiler s'est donnée sans résister. Donc, son assassin n'avait pas besoin de la supprimer. Il n'avait pas besoin d'user de violence pour prendre ce qu'on lui offrait !

L'inspecteur parut perplexe.

— Je ne suis pas vraiment ta démonstration… et je ne comprends toujours pas que tu réfutes ce que j'ai dit tout à l'heure.

— Pour toi, les rapports sexuels ont eu lieu, et ensuite l'assassin a tué Fräulein Zeiler. Je ne pense pas que les faits se soient déroulés de cette façon. Il ne l'a pas tuée après les rapports sexuels, mais pendant !

Rheinhardt gonfla les joues, relâcha lentement l'air, fit mine de prendre la parole, puis se ravisa.

— Introduire une épingle à chapeau dans le trou occipital pour atteindre le cerveau n'est pas une tâche aisée, reprit Liebermann. Il faut que la tête de la victime soit penchée en avant de façon à élargir l'ouverture entre vertèbre et crâne. L'activité sexuelle devait permettre une grande latitude au meurtrier. Il a pu soulever la tête de Fräulein Zeiler, peut-être pour un baiser, pendant qu'il mettait l'épingle à chapeau en position afin de parvenir à… la culmination du plaisir.

— Que veux-tu dire par là ?

— Il a probablement atteint le point culminant du plaisir sexuel en enfonçant l'épingle. Écoute, si je ne me trompe pas, il n'a rien de commun avec les pervers et les nécrophiles de Krafft-Ebing, que les mortes excitent. Ce ne sont pas les mortes qui l'excitent, mais la mort elle-même ! Il s'agit d'un *thanatophile* !

Rheinhardt se servit une dose généreuse de brandy et l'avala d'un trait, à une vitesse qui lui était peu coutumière.

— Tu disais qu'il ne devait pas être facile d'atteindre le cerveau avec une épingle à chapeau.

— En effet.

— Il semble pourtant qu'il n'ait eu aucun mal à y parvenir.

— Dans ce cas, c'est qu'il ne manque pas de pratique, répliqua Liebermann.

11

— Excusez-moi de vous déranger, monsieur, dit Haussmann, sur le seuil. Mais il y a une jeune femme en bas qui veut vous voir. Elle est un peu agitée et elle… insiste beaucoup, conclut le jeune homme d'un air contrit.

— Pourquoi veut-elle me voir ?

— Elle assure qu'elle a des renseignements qui vous intéresseront.

— Quels renseignements ?

— Je n'en ai aucune idée, monsieur. Elle n'a pas voulu me le dire.

— Et vous n'avez pas essayé de le savoir ?

— Si, monsieur, mais mes moyens de persuasion se sont révélés insuffisants.

— Bon, je suppose que vous l'avez convaincue de divulguer son nom, Haussmann – au moins ça ?

— Pryska Sykora, monsieur.

— Ça ne me dit rien. Autant la faire monter quand même, je suppose.

Alors qu'il commençait à reculer dans le couloir, Haussmann se figea soudain.

— Oui ? demanda Rheinhardt. Qu'y a-t-il ?

Son adjoint s'empourpra.

— Ce n'est qu'un petit détail, monsieur, mais je crois que je devrais le mentionner, car il est révélateur du caractère de Fräulein Sykora. Non seulement elle a insisté pour que vous la receviez, mais elle m'a aussi demandé si je ne pouvais pas envisager de l'emmener au théâtre un soir de cette semaine.

— Je vois. Et vous l'avez fait ?

— Quoi donc, monsieur ?

— Envisagé de l'emmener au théâtre.

— Si je dois être tout à fait franc, oui, monsieur. Elle est très jolie ; toutefois, je me suis bien vite douté qu'accepter cette proposition vous mécontenterait.

— Haussmann, malgré votre jeune âge, vous êtes d'une grande sagesse.

— Merci, monsieur.

— Pas de quoi. Et maintenant, si vous vouliez bien aller chercher cette *femme fatale*[1], je vous en serais très reconnaissant. La journée est déjà fort avancée et, à mon grand regret, je n'ai pas accompli grand-chose.

Après le départ de son adjoint, l'inspecteur ouvrit un tiroir de son bureau et en sortit un carton contenant des *Linzer Kekse* en forme de cœur, confectionnés par son épouse.

Rheinhardt aimait beaucoup ces biscuits car sa femme les enrobait toujours d'un épais glaçage et cimentait les couches de pâte avec une quantité astronomique de confiture de framboises. Il se demanda si sa pâtisserie, qui se signalait toujours par sa surabondance, ne trahissait pas la nature profonde de son épouse. Selon Liebermann, les petites choses généralement jugées insignifiantes, par exemple le choix de tel ou tel moule à gâteau, fournissaient souvent d'excellents filons à exploiter au cours d'une psychanalyse. L'inspecteur saisit un biscuit, étudia ses dimensions, sa forme révélatrice et la profusion de glaçage et de confiture. Sans doute pouvait-on voir là les signes indiscutables d'un esprit généreux, songea-t-il. Il fut submergé par la force de ses sentiments, puis éclata de rire. *L'Interprétation des rêves* du professeur Freud avait reçu un accueil mitigé. Que

1. En français dans le texte.

penserait le monde d'une *Interprétation des biscuits* ? Peut-être valait-il mieux laisser la psychanalyse à Liebermann.

Il mangea un gâteau et se préparait à en savourer un deuxième quand Haussmann revint avec Fräulein Sykora, une très jeune fille, sans doute âgée de moins de dix-sept ans, petite, et presque belle. Le tableau était gâché par un visage exprimant de la « dureté », Rheinhardt ne pouvait trouver d'autre terme.

— Fräulein Sykora, entrez, je vous prie, dit-il en se levant.

Il remarqua quelques miettes sur son buvard et les épousseta discrètement.

— Je suis bien l'inspecteur Rheinhardt.

Haussmann prit le manteau de Fräulein Sykora et lui avança un fauteuil devant le bureau de son supérieur. Elle ne le remercia pas, même d'un regard. Haussmann s'éloigna, accrocha le manteau à la patère et resta à distance respectueuse.

— Eh bien, dit l'inspecteur en se rasseyant. Je crois comprendre que vous disposez d'un renseignement que vous pensez susceptible de m'intéresser.

— Oui. Vous êtes bien le policier qui enquête sur le meurtre d'Adele Zeiler ?

Son accent manquait de raffinement, mais sa voix avait un timbre rauque agréable.

— C'est exact.

— J'en ai entendu parler hier.

Rheinhardt nota qu'elle avait entendu parler du meurtre, et n'avait pas appris la nouvelle en lisant les journaux.

— Par qui ?

Elle pivota et regarda Haussmann.

— Je parlerai pas tant qu'il sera là.

— Haussmann est mon adjoint. Ce que je sais, il doit le savoir lui aussi.

— Ce que j'ai à dire est… personnel.

Rheinhardt soupira, puis regarda son adjoint.

— Haussmann, ça ne vous ennuie pas d'attendre dehors ?

— Pas du tout, monsieur.

Le jeune homme s'inclina et sortit en refermant la porte avec juste assez de force pour attester que son orgueil avait été blessé.

Rheinhardt joignit les mains et, du bout des doigts, se tapota les lèvres.

— Alors ? Comment avez-vous appris la triste nouvelle ?

— Par mes amies… celles qui m'ont parlé de vous.

— Et qui peuvent bien être ces amies ?

— Elles étaient chez Rainmayr quand vous êtes allé l'interroger.

— Ah oui ! Lissi et Toni ?

— Oui, exactement.

Fräulein Sykora se tut et regarda autour d'elle avant de demander :

— Vous payez pour ça ?

Surpris, l'inspecteur recula légèrement.

— Payer pour quoi au juste ?

— Pour les renseignements.

— Eh bien, ça dépend.

— Bon, mais vous payez, hein ? Combien ?

— Quand des citoyens nous fournissent des renseignements qui nous sont utiles, nous avons parfois l'habitude, dans les services de police, de les récompenser par de petites gratifications.

— On parlait, Adele et moi… on était de bonnes amies.

— Et de quoi parliez-vous ?

— De choses et d'autres… De Rainmayr.

La jeune fille pinça les lèvres et frotta le pouce contre l'index.

Rheinhardt trouva deux couronnes dans sa poche et les posa sur son bureau.

— Partons du principe que je m'intéresse à ce que vous avez à me dire. Mais il faut vous montrer un peu plus loquace.

Elle acquiesça.

— Adele était en colère contre Rainmayr. Elle voulait du travail et il refusait de lui en donner. Elle l'injuriait. Une fois, elle l'a même menacé.

— De quoi ?

— C'est un peintre. Vous savez comment sont les peintres avec leurs modèles.

— Fräulein Sykora, sous-entendez-vous que Herr Rainmayr avait des relations avec elle ?

— Il a fait ce qu'il a voulu avec elle, oui. Quand elle était plus jeune. Alors, elle lui a dit qu'elle préviendrait la police s'il ne lui donnait pas de travail.

— Avez-vous la preuve de ce que vous avancez ?

— C'est ce qu'elle m'a dit.

— Quand ?

— Je ne me rappelle pas. Elle le disait tout le temps.

Elle se pencha pour ramasser les pièces qu'elle examina dans sa main ouverte.

— C'est pas beaucoup, monsieur l'inspecteur.

— Quand avez-vous vu Adele pour la dernière fois ?

— Vendredi soir.

— Où ?

— Nous nous sommes croisées dans la Lange Gasse.

— Sortait-elle de chez Rainmayr ou allait-elle le voir ?

— Elle devait voir quelqu'un d'autre. Un ami.

— Où ?

— Dans le salon particulier d'un restaurant.

— Lequel ?

— Je ne sais pas.

— A-t-elle mentionné le nom de cet ami, ou dit quoi que ce soit à son sujet ?

— Non. Elle a juste dit qu'elle avait rendez-vous avec lui et qu'il lui avait promis un cadeau.

— Quel genre de cadeau ?

Fräulein Sykora haussa les épaules.

Rheinhardt attrapa son stylographe et prit quelques notes.

— Je sais d'autres choses… sur Adele, dit la jeune fille en faisant sonner les pièces dans son poing fermé.

— Où habitez-vous, Fräulein Sykora ?

— Au-dessus du café de Kirchmann.

— Avec votre famille ?

— Non.

— Puis-je vous demander… comment vous payez votre logement ?

— Je ne paye pas. Herr Kirchmann a dit que je pouvais habiter dans le grenier si je…

Elle marqua une pause et détourna les yeux avant d'ajouter :

— … si j'aidais à la cuisine.

Rheinhardt doutait fort que l'arrangement entre eux ait consisté en un simple hébergement contre du travail.

— Dites-moi, depuis quand connaissiez-vous Adele Zeiler ?

— Un an à peu près.

— Et comment avez-vous fait sa connaissance ?

— Elle venait chez Kirchmann avec d'autres modèles de Rainmayr. Quand il n'y avait pas grand monde, j'allais m'asseoir avec elles.

Pryska Sykora empocha les pièces et ajouta :

— Je pensais vraiment toucher plus que ça.

Rheinhardt la scruta.

— Quel âge aviez-vous quand Herr Kirchmann vous a proposé de vous héberger ?

Elle fronça les sourcils.

— Écoutez, je suis venue vous parler d'Adele et de Rainmayr, pas de moi.

— Si vous habitez chez Kirchmann depuis au moins un an, vous deviez être très jeune quand vous vous y êtes installée.

— Pas tant que ça.

— Quel âge avez-vous ?

— Vingt ans.

Rheinhardt sourit.

— Eh bien, Fräulein, les dieux de la jeunesse doivent vous favoriser. Vingt ans, vraiment ! Où habitent vos parents ?

— Je suis venue parler d'Adele et de Rainmayr ! hurla-t-elle en frappant du pied. Pas de moi ! Mais si ça ne vous intéresse pas…

Elle se leva soudain et tourna les talons.

— Fräulein Sykora ?

Rheinhardt posa une autre pièce sur le bureau. Fräulein Sykora s'en saisit et alla chercher son manteau, puis ouvrit la porte et brailla à Haussmann :

— Raccompagnez-moi en bas ! Je m'en vais !

Haussmann passa la tête dans l'entrebâillement pour demander une confirmation à son supérieur.

— Oui, notre entretien est terminé, lui dit l'inspecteur avant de s'adresser à la jeune fille : Au revoir, Fräulein Sykora. Vous nous avez beaucoup aidés.

12

Miss Amelia Lydgate en était arrivée à reconnaître ses lacunes en musique. Dans la plupart des villes, cette insuffisance de connaissances n'aurait pas eu d'importance ; cependant, à Vienne, ne pas être capable de converser intelligemment sur ce sujet constituait un net handicap social. Elle était donc décidée à y porter remède et avait demandé à Liebermann de lui recommander quelques concerts. Aussitôt, il l'avait invitée à aller écouter avec lui un récital de piano dans la Bösendorfer Saal. En prenant les billets, il découvrit un programme qui lui parut convenir au tempérament et à la nationalité d'Amelia car il reposait en grande partie sur les *Suites anglaises* de Jean-Sébastien Bach. Liebermann était sûr que la « logique » de Bach plairait à cette jeune femme cérébrale et espérait que la référence à son pays natal créerait une illusion de familiarité rassurante (une illusion, car il n'y avait rien de spécialement anglais dans ces suites, sinon qu'elles avaient été commandées au compositeur par un aristocrate anglais).

Après les deux premières suites, Liebermann et Amelia Lydgate écoutèrent une interprétation énergique de la troisième en *sol* mineur. Prélude, allemande et courante étaient vigoureux et passionnants, mais l'humeur du quatrième mouvement, une sarabande, était bien différente : triste, introspective. La mélodie ornée s'apparentait à une improvisation vocale avec accompagnement de cordes pincées. De temps à autre, un changement d'accord touchait profondément Liebermann. Il avait l'impression que quelque chose s'ouvrait en lui, se dénouait. En dépit de sa compétence impitoyable, Bach parvenait à émouvoir le jeune médecin. Et pourtant la musique n'était jamais mièvre. Le vénérable compositeur se dispensait de formules éprouvées racoleuses au profit d'un moyen d'expression encore plus puissant : une ingénuité enchanteresse.

Curieux de savoir si elle avait été touchée elle aussi, Liebermann jeta un bref coup d'œil à sa compagne.

Pâleur de la peau, cheveux cuivrés et yeux d'un bleu-gris indéterminé...

Comme à son habitude, elle arborait une expression fervente et son front se plissait de concentration.

Amelia Lydgate le déconcertait.

À certains moments, il était tellement près de lui déclarer son amour qu'il avait peine à se contenir. À d'autres, rebuté par son intellectualisme et sa froideur, il était bien content de n'avoir jamais cédé à ses pulsions. Leur relation était compliquée. Amelia Lydgate avait autrefois été la patiente du jeune médecin et, si cela ne suffisait pas à le persuader qu'une proposition amoureuse de sa part serait déplacée, il pouvait toujours repenser à la cause de sa paralysie hystérique : le souvenir refoulé d'une agression sexuelle. Liebermann avait traité Amelia Lydgate et, avec le temps, ils étaient devenus amis. Au début, il avait justifié ses interventions répétées dans la vie de la jeune femme par des considérations d'ordre médical ; ensuite, il s'était convaincu que c'était par altruisme qu'il lui apportait son aide et ses conseils du fait qu'elle était seule dans un pays étranger ; enfin, il avait compris que ses dons intellectuels et ses compétences scientifiques (elle s'était spécialisée dans le sang humain et maniait les microscopes avec talent) pouvaient être utilisés par les services de police. D'ailleurs, Rheinhardt avait déjà fait appel à elle. Les justifications s'étaient multipliées, chacune rapprochant encore davantage les deux jeunes gens.

Quelques mois plus tôt, sur le pont Charles, à Prague, Liebermann avait confié ce sentiment amoureux à son oncle. Alexander avait alors fait remarquer que dans la vie de tout homme, il y avait trois femmes qui comptaient : sa femme, sa maîtresse, et un objet de désir inaccessible. Pour son oncle, à l'évidence, Amelia Lydgate était cet objet inaccessible, une passion fantasmée, qu'il valait mieux cantonner à l'imaginaire pour qu'elle lui rappelle à jamais la propension juvénile à aimer et à désirer. La consommation se révélerait décevante.

Un nouveau changement de tonalité exquis...

Liebermann examina les mains d'Amelia, croisées sur le velours vert de sa robe. Son oncle pouvait bien avoir raison, cela ne l'empêchait pas d'avoir envie de poser la main sur ces doigts fins.

Les danses suivantes de la *Suite en sol mineur* arrachèrent Liebermann à sa rêverie et le dernier mouvement, une gigue enlevée, mit fin au concert. Des applaudissements insistants persuadèrent le pianiste de rejouer, un arrangement délicieux de *Schafe können sicher weiden*[1]. Après quoi, le pianiste indiqua sa fatigue en refermant le couvercle de son instrument et les lumières se rallumèrent pendant qu'il quittait la scène.

— Alors, avez-vous aimé ce concert ? demanda Liebermann à sa compagne.

— Oui, beaucoup.

Ils allèrent chercher leurs manteaux au vestiaire et se dirigèrent vers le *Café Central* où Liebermann suggéra de manger un gâteau et de boire un café. Il y avait un certain temps, il aurait estimé qu'une telle invitation était inconvenante, mais, à présent, leur amitié était suffisamment établie pour que ces scrupules n'aient pas lieu d'être. Ils entrèrent dans l'établissement et gagnèrent l'*Arkadenhof*, une cour au toit vitré, décorée de petits arbres. Un balcon cintré surplombait les trois arcades et les tables étaient disposées entre de hauts murs percés de fenêtres. Des

1. Les moutons peuvent paître en paix.

lampes à gaz sphériques semblaient planer mystérieusement, mais un examen plus attentif révélait le secret de leur suspension : des pieds en fer forgé peints en noir. Un serveur émergea des arcades et escorta le couple jusqu'à une table ronde cachée derrière un oranger miniature. Liebermann commanda un café noir pour lui et un thé earl grey pour Amelia.

— Désirez-vous une pâtisserie ? demanda-t-il à sa compagne.

Le serveur s'interposa :

— Puis-je vous recommander le *Scheiterhaufen*[1] ? Il est vraiment exceptionnel.

— Bon, je m'en remets à votre conseil avisé. Ce sera donc un *Scheiterhaufen*.

Dans son allemand parfait on ne percevait qu'une pointe d'accent anglais.

— Et pour vous, monsieur ?

— La même chose.

— Voilà une sage décision, monsieur.

Lorsqu'ils évoquèrent le concert, Amelia fit remarquer que la musique, étant le plus abstrait de tous les arts, représentait un sujet de conversation des plus difficiles pour les non-initiés.

— Oh ! je ne sais pas, répliqua Liebermann. La musique se ressent autant qu'elle se comprend. Il est toujours possible de parler de ses effets, même si on a peu ou pas du tout de connaissances techniques.

— C'est vrai, mais je trouve une telle conversation peu satisfaisante. Évoquer des impressions subjectives ne mène pas très loin ; on ne saurait trouver des arguments convaincants si la condition sine qua non de tout dialogue n'est pas remplie, à savoir l'usage d'un code commun.

Les yeux d'Amelia captèrent la lumière de la lampe et la transformèrent en quelque chose de vivant et de

1. Ce « bûcher » est un pain perdu.

mystérieux. Son compagnon fut alors frappé par les taches bleu électrique qui apparurent dans les iris de la jeune femme.

— Peut-être pourriez-vous apprendre à jouer d'un instrument ?

— Oh non !

— Et pourquoi donc ?

— Mes études médicales et scientifiques me prennent tout mon temps, et sans pratique quotidienne, je jouerais très mal.

Ils parlèrent un peu des cours d'Amelia, de son intérêt soutenu pour les maladies du sang et de son enthousiasme grandissant pour les dissections. Ce dernier point n'était pas très étonnant dans la mesure où la faculté de médecine était réputée pour son obsession des autopsies.

— Oui, l'anatomie pathologique est un champ d'études fascinant, reconnut Liebermann. Toutefois, quand j'étais étudiant, je trouvais que certains professeurs mettaient trop l'accent sur les dissections au détriment de la guérison des patients vivants. Bien sûr, ils appartenaient à une autre génération. À l'époque où ils faisaient leurs études, tout traitement était vivement déconseillé car il pouvait modifier la progression naturelle des symptômes et induire le pathologiste en erreur. Cela donne à réfléchir, n'est-ce pas ? On m'a dit – et je crains que ce ne soit vrai – que dans certaines salles d'hôpital le seul médicament prescrit était le kirsch.

Amelia Lydgate pencha la tête.

— C'est bien possible, mais je ne peux m'empêcher d'admirer leur détermination. Les avancées dont nous bénéficions aujourd'hui n'auraient pas pu voir le jour sans leur travail acharné. Je crois que Carl von Rokitansky a pratiqué plus de quatre-vingt-cinq mille dissections de cadavres.

Le serveur revint avec leur commande, café, thé et gâteaux servis chauds qui exhalaient un arôme puissant de vanille, de cannelle et de rhum. Parsemées de raisins secs et couvertes d'un glaçage, les épaisses tranches de pain étaient imbibées de compote de pommes.

— J'ai entendu parler d'un médecin légiste assez intéressant auquel la police a recours. Le professeur Mathias, c'est bien ça ?

— En effet.

— Est-ce que l'inspecteur Rheinhardt le consulte ?

— Oui, même s'il s'agit d'un légiste peu orthodoxe pour qui l'intuition joue un grand rôle. Certains lui reprochent son excentricité. D'autres vont jusqu'à le traiter de fou.

— J'aimerais beaucoup le voir travailler.

— L'inspecteur Rheinhardt ne soulèverait aucune objection, mais j'ignore ce qu'en penserait le professeur. Il est assez imprévisible. Voulez-vous que je pose la question à Rheinhardt ? C'est le moins que je puisse faire.

— Je veux bien, si ça ne vous dérange pas. Merci.

Liebermann goûta le *Scheiterhaufen* et fut content d'avoir suivi le conseil du serveur.

— J'ai lu un article dans le journal sur le meurtre d'Adele Zeiler, dit Amelia.

— Une histoire terrible.

— Est-ce que l'inspecteur Rheinhardt s'en occupe ?

La bouche pleine, Liebermann inclina la tête.

— L'article mentionnait qu'on s'attendait à voir cet assassin faire d'autres victimes.

Amelia hésita avant d'ajouter :

— L'année dernière, on m'a permis de donner un coup de main lors d'une enquête criminelle. Pensez-vous que je pourrais recommencer ?

Liebermann était mal à l'aise. D'instinct, il voulait la protéger de tout ce qui était lié à une forme quelconque de violence sexuelle. Elle sembla lire dans ses pensées.

— Docteur Liebermann, ce crime porte un coup terrible à l'ensemble des femmes. Tant que l'assassin restera en liberté, aucune ne pourra se promener sans peur dans les rues de Vienne. Je me sens obligée de vous proposer mon aide non seulement par esprit civique, mais par esprit de solidarité envers mes sœurs. J'espère que vous voudrez bien informer l'inspecteur Rheinhardt que je suis prête à lui apporter mon concours.

Touché par sa vaillance, mais aussi quelque peu déconcerté par son vocabulaire militant, le jeune médecin sourit. À l'évidence, elle s'était plongée dans les écrits du mouvement réformiste des femmes.

— Bien entendu, répondit-il.

Lorsqu'il porta à sa bouche un morceau de *Scheiterhaufen*, son plaisir gustatif se trouva en subtile résonance avec l'expression satisfaite d'Amelia Lydgate.

13

Assise à sa coiffeuse, Kristina Vogl triait le courrier arrivé ce jour-là. Il y avait surtout des lettres de remerciements envoyées par les amis et relations qu'elle avait invités à l'inauguration de sa maison de couture. Au milieu de la pile se trouvait une enveloppe de papier fin et bon marché qu'elle mit de côté. Après avoir lu les autres missives, elle les noua avec un ruban rouge et les déposa dans le tiroir du bas de sa coiffeuse. Puis elle attrapa l'enveloppe qu'elle avait écartée et, au bout d'un long moment, se mit à la déchirer en fins rubans, chacun réduit à son tour en petits morceaux. Les confettis obtenus furent jetés dans une corbeille en osier.

Kristina Vogl surprit son reflet dans le miroir.

La lumière dessinait des ombres sous ses yeux. Elle testa sa peau, la tira vers le bas pour s'assurer que cette noirceur n'était qu'illusion d'optique.

Les journalistes s'étaient montrés généreux dans les rubriques mondaines. *Une jeune femme séduisante*, voilà comment la plupart d'entre eux la décrivaient. Pourtant, elle était très consciente des ravages du temps. Une jeune femme séduisante pouvait devenir presque invisible aux yeux du sexe opposé en l'espace de quelques cruelles années. Elle avait déjà remarqué les premiers signes de déclin. En observatrice passionnée du comportement humain, Kristina avait appris à lire dans les yeux des hommes leurs pensées les plus secrètes. Même Wanda, son assistante, cette fille immature à la mauvaise tenue et aux traits empâtés, pourrait bientôt réussir à lui ravir les regards admirateurs qu'elle avait jusque-là considérés comme allant de soi.

Quand elle jeta un coup d'œil dans la corbeille et vit les restes de la lettre qu'elle n'avait pas lue, elle froissa du papier à lettres et le disposa pardessus pour les cacher. Cette précaution était inutile, mais renoncer à ses anciennes habitudes n'était pas facile. Et se montrer vigilant ne coûtait rien.

Elle se leva, traversa la pièce et se coucha. Au moment où elle allait éteindre la lampe électrique, dont l'ampoule était dissimulée par un abat-jour à motif de fleurs, son geste fut interrompu par des petits coups respectueux frappés à la porte.

Ce discret appel venait de la chambre de son mari, contiguë à la sienne.

— Entre, dit Kristina.

La porte s'ouvrit, encadrant la silhouette du Dr Heinz Vogl. Homme mûr, il portait une barbe et une moustache soignées parcourues de nombreux poils blancs. Il avait ôté sa veste mais non son gilet. Sa chaîne de gousset en or brillait sur le tissu gris anthracite.

— Ah, ma chérie, tu ne dors pas encore.

Il entra et s'assit au bord du lit.

— Tu as été appelé en urgence ?

— Oui. C'était le vieux général. Il avait une peine horrible à respirer. Je croyais qu'il allait mourir. Mais il a tenu le coup. Sa famille m'a retardé. Tous avaient des tas de questions à me poser… trop, si tu veux mon avis.

— Ah bon ?

— Son fils tenait à connaître dans tous les détails l'état de son père. Je le soupçonne fort de songer à l'héritage.

— Quelle horreur !

— Oui, le vieux général méritait mieux, dit Vogl en effleurant le col de la chemise de nuit que portait son épouse. C'est nouveau ?

Kristina le confirma.

— Nous avons eu une livraison de soie chinoise. Je n'ai pas pu résister.

Vogl sourit.

— Très joli. Tu es exquise.

D'un doigt replié, il lui souleva le menton afin que leurs lèvres se joignent. Sa tendresse se fit bientôt plus pressante et sa main libre trouva la courbe tiède, offerte, d'un sein sous la soie souple et diaphane. Kristina se crispa.

— Qu'y a-t-il ?

— Je regrette, Heinz. Je suis très fatiguée, dit-elle avec un pincement de culpabilité.

Kristina n'avait pas pu donner à son mari les enfants qu'il désirait tant avoir et, de ce fait, considérait qu'il était de son devoir de ne jamais lui refuser ses faveurs d'épouse. Pourtant, cette fois, la lettre déchirée mise à la corbeille ne parvenait pas à lui sortir de l'esprit : le papier bon marché, l'écriture affreuse.

— Tu as toi aussi travaillé dur. Je suis un imbécile de ne pas y avoir songé.

Sans trahir la moindre irritation, Vogl s'écarta et, en serrant la main de Kristina dans la sienne, il ajouta :

— As-tu eu de nouvelles clientes ?

— Oui. La comtesse Kézdi.

— Comment a-t-elle entendu parler de toi ?

— Elle connaît Frau Schmollinger.

— Je vois.

Vogl mentionna que le professeur Hipfl, le directeur des services de santé, les avait invités à dîner, et que Frau Hipfl avait manifesté le désir de se rendre dans la maison de couture. Ils s'entretinrent encore quelques minutes du déroulement de leur journée respective jusqu'au moment où Kristina étouffa un bâillement. Vogl déposa un chaste baiser sur son front et, à contrecœur, libéra sa main.

— Je vais dormir à côté. J'ai envie de lire un peu. Bonne nuit, mon amour.

Kristina éteignit la lumière. Le contact de sa chemise de nuit sur sa peau était agréable. Les flacons de parfum posés sur sa coiffeuse diffusaient des effluves de rose et de lavande. Elle avait lutté de toutes ses forces pour arriver à mener cette vie. Pas question que quelqu'un l'en prive.

14

Rheinhardt fit entrer Herr Jaufenthaler et Jochen Wetl (le serveur du *Hönniger*) dans une grande pièce. Des hommes vêtus sans excentricité, flanqués d'agents de police, étaient alignés contre le mur du fond. L'inspecteur n'espérait pas vraiment que les deux témoins reconnaîtraient « le brun aux yeux bleus » parmi eux, mais il se disait que, même si une identification catégorique était peu probable, elle n'était pas pour autant impossible. Dans le journal de la police, il avait lu que ce genre de confrontation avait plus d'une fois permis de boucler une enquête d'une façon rapide et satisfaisante, évitant ainsi de longs mois de laborieuses recherches. Bien sûr, encore fallait-il avoir de la chance, mais, de temps à autre, la Providence se rangeait aux côtés de la police.

Tous les messieurs alignés contre le mur exerçaient une profession qui exigeait au moins quelques connaissances en anatomie. Il y avait là deux médecins, un physiologiste, un étudiant en médecine et enfin un employé des pompes funèbres. Des agents qui effectuaient leur ronde dans le Volksgarten les avaient approchés. Rheinhardt avait en effet donné l'ordre d'interroger tous les bruns aux yeux bleus qui rôdaient près du temple de Thésée. Les assassins éprouvaient souvent le besoin curieux de revenir sur les lieux du crime, tous les policiers le savaient. Parmi les individus qu'on avait questionnés, ceux qui avaient des connaissances médicales avaient été retenus en vue de l'exercice qui allait commencer.

Jaufenthaler et Wetl allaient de l'un à l'autre pour les scruter. Bientôt, il devint évident que le bijoutier aussi bien que le serveur n'avaient encore jamais vu ces hommes. Après avoir secoué la tête, ils retournèrent auprès de l'inspecteur.

— Merci, messieurs, dit Rheinhardt aux hommes placés contre le mur. Vous avez été très patients. L'empereur et les services de police vous sont redevables.

Dans le couloir, Herr Jaufenthaler s'excusa :

— Je regrette vraiment, monsieur l'inspecteur.

— Vous n'avez pas besoin de vous justifier.

Le bijoutier semblait toutefois mal à l'aise.

— Monsieur l'inspecteur ?

— Oui ?

— J'ai découvert dans mon registre une chose qui peut avoir de l'importance.

— Ah bon ?

— J'avais oublié que le monsieur qui a acheté l'épingle à chapeau…

— Oui ? Eh bien ?

— Il n'en a pas acheté une, mais deux. Voyez-vous, j'en avais commandé six et pas cinq, comme je l'ai dit à votre adjoint. Je suis désolé. On ne peut pas se fier à sa mémoire.

15

Liebermann sauta du fiacre et demanda au cocher de l'attendre. Il se trouvait dans une rue peu engageante, face à une rangée de bâtiments délabrés, pas très élevés. Une enseigne grossière appuyée à une rampe montrait le chemin du *Ramoneur*. Liebermann ajusta son manteau et descendit quelques marches en béton qui menaient à une porte verte. Lorsqu'il poussa l'un des panneaux affaissés, celui-ci céda facilement. Une bouffée d'air chaud s'échappa, lâchant un mélange d'odeurs : alcool, tabac, pétrole et sueur. Une fois entré dans la pénombre, Liebermann examina les lieux. Un plafond bas, voûté, était soutenu par des colonnes si grosses et si nombreuses qu'on ne voyait plus les murs. Autour de tables en bois rapprochées étaient assis des clients silencieux et solitaires. Les lampes à pétrole qui pendaient du plafond n'aidaient pas beaucoup à atténuer l'obscurité et, caché quelque part, un musicien invisible improvisait une lugubre complainte sur un accordéon.

En se faufilant entre les tables, Liebermann parvint jusqu'au comptoir, qui consistait en de simples planches posées sur des tréteaux. Derrière ce rempart branlant, un homme costaud essuyait des chopes avec un chiffon et les suspendait à des crochets plantés dans le mur. Il avait un gros nez bouffi, un large visage, des cheveux ramenés en arrière et une barbe négligée qui pendait sur le haut de son tablier.

— Herr Polster ? demanda Liebermann.

Le patron du bistrot cessa d'essuyer les chopes et plissa les yeux.

— Je vous connais ?

— Non. Permettez-moi de me présenter. Je m'appelle Liebermann et je suis médecin.

Le tenancier inclina la tête.

— Je me demandais si vous accepteriez de répondre à quelques questions concernant un de mes patients qui, je crois, est un de vos habitués. Herr Erstweiler.

— Norbert ? Il y a un moment que je ne l'ai pas vu. Il va bien ? Qu'est-ce qui lui est arrivé ?

— Malheureusement, Herr Erstweiler ne va pas très bien. Il a été admis à l'hôpital général.

— Pourquoi ? Rien de grave, j'espère.

Liebermann ne souhaitait pas divulguer en détail l'état de son patient. Après avoir observé le nez rougeaud, il détourna l'attention de son interlocuteur par un stratagème usé. Il posa une pile de pièces d'argent sur le comptoir de fortune tout en déclarant :

— Ce que vous me conseillerez… et la même chose pour vous, bien sûr.

— Oh ! merci beaucoup, monsieur.

Herr Polster se retourna et emplit deux énormes chopes avec un liquide sombre mousseux qu'il tira à un petit tonneau.

— De la bavaroise. *Prost !*

Ils trinquèrent. Herr Polster but un long trait, s'interrompit, claqua des lèvres, puis siffla le reste avant de refermer le couvercle de sa chope.

— Fameuse, hein ?

Ayant pour sa part bu avec moins d'avidité, Liebermann fut toutefois en mesure de répondre avec sincérité :

— Oui, elle est vraiment très bonne.

— Elle est pas donnée, mais on en a pour son argent, pas vrai ?

— Tout à fait, reconnut Liebermann.

Après avoir savouré une nouvelle gorgée de bière goûteuse, boisée, il ajouta d'un ton détaché :

— Herr Erstweiler m'a dit qu'il ne venait jamais ici le mercredi soir.

— C'est vrai, en général il ne vient pas.

— Mais ça lui est arrivé.

— Oui.

— Et ce soir-là, diriez-vous qu'il n'était pas comme d'habitude ?

— Ah, ça, plutôt !

— De quelle manière ?

— Norbert ne boit pas beaucoup. Il vient ici, descend quelques bières et s'en va. Mais ce mercredi soir, il s'est soûlé ! Bon, vous comprenez, il n'était pas ivre mort, mais assez soûl pour dire des choses qu'il n'aurait jamais dites sinon. D'ailleurs, quand je l'ai revu, il a fait comme si de rien n'était. Soit il était gêné, soit il avait tout oublié. Ça arrive parfois… bien que, en y réfléchissant, je trouve qu'il n'avait pas bu tant que ça. N'empêche, quand on n'a pas l'habitude, hein ? Vous devriez voir dans quel état se retrouvent certains. Dieu du ciel ! Il faut que je les ramasse par terre et que je les dépose dehors, dans le caniveau !

— Qu'a donc dit Herr Erstweiler ce mercredi soir ?

Le patron parut un peu embarrassé.

— Vous en prendrez bien une autre ? lui demanda Liebermann en montrant d'un geste nonchalant le petit tonneau de bière bavaroise.

Un grand sourire benêt chassa l'expression troublée de Herr Polster.

— Vous êtes un gentleman, monsieur, un vrai gentleman.

Liebermann sortit d'autres pièces pendant que Polster mettait sa chope sous le robinet.

— Vous en voulez une vous aussi, Herr Doktor ?

— Pas pour l'instant. Vous disiez…

— Oui, ce fameux mercredi soir…

Herr Polster leva sa chope et en siffla la moitié.

— Bon, il a dit des tas de choses, mais il a surtout parlé de la femme de son logeur. Il répétait sans arrêt qu'elle était belle et que son vieux mari ne l'appréciait pas à sa juste valeur. Une fois que la boisson lui est montée à la tête, il est passé à des termes plus imagés, si vous voyez ce que je veux dire. Sur le moment, on a bien ri tous les deux. Mais la fois suivante, quand je lui ai rappelé ce qu'il avait dit, il a eu une drôle de réaction. Il avait l'air agacé. Je suppose qu'il était gêné. Je le plains. Il ne me paraît pas être du genre à avoir beaucoup de succès avec les femmes. Il est timide et il ne va sûrement pas au…

Au lieu de chercher un équivalent plus poli au mot « bordel », le tenancier cligna de l'œil.

— Sûr que ça doit pas être facile pour lui. Habiter une maison où il y a une jeune femme séduisante. Il n'est qu'un être humain, après tout.

Liebermann termina sa bière.

— Herr Polster, j'ai une dernière question que vous trouverez peut-être curieuse, mais je vous serais très reconnaissant d'y réfléchir le plus sérieusement possible. La voici : êtes-vous tout à fait certain que l'homme qui est venu ce mercredi soir était bien Herr Erstweiler ?

Le patron fronça les sourcils.

— Je ne comprends pas. Est-ce que vous êtes en train de me demander si ça pouvait être un imposteur ?

— Disons quelqu'un qui ressemblait beaucoup à Herr Erstweiler.

Herr Polster secoua la tête.

— Non, c'était bien Norbert, ça fait pas un pli !

16

— Herr Rainmayr, dit Rheinhardt, la dernière fois que nous nous sommes entretenus, vous avez mentionné que Fräulein Zeiler s'était un peu fâchée quand vous avez été dans l'incapacité de lui fournir du travail. Mais ne serait-il pas plus juste de parler de dispute et ne vous aurait-elle pas menacé d'une façon ou d'une autre ?

— Menacé ? Je ne vois pas à quoi vous faites allusion.

Le peintre était assis tandis que Rheinhardt arpentait l'atelier.

— Elle n'a jamais laissé entendre qu'elle pourrait prévenir la police ?

— Pourquoi donc ?

— Vous accuser de comportement répréhensible, de détournement de mineur pour être précis.

— C'est absurde, monsieur l'inspecteur.

Rheinhardt examina le visage du peintre. Il ne trahissait pas la moindre émotion.

— Je reconnais, Herr Rainmayr, que vous ne semblez pas redouter la police. Je doute cependant que vos mécènes ou relations, quels qu'ils soient, puissent vous garantir une protection absolue. Si Fräulein Zeiler avait déposé une plainte contre vous, vous auriez été questionné, jugé... et peut-être condamné à une peine de plusieurs mois, voire plusieurs années de prison, en dépit des interventions en votre faveur.

Rainmayr soupira.

— Vous avez parlé à cette stupide garce de Pryska, c'est ça ? Pryska Sykora ?

— Je crains de ne pouvoir révéler mes sources.

— Vous n'avez pas besoin de le faire. Je vois très bien ce qui s'est passé.

Le peintre secoua la tête et sourit à pleines dents, mais sans joie.

— Voilà ce qu'il en est : Pryska s'est mise dans les pattes d'un certain Kirchmann, le patron d'un café voisin, un affreux bonhomme dont elle essaie depuis un certain temps de se libérer. La charité de Herr Kirchmann n'est pas sans condition, vous comprenez ? Bon, il y a deux mois, Pryska a commencé à venir ici avec ses amies, les filles qui posent pour moi, et ensuite, elle est venue toute seule. Ce qu'elle avait derrière la tête était évident. Inutile de dire que je n'ai pas répondu à ses avances maladroites, et elle s'est fâchée. Elle m'a fait une scène des plus ridicules et a même flanqué un coup de pied dans une toile qui m'avait été commandée. Il m'a fallu plusieurs jours pour réparer les dégâts. Bref, elle doit encore être piquée au vif d'avoir été rejetée. Alors, maintenant, elle a décidé de me causer des ennuis en vous débitant un tissu de mensonges. Est-ce que vous l'avez payée pour ça, monsieur l'inspecteur ? J'espère que non.

Rheinhardt tortilla sa moustache et considéra la toile inachevée posée sur le chevalet. On voyait une jeune fille sur un canapé. Elle était nue et ses genoux étaient juste assez écartés pour exposer un ruban enchevêtré. La peau était mouchetée, transparente, si bien que le portrait était autant une étude du squelette humain que d'un nu. Sur la cage thoracique bien visible, les seins peints en vert évoquaient la pourriture. Dans ce portrait très dérangeant, l'érotisme frôlait la mort, voire s'y abandonnait.

Le peintre vit l'expression de l'inspecteur passer de la curiosité au dégoût. Après un soupir, il reprit d'un ton plus conciliant :

— Écoutez, monsieur l'inspecteur, je ne suis pas un ange, je suis le premier à le reconnaître. Néanmoins, je me soucie des filles qui posent pour moi. Quand elles ont des ennuis, j'essaie de les aider. Je suis un artiste. Mon mode de vie ne vous plaît peut-être pas, mais je peux vous assurer que j'ai un certain sens moral, même s'il est différent du vôtre. Je ne crois pas avoir corrompu les filles qui ont posé pour des toiles ou des esquisses, ni leur avoir causé le moindre tort. Je ne brutalise pas les enfants et je les assassine encore moins. Adele Zeiler était sujette aux sautes d'humeur et nous nous disputions parfois. Mais elle ne m'a jamais menacé d'aller voir la police. C'est complètement faux.

— Avez-vous eu des relations avec Adele Zeiler ?

Le peintre marqua une hésitation avant de répondre :

— Oui.

— Quel âge avait-elle ?

— Je l'ignore. Je croyais qu'elle avait dix-sept ans. Elle était peut-être plus jeune. Il est possible que son père ait menti sur son âge la première fois que nous nous sommes vus.

Rheinhardt continua à questionner Rainmayr, mais le but de sa visite était déjà atteint. Comme il s'en était douté, les accusations de Fräulein Sykora étaient mensongères. Le moment venu, il s'approcha de la porte.

— Vous partez déjà, monsieur l'inspecteur ?

— Oui.

— Je vous ai dit la vérité.

Aucune formule de politesse n'accompagna son départ, mais un lourd silence.

L'inspecteur s'éloigna dans la ruelle bordée de maisonnettes basses en évitant les obstacles éparpillés sur son chemin. Au-dessus du passage voûté qui menait à la Lange Gasse, il apercevait les étages supérieurs d'immeubles résidentiels. Quand il émergea dans la rue plus importante, il fut étonné de voir son adjoint qui l'attendait de l'autre côté et s'empressa de traverser pour venir à sa rencontre.

— Monsieur !

— Qu'y a-t-il, Haussmann ?

— Un autre, monsieur.

— Une femme ?

— Oui, monsieur.

— Où ?

— À Spittelberg.

DEUXIÈME PARTIE

L'INCONNU À L'ODEUR DE PHÉNOL

17

Liebermann en était au milieu du premier recueil du *Clavecin bien tempéré* de Bach quand un messager frappa à la porte de son appartement. Le bref message de Rheinhardt avait été gribouillé sur une page arrachée à son calepin. Le bord déchiqueté du papier ajoutait encore à l'urgence de ses mots – il priait son ami de se rendre aussitôt à une adresse de Spittelberg. Après avoir attrapé son manteau d'astrakan dans l'entrée, le jeune médecin dégringola l'escalier, passa devant le concierge et sortit dans la rue juste à temps pour arrêter un fiacre.

Mentalement, il entendait les notes fluides jouées à la main gauche dans le *Prélude en si mineur*. Ce fragment musical constitué par les quatre premières mesures ne voulait pas s'effacer de son esprit. Pendant que Vienne défilait sous ses yeux, les doubles croches mélodieuses persistaient, tout à fait incongrues lorsqu'on les confrontait à la vie agitée de la métropole autrichienne.

Dès qu'elle entra dans le quartier de Spittelberg, la voiture commença à ralentir. Liebermann ouvrit la fenêtre et se pencha au-dehors. Devant lui, la rue se faufilait entre des bâtiments du XVIIIe siècle tombés dans un état de triste décrépitude : façades délabrées, stuc envahi par endroits de moisissure, rebords des fenêtres noirs de crasse. Un agent de police était posté devant une entrée.

— Très bien, vous pouvez vous arrêter ici ! s'écria Liebermann.

Le fiacre s'immobilisa et Liebermann descendit.

— Qu'est-ce qui se passe là-bas ? demanda le cocher.

— Je l'ignore.

Liebermann haussa les épaules en lui tendant de la monnaie, puis se dirigea vers l'agent de police et se présenta.

— Par ici, Herr Doktor, dit le jeune homme en ouvrant une grande porte.

Derrière, un passage voûté menait à une vaste cour entourée de bâtiments d'habitation à deux étages, aux murs dépourvus d'ornements et aux fenêtres rectangulaires. Les appartements du bas se trouvaient derrière une arcade sous laquelle plusieurs vieilles charrettes bâchées étaient remisées. Un balcon, soutenu par l'arcade, procurait aux habitants du premier étage une rampe sur laquelle étendre leur linge. Liebermann remarqua qu'un ancien abreuvoir à chevaux était rempli de terre dans laquelle on avait planté des arbres ; cette tentative pour enjoliver la cour n'avait toutefois pas réussi. Les arbres étaient morts et leurs branches nues, déformées, étaient attaquées par une mousse lépreuse vert foncé. Une flaque d'eau brune s'était accumulée sous un tuyau d'évacuation et un essaim de petites mouches s'attardait au-dessus.

Dans un coin de la cour, un escalier extérieur partant du bâtiment de gauche conduisait au balcon et au bâtiment du fond. Au bas des marches, plusieurs femmes étaient rassemblées autour de l'adjoint de l'inspecteur Rheinhardt. Liebermann eut l'impression que c'étaient les femmes qui questionnaient Haussmann, et non l'inverse. Surexcitées, elles lâchaient des exclamations stridentes.

Haussmann aperçut Liebermann et lui fit signe d'approcher.

— Qui est-ce ? demanda une femme.

— Ça ne vous regarde pas, répliqua Haussmann. Reculez, je vous prie.

Il repoussa les commères du pied de l'escalier pour dégager le passage. Liebermann le remercia et monta. Une fois en haut des marches, il franchit la porte ouverte d'un appartement et se retrouva dans une cuisine sombre et étriquée. Des marmites et une louche étaient suspendues à une poutre qui parcourait toute la largeur du plafond bas.

— Oskar ?

— Je suis là, Max.

Liebermann poussa une autre porte et vit un Rheinhardt à l'air lugubre assis sur une chaise. La chair de son visage semblait affaissée et seules les pointes retroussées de sa moustache s'opposaient à ce mouvement général vers le bas.

Une jeune femme entièrement nue était allongée sur un petit lit. L'une de ses jambes écartées passait par-dessus le bord du matelas. Le pied délicat était orienté vers le parquet de sorte que les orteils effleuraient les lames. Le sexe était offert aux regards. Les grandes lèvres s'ouvraient sur une grotte sombre dont la visibilité était déconcertante. La victime était très mince et les os de ses hanches pointaient en bas d'une cage thoracique tout aussi saillante. Les seins menus étaient encore aplatis par l'action de la pesanteur si bien que le torse avait un aspect masculin. Le visage était harmonieux, les traits réguliers, seuls des sourcils trop fournis ajoutaient peut-être une note discordante. Les cheveux blonds l'encadraient telle l'auréole d'une sainte. Tandis que les doigts de la main gauche s'écartaient, ceux de la droite, repliés, évoquaient des serres. Liebermann remarqua aussi la position étrange de la tête, penchée en avant, légèrement redressée.

— Le même mode opératoire ? demanda-t-il à Rheinhardt sans le regarder.

— Oui et, de plus, la même épingle à chapeau. Vendredi, Herr Jaufenthaler, le bijoutier de la rue Hoher Markt, nous a appris qu'il n'avait pas vendu une épingle en argent, mais deux, à son client. Aussitôt, j'ai compris que ce n'était qu'une question de jours…

Rheinhardt secoua la tête.

— Mais je n'aurais jamais pensé qu'il frapperait si vite.

— Tu permets ?

D'un geste, Liebermann indiqua qu'il souhaitait examiner le corps.

— Bien sûr.

Le médecin s'accroupit près du lit et tâta la nuque de la jeune femme. Ses doigts trouvèrent le métal froid de l'épingle à chapeau. Il se releva et jeta un coup d'œil autour de lui : papier peint et rideaux ternes, gravures d'animaux sentimentales abîmées par l'humidité, table de toilette avec miroir basculant, tas de vêtements abandonnés sur le sol.

— Tu remarqueras que la robe est sous la pile, dit Rheinhardt. Puis viennent le corset, la culotte, et enfin les bas. Il semble donc qu'elle se soit déshabillée sans se presser.

Liebermann ouvrit une petite armoire dans laquelle il vit un manteau et quelques robes. La planche qui soutenait la tringle servait à ranger chapeau, sous-vêtements et gants.

— Qui est cette femme ?

— Bathilde Babel, une vendeuse âgée de dix-huit ans. Il y a six mois, elle a quitté la Styrie pour venir à Vienne.

Liebermann interrogea son ami du regard.

— Je viens de m'entretenir avec la voisine, Frau Prodoprigora.

— Comment a-t-on découvert Fräulein Babel ?

— Frau Prodoprigora s'est aperçue que la porte de l'appartement était ouverte et elle est entrée pour voir ce qui se passait.

— Intéressant.

— Pourquoi dis-tu ça ?

— Eh bien, c'est l'assassin qui a dû laisser la porte ouverte.

— Et alors ?

— Une porte ouverte attire l'attention et ne pouvait que hâter l'intervention de la police.

— Ce qui veut dire ?

— L'auteur du crime a encore un reste de conscience. Une partie de lui veut qu'on l'empêche d'agir.

Rheinhardt soupira.

— Peut-être est-il simplement parti à la hâte et n'a pas tiré la porte assez fort pour la fermer.

— Aucun geste, fût-il anodin, n'est dû au hasard.

— Écoute, Max, répliqua l'inspecteur d'un ton las. S'il voulait se faire prendre, il n'avait qu'à se présenter à un poste de police et avouer son crime.

— L'esprit humain ne se compose pas d'un tout unifié, mais de parties qui ont chacune des exigences et des objectifs différents et possèdent divers degrés de connaissance sur ses motivations. Le professeur Freud a démontré que les croyances et les désirs contradictoires constituaient un élément essentiel de la condition humaine. En un sens, il a ôté toute signification à l'aphorisme grec « connais-toi toi-même ». Il n'y a pas de soi-même à connaître. Pendant qu'une partie de l'esprit tente d'exécuter une action, une autre partie résiste. Je ne doute pas que l'auteur du crime avait l'intention de fermer la porte ; toutefois, un reste de conscience a exercé suffisamment d'influence pour arrêter son geste à mi-chemin.

Rheinhardt tira sur son menton.

— Peut-être se sent-il invulnérable et a-t-il laissé la porte ouverte par mépris pour la police. Ce qui pourrait se traduire par : *Je n'ai pas besoin d'être prudent parce que je suis sûr que vous ne m'attraperez pas.*

Liebermann se retourna vers son ami et sourit.

— De fait, les deux hypothèses pourraient bien être vraies. Le criminel a pu laisser la porte ouverte en partie parce qu'il désirait qu'on mette un terme à ses agissements, et en partie par suffisance. Une fois de plus, je te rappelle que le professeur Freud considère le comportement humain comme le résultat de plusieurs pulsions parfois contradictoires.

Ne souhaitant pas creuser davantage la théorie psychanalytique, Rheinhardt ramena la conversation sur un terrain plus sûr, celui de l'enquête traditionnelle.

— Fräulein Babel était comme beaucoup de ses pareilles. Elle fréquentait plusieurs messieurs et acceptait leurs petits cadeaux et leurs invitations à dîner ; mais elle ne les emmenait pas chez elle. Ses rendez-vous galants se déroulaient en général dans les salons particuliers de restaurants et dans des hôtels.

— Elle abordait des aspects aussi personnels de sa vie avec sa voisine ?

— Les deux femmes étaient très proches. Pendant que nous parlions, Frau Prodoprigora était très affligée, et pas uniquement à cause de l'horrible spectacle qu'elle avait découvert. À l'évidence, elle aimait beaucoup sa jeune amie.

— Où est-elle à présent ?

— Elle se rend au poste de Schottenring pour signer une déposition.

Rheinhardt sortit de sa poche un mince carnet et le leva :

— J'ai trouvé ceci dans la cuisine.

— Un carnet d'adresses ?

— Oui. Il ne contient pas beaucoup de noms, mais certains sont intéressants.

L'inspecteur tourna quelques pages.

— Celui-ci, par exemple. Valentin Friess. L'adresse est celle d'une entreprise de comptabilité, Fischhof & Cerny, dans la Singerstrasse. Je doute que Fräulein Babel ait eu recours aux services d'un comptable. Herr Friess lui a sans doute donné son adresse professionnelle pour éviter que sa correspondance personnelle ne tombe entre les mains de Frau Friess.

Liebermann ferma la porte de l'armoire, se plaça au pied du lit et, à genoux, se pencha pour inspecter les draps.

— Nous devons supposer que, comme Adele Zeiler, Fräulein Babel a consenti à avoir des rapports sexuels. Elle a ôté ses vêtements d'une façon provocante avant de s'allonger, prête à accueillir en elle son invité. Durant l'accouplement, il lui a penché la tête en avant et lui a introduit l'épingle à chapeau – qu'il venait de lui offrir et qui était à portée de sa main – dans le trou occipital et dans le cerveau. La voir mourir lui a permis d'atteindre le point culminant.

Il se releva et demanda d'un ton moins pensif :

— Où est le photographe ?

— Il est déjà venu. Je n'attendais plus que toi et le fourgon mortuaire.

— Est-ce que le professeur Mathias va se charger de l'autopsie ?

— Oui.

Liebermann sortit ses lunettes de sa poche de poitrine et se mit à les essuyer avec son mouchoir.

— As-tu reçu mon petit mot au sujet de Miss Lydgate ?

— Elle veut voir travailler Mathias…

— Et apporter son aide à l'enquête.

— Je n'y vois aucune objection. Tu peux l'inviter à assister à l'autopsie... bien que je trouve cette requête étrange pour une jeune femme.

— Je te conseille de ne pas exprimer ce sentiment en sa présence, Oskar.

— Ah bon ?

— Du fait qu'elle étudie la médecine, elle est habituée aux dissections de cadavres, et je crois qu'elle a des opinions bien arrêtées sur l'égalité entre les sexes. Elle pourrait se froisser si tu laissais entendre que la médecine légale est un domaine qui ne convient pas à une jeune femme.

L'inspecteur se leva et soupira.

— Parfois, je me sens perdu dans le monde moderne. Toutes les anciennes certitudes semblent s'être évanouies.

Il regarda le corps nu de Fräulein Babel, posa une main sur l'épaule de Liebermann et dit :

— Viens, Max, allons attendre le corbillard dehors.

Liebermann mit ses lunettes et suivit un inspecteur mélancolique.

18

Vous vouliez en savoir plus sur mon enfance et mes premières expériences érotiques. Compte tenu des circonstances, votre demande est sans doute compréhensible. Je veux bien me prêter à cet exercice et, d'ailleurs, j'avoue que j'y trouve un étrange plaisir, comparable au soulagement que l'on éprouve après avoir révélé un secret longtemps gardé. Aussi anodin soit ce secret, c'est en effet un fardeau qui pèse sur notre conscience. Le désir de le partager avec d'autres augmente jusqu'au moment où la divulgation devient irrépressible. Imaginez donc ce que je dois ressentir en ce moment. Une énorme catharsis, un nœud gordien qui se tranche. Vous m'avez promis la paix une fois ce récit terminé. Il me faut admettre que je ne vous ai pas cru. Mais plus j'écris, plus je m'aperçois qu'il pourrait y avoir du vrai là-dedans.

Connaissez-vous les coutumes populaires de la Bavière et des Balkans ? Lors des funérailles, on dépose sur le cercueil de quoi se restaurer. On va ensuite quérir un « avaleur de péchés » qui absout le défunt de ses péchés en mangeant pain – la *miche des morts* – ou simples biscuits – les *gâteaux des morts*.

Mes péchés vous mettent en appétit. Vous en avez l'eau à la bouche. Je le lis dans vos yeux.

Mais, voici que je me perds de nouveau dans d'inutiles digressions. Vous vouliez savoir comment ma sensualité s'était éveillée.

La mémoire est loin d'être infaillible, pourtant, en la matière, je suis sûr que mes souvenirs sont exacts. J'étais précoce. Quand ces villageoises regorgeant de pitié, d'affection et de chagrin m'attiraient contre elles, quand je humais leurs effluves salés et sucrés, j'étais conscient de leur corps, de la douceur et de la chaleur emprisonnées sous leur *Dirndl*[1], et j'éprouvais une sensation curieuse que je devais plus tard identifier au désir. Faible au début, cette sensation se logeait dans mon ventre et ne se différenciait presque pas d'une attente fiévreuse. Mais, avec le temps, elle mûrit, forcit et prit de subtiles nuances. L'anticipation se muait en agréable tension et l'appréhension en culpabilité. Je me demande pourquoi même les toutes premières suggestions de plaisir sexuel sont entachées de honte.

1. Costume féminin traditionnel bavarois et autrichien.

Mon esprit s'emplissait d'images de nudité et le désir d'être moi-même dévêtu m'envahissait. Le seul moment où je pouvais l'être était la nuit. J'ôtais ma chemise de nuit et laissais courir mes mains sur mon corps. Si la lune brillait, je repoussais l'édredon et regardais ma nudité avec un vif intérêt. Ma mauvaise conscience était telle – j'ai toujours été affligé de scrupules – que j'étais angoissé à l'extrême en songeant que je risquais de déranger mon père. Je l'imaginais déjà en train de faire irruption dans ma chambre, de me surprendre dans cet état de nudité et de m'imposer quelque châtiment. L'idée qu'il puisse s'en prendre à ma virilité germa dans mon esprit. J'étais gagné par la nervosité, et tous les bruits que je faisais, bruissement des draps, grincement des ressorts du matelas, me paraissaient horriblement sonores. Je pris donc l'habitude de ne pas bouger et de retenir mon souffle.

À présent, je me demande si la crainte d'être découvert n'était pas devenue en elle-même excitante. Quand je considère ma conduite ultérieure, il me semble que c'était le cas. Je m'esquivais seul dans les bois, me déshabillais et restais nu des heures durant. À chaque instant, je redoutais d'être observé par quelqu'un du village, mais je ne pouvais agir autrement.

L'émoi qui s'était auparavant manifesté dans mon ventre descendit et s'installa dans mes reins. Cette migration coïncida avec l'éclosion de mon intérêt pour l'anatomie des filles. Je réussis à convaincre certaines de se hasarder dans les bois avec moi. Je persuadai même l'une d'elles, une simplette nommée Gerda, de se déshabiller et de rester debout, immobile, en retenant sa respiration. C'était excitant à un point intolérable. C'est alors que j'eus pour la première fois une réaction d'adulte. Mes cuisses étaient en feu, ma chair s'embrasait.

De toutes les petites villageoises, celle que je préférais était Netti. Je l'adorais. Elle avait un caractère doux, aimable, et elle était belle. Nous jouions ensemble, mais elle refusait d'aller se promener avec moi. Un hiver, elle tomba malade, s'affaiblit et dut s'aliter. Les enfants du village n'avaient pas le droit de lui rendre visite. Je me souviens que les femmes baissaient la voix dès que son nom était prononcé. Elles se regardaient et, redoutant la contagion, attiraient leurs rejetons près d'elles.

Netti mourut juste avant Noël.

Mon père mit un point d'honneur à aller s'incliner devant sa dépouille. De tels gestes étaient dans sa nature. Il pouvait se montrer entêté, et sa profonde mélancolie le rendait imprudent. Nous avançâmes dans la neige en descendant la colline pour nous rendre chez Netti. Là, on nous fit entrer dans le salon où était exposé le cercueil. La pièce était emplie de fleurs. Je me rappelle encore cette odeur grisante. De longues tentures violettes masquaient les miroirs et un énorme crucifix en argent était accroché à un mur. Quatre cierges fichés sur de gros bougeoirs jetaient une lumière jaune dansante.

Netti était ravissante, d'une parfaite immobilité, une tranquillité que la respiration ne troublait pas et que je n'avais encore jamais vue. À Vienne, on entend des gens souhaiter *eine schöne Leiche*, un beau mort ou une belle morte, pour signifier un bel enterrement. Netti était *eine schöne Leiche*. Au sens littéral.

Mon père récita une prière et s'apprêta à partir. Pour ma part, je ne pouvais pas bouger. J'étais cloué sur place. Je suppliai mon père de m'accorder quelques minutes afin que je dise adieu à ma compagne de jeu. Après une pression sur mon bras, il quitta la pièce, ses larges épaules voûtées, le visage gris, les traits tirés.

Je scrutai Netti et sentis mes reins palpiter, tendre et gonfler ma chair.

Comment continuer ?

Ce qui suivit est réellement indicible. Le langage se révèle un piètre outil. Je ne puis que vous proposer une description approximative. Je choisirai une comparaison dans un domaine qui vous est familier pour vous donner une petite idée de mon expérience. Quand un organiste joue dans une grande cathédrale, vous entendez la musique, mais vous sentez aussi vibrer les bancs. Ce que je suis capable d'exprimer est aussi éloigné de mon expérience véritable que cette vibration l'est de la musique. Je ne puis traduire qu'une infime partie d'un tout ineffable.

Voici ce qui se passa : je me sentis observé. Cette intuition était si forte que je me retournai. Mais il n'y avait personne. Pourtant, mon impression ne s'effaça pas. La preuve que me donnaient mes sens n'avait plus d'importance. Il y avait bel et bien quelqu'un dans la pièce – une présence. Il ne me vint pas à l'esprit qu'il pouvait s'agir du fantôme de ma petite camarade, et je n'avais pas peur non plus.

J'ignore combien de temps je demeurai ainsi à observer le corps avec curiosité. Ce moment fut sans doute assez long. Mon père vint me chercher. Avant notre départ, la mère de Netti m'embrassa sur le front. Ses larmes gelèrent sur ma peau lorsque nous sortîmes dans le froid.

Noël passa. Les villageois étaient gênés, craintifs et honteux après la mort de Netti. Ils ne s'étaient pas montrés de bons voisins. Mon seul souvenir agréable de ce mois de décembre fut un marché, un *Christkindlmarkt*[1], où une villageoise m'emmena et m'offrit de menus présents : une bougie et une décoration de sapin, un ange en bois doré et rouge. Je touchai ses ailes et songeai à ma mère.

Janvier arriva et, avec lui, un autre décès.

Gerda. La pauvre petite simplette.

Elle alla patiner, la glace se fendit. Gerda tomba dans la crevasse et mourut de froid.

1. Marché de Noël, littéralement, marché de l'Enfant Jésus.

De nouveau, je me trouvai au pied d'un cercueil ouvert. Que Gerda avait donc changé ! Elle était digne, posée, tranquille. Le dos contre la porte pour éviter d'être pris sur le fait, je me touchai. Le plaisir que j'en retirai fut intense, violent et étrange. J'étais trop jeune pour éjaculer, mais je ressentis une convulsion musculaire bientôt douloureuse.

Puis, comme la fois précédente, je sus que je n'étais pas seul. La présence que j'avais perçue près du corps de Netti était revenue. Tout tourna dans la pièce et, soudain, je me réveillai dans ma chambre. J'avais perdu connaissance.

Mon père appela le médecin car j'avais de la fièvre. À l'évidence, ma santé l'inquiétait. Je demandai si j'allais mourir comme Netti. Le médecin répondit : *Non, bien sûr que non*, mais son ton manquait de conviction. Mon état s'aggrava, nausée, faiblesse... je ne pouvais plus rien avaler. La nuit, je rêvais à de sombres silhouettes féminines et je les entendais battre des ailes. Je me réveillais en sueur, tremblant, pris de délire. Je ne saurais dire combien de temps dura cette période troublée et j'appris plus tard que j'avais failli mourir. Et ce fut au moment où ma maladie m'avait conduit au seuil de l'oubli que je la vis pour la première fois. La mort ne se présente pas sous la forme d'un squelette à tête encapuchonnée, une faux à la main. Non, elle ressemble à un ange et elle est plus belle que vous ne pouvez l'imaginer.

19

Le professeur Mathias arrangeait et réarrangeait ses instruments sur le chariot. Il attrapa un maillet, le posa sur la tablette du bas, puis poussa un couteau pour l'aligner sur un petit burin. À l'évidence, le résultat ne recueillait pas son adhésion ; l'alignement n'était pas parfait. Le médecin légiste secoua la tête, ramassa l'instrument récalcitrant, le reposa avec soin, et rectifia plusieurs fois sa position jusqu'au moment où une ultime poussée, presque imperceptible, lui donna satisfaction.

Il y avait longtemps que Rheinhardt ne cherchait plus à comprendre selon quels critères le professeur Mathias déterminait la position de ses instruments sur le chariot. D'après Liebermann, il valait mieux y renoncer dans la mesure où ce rituel préparatoire était le symptôme d'une névrose obsessionnelle.

Le vieil homme prit une petite scie, la retourna et, après avoir réfléchi un instant, la posa sur la tablette du bas.

Le rituel de Mathias ne durait pas toujours aussi longtemps et, en de rares occasions, il réussissait à s'en passer. Il existait un solide rapport entre la durée de ses préparatifs et son humeur. Plus il s'attardait, plus il avait tendance à se montrer irascible.

Mathias retroussa ses manches et déplaça un foret d'un millimètre sur la gauche.

— Monsieur le professeur ? risqua Liebermann.

— Quoi ?

Mathias leva la tête, lèvres pincées. Il n'aimait pas être dérangé pendant qu'il se livrait à ses préparatifs.

— Je connais une étudiante en médecine qui a eu vent de votre réputation.

Le professeur grogna.

— Elle aimerait vous voir travailler, n'en poursuivit pas moins Liebermann. J'ai pris la liberté de l'inviter à venir.

Il guetta la réaction du professeur et, comme il n'y en eut aucune, il risqua un mot de plus :

— Aujourd'hui.

Le professeur ne réagissait toujours pas.

— J'espère que vous n'y voyez pas d'objection. Bien sûr, dans le cas contraire, vous avez parfaitement…

— Elle ? s'écria soudain Mathias en haussant les sourcils. Comment ça, elle ?

— L'étudiante en médecine est une jeune femme, Herr Professor.

Liebermann se sentait idiot d'énoncer une évidence, mais il ne voyait pas d'autre moyen de répondre à la question.

Mathias grommela tout bas et son expression passa du mécontentement à l'indifférence lasse.

— Sous réserve qu'elle ne soit pas dans mes jambes et ne dise pas de bêtises, je n'ai rien contre.

— Merci, Herr Professor, dit Liebermann en soupirant de soulagement.

Rheinhardt lui offrit une cigarette et les deux amis fumèrent pendant que le médecin légiste continuait à s'affairer avec ses instruments. Une grosse ampoule électrique était suspendue au-dessus de la table d'autopsie et ses filaments se voyaient à travers la forte lumière. Des draps mortuaires couvraient le corps de Bathilde Babel, mais sa main droite repliée avait glissé à l'extérieur, petite et pathétique.

Au moment où le professeur Mathias mettait fin à son rituel, on frappa doucement à la porte.

— Ah ! c'est sûrement l'étudiante, dit Liebermann.

— Alors, faites entrer cette dame, répliqua le professeur.

Quand Amelia Lydgate arriva, Liebermann la débarrassa de son manteau. Elle portait une jupe grise, un simple chemisier blanc, et ses cheveux étaient serrés en chignon.

— Merci beaucoup de m'avoir invitée, souffla-t-elle.

— Venez, je vais vous présenter au professeur Mathias.

Liebermann l'entraîna vers la table d'autopsie et, montrant son ami, dit :

— Vous connaissez déjà l'inspecteur Rheinhardt.

Ce dernier s'inclina.

— Miss Lydgate. J'espérais vous revoir dans des circonstances plus joyeuses. Mais il semble que, cette fois encore, ce soit une terrible tragédie qui nous réunisse.

D'un mouvement de tête, il montra les draps.

— Et ce monsieur est le professeur Mathias, reprit Liebermann. Herr Professor, puis-je vous présenter Miss Amelia Lydgate ?

— Merci de me permettre d'assister à l'autopsie, dit Amelia. Je vous suis très reconnaissante.

Mathias serra le nœud de son tablier et son regard passa de la jeune femme à Rheinhardt.

— Vous connaissez déjà cette dame ?

— Oui. Miss Lydgate manie les microscopes avec talent et elle est spécialiste du sang.

— Elle étudie avec Landsteiner, précisa Liebermann.

— Elle a rendu d'inestimables services à la police l'année dernière, conclut Rheinhardt.

Amelia rougit.

— Monsieur l'inspecteur, vous exagérez…

— Anglaise, c'est ça ? dit le professeur Mathias.

— Mon père est anglais, ma mère d'origine allemande.

— Et vous étudiez la médecine à l'université ?

— Oui.

— Qui vous enseigne l'anatomie ?

— Le professeur Wangermann. Il vous tient en haute estime.

Mathias se mit à rire.

— Wangermann ! Il participait à mes travaux dirigés il y a plus de vingt ans. Ça devait être en 77, ou peut-être en 79. Un type compétent, si je me souviens bien, mais sans grande imagination.

— Miss Lydgate, voulez-vous approcher ? suggéra Rheinhardt.

Amelia s'avança. L'inspecteur s'effaça pour la laisser passer et, ce faisant, il heurta le chariot. Tous les instruments du professeur Mathias se trouvèrent déplacés. Quelques-uns tombèrent sur le sol en cliquetant.

Un silence menaçant précéda l'explosion du professeur.

— Dieu du ciel, Rheinhardt ! Regardez un peu ce que vous avez fait ! Est-ce que vous vous rendez compte…

Le vieil homme haletait.

— … est-ce que vous vous rendez compte…

Il ne parvenait pas à exprimer ce qu'il ressentait.

— Je vous prie de m'excuser, monsieur le professeur.

— Il va falloir que je recommence tout !

— Oh non ! s'écria Rheinhardt.

— Il est indispensable que tout soit à sa place.

Liebermann se crispa lorsqu'il vit Amelia Lydgate se pencher pour ramasser les instruments tombés par terre. Il se crispa encore davantage lorsqu'il la vit détruire ce qui restait de l'arrangement méticuleux de Mathias.

— Miss Lydgate ! N'avez-vous pas causé assez d'ennuis comme ça ? rugit le professeur Mathias. Qu'est-ce que vous fabriquez ?

— Je prépare votre chariot afin que vous puissiez commencer, répondit la jeune Anglaise.

Liebermann tressaillit en la voyant déplacer un maillet.

— Voulez-vous bien laisser mes instruments tranquilles ! répliqua Mathias, les poings serrés.

Amelia procéda à un dernier ajustement, puis se releva et épousseta sa jupe.

Liebermann et Rheinhardt se regardèrent. Tête baissée, épaules voûtées, ils avaient l'air d'attendre que le plafond s'écroule.

— Miss Lydgate ! Je n'ai pas l'habitude…

Le professeur Mathias jeta un coup d'œil au chariot et laissa sa phrase en suspens. Puis, tour à tour, il regarda Amelia et le chariot. Au bout d'un moment de ce va-et-vient, il demanda :

— Comment avez-vous fait ?

— Je vous demande pardon, monsieur ?

— Vous ne pouvez sûrement pas avoir mémorisé…

— J'ai simplement placé les instruments à l'endroit qui me paraissait le plus pratique.

Le visage plissé de concentration, Mathias scruta le chariot, puis, soudain, éclata d'un rire tendu que son incrédulité rendait quelque peu hystérique.

— Voilà qui est très…

L'attention du professeur se reporta sur Amelia.

— … satisfaisant. Très satisfaisant.

Mathias continua à considérer Amelia et, peu à peu, son expression de stupeur se mua en curiosité, puis en une sorte de respect.

— Bon, si nous commencions ? dit-il enfin.

Après avoir échangé un regard, Liebermann et Rheinhardt soupirèrent de soulagement.

Le professeur Mathias repoussa alors les draps mortuaires et le corps nu de Bathilde Babel apparut.

— C'est sa voisine qui l'a trouvée, expliqua l'inspecteur.

— Elle était déshabillée ? demanda Mathias.

— Oui. Allongée sur son lit, ses vêtements jetés sur le sol. Et elle a été tuée de la même manière qu'Adele Zeiler.

— Qui est-ce, cette fois ?

— Une vendeuse qui s'appelle Bathilde Babel.

Mathias lui caressa le front et récita d'une voix douce :

— « Au pays de la tranquillité. Qui nous y conduira ? Qui nous y conduira d'une main secourable ? Ah ! qui nous fera gagner le pays de la tranquillité ? »

Le vieil homme leva sur l'inspecteur des yeux limpides et lumineux derrière les verres grossissants de ses lunettes.

— Schiller ? risqua Rheinhardt.

— Non. Comment voulez-vous que ce soit lui ? Non… Johann Gaudenz, baron von Salis-Seewis[1].

Amelia questionna Liebermann du regard, mais il secoua la tête d'un air de dire : « Ce n'est rien, ne faites pas attention. »

Mathias souleva la tête de la défunte et écarta les cheveux pour dégager la nuque.

— Miss Lydgate…

Le professeur invitait la jeune Anglaise à jeter un coup d'œil.

— Qu'y a-t-il ?

— La tête d'une épingle à chapeau. La pique a été glissée entre la première vertèbre cervicale et le crâne, puis introduite dans le cerveau par le trou occipital, détruisant ainsi les structures qui assurent les fonctions vitales.

Le professeur Mathias extirpa l'épingle et la tint en l'air pour la montrer à tout le monde.

— Les journaux relatent qu'Adele Zeiler a été poignardée, dit Amelia. Je supposais que l'arme utilisée était un couteau.

— Pour des raisons de sécurité, il est souvent nécessaire de ne pas divulguer les détails d'une enquête, expliqua Rheinhardt. Ce serait tout à fait

1. Écrivain suisse (1762-1834) dont Schubert a mis plusieurs poèmes en musique.

irresponsable de révéler des méthodes de meurtre ingénieuses que certains pourraient mettre en œuvre.

Amelia inclina la tête.

— Je ne trahirai pas votre confiance.

Mathias scrutait toujours l'épingle.

— Vous remarquerez qu'il y a deux déformations de la pique, dont l'une près de la pointe. Elle suggère que la première tentative pour introduire l'épingle a échoué. La pointe a heurté la base du crâne au lieu de se glisser dans le trou occipital. Voilà qui ne devrait pas nous surprendre car la manœuvre est loin d'être aisée.

Mathias lâcha l'épingle dans un récipient en verre, s'approcha de l'autre bout de la table, écarta les jambes de la défunte et se pencha, les narines frémissantes.

— Elle a été prise par un homme, dit-il en regardant Amelia. Le liquide séminal a une odeur bien particulière qui s'intensifie et devient âcre avec le temps. Si vous souhaitez vérifier…

Il désigna le sexe de la victime.

La réaction d'Amelia surprit Liebermann. Sans flancher ni trahir le moindre dégoût, elle s'approcha, se baissa et inspira.

— Ça sent l'huître rance, estima-t-elle sans circonlocution.

— Vous noterez que rien n'indique que cette femme aurait résisté à la pénétration. La région génitale n'est pas meurtrie. De plus, on ne voit pas d'ecchymoses sur son cou ni d'écorchures sur ses poignets. Quand il veut forcer une femme, son agresseur arrive souvent à ses fins en la menaçant de l'étrangler ou en lui serrant les poignets. Observez donc la peau. Elle ne présente aucune marque.

Amelia l'écoutait avec attention.

— Vous remarquerez aussi que les ongles ne sont pas cassés.

— Puis-je examiner ses mains ?

— Si vous voulez.

Amelia souleva la main gauche, puis la droite.

— Il y a quelque chose sous un ongle.

Après avoir retiré une épingle de son chignon, elle racla l'endroit en question et délogea quelques grains sombres qui tombèrent dans sa paume. Une fois exposés à la forte lumière électrique, les grains prirent une teinte rouille.

— Je crois que c'est du sang, dit-elle.

Le professeur Mathias parut impressionné.

— Vous avez raison. Elle a pu égratigner son agresseur avant de perdre connaissance.

— Si c'est le sang de l'assassin, il se révélera peut-être très utile. Monsieur le professeur, auriez-vous une enveloppe ?

— Utile ? répéta Mathias.

— Landsteiner a démontré que le sang humain pouvait se classer en trois types : A, B et O. Un de ses étudiants, le Dr Sturli, a découvert un quatrième type, AB. Il est possible de déterminer le groupe sanguin d'un individu à partir d'un échantillon de sang déshydraté, voire à partir d'une simple tache. Selon Richter, on peut même le faire avec des taches qui datent d'une quinzaine de jours.

Elle se tourna vers Rheinhardt.

— L'analyse du sang du meurtrier vous permettra de rayer certains suspects de votre liste. De plus, une fois l'auteur du crime arrêté, vous disposerez d'une preuve supplémentaire convaincante si son sang est du même type que cet échantillon.

Le professeur Mathias applaudit.

— Magnifique ! s'écria-t-il. Voilà une excellente idée !

20

Kristina monta l'escalier. L'absence de bruit éveilla ses soupçons. Les machines à coudre étaient silencieuses.

Wanda, son assistante, était montée chercher un vêtement quelques minutes plus tôt et n'était toujours pas redescendue. Kristina s'impatientait.

Un bruit de voix…

Gagnée par la curiosité, Kristina marcha sur la pointe des pieds pour traverser le palier et colla l'oreille contre la porte.

— Ma mère m'interdit de sortir seule depuis que la deuxième s'est fait tuer.

— Il n'y a pas de danger pour les filles comme nous.

— Comment peux-tu en être sûre ?

— L'une des deux posait pour un peintre et l'autre était vendeuse. Et elle habitait à Spittelberg.

Wanda prit alors la parole.

— Vous croyez qu'elles étaient toutes les deux des prostituées ?

— Plus ou moins.

Une autre voix, basse et sentencieuse, affirma :

— Moi, je ne sors pas seule, quoi que tu puisses dire. J'ai peur.

— Je m'ennuie à rester enfermée tous les soirs. Ça me rend folle.

— Dans le tram, j'ai vu un type qui me regardait avec insistance, reprit la voix grave.

— C'est pas à moi qu'une chose pareille arriverait. Ça serait trop beau !

Des éclats de rire fusèrent.

— Albertine, tu ne devrais pas plaisanter sur un tel sujet !

Kristina ouvrit la porte et, miraculeusement, toutes les employées s'affairèrent. Le cliquetis des machines et l'expression concentrée des couturières indiquaient une activité soutenue. Wanda était là, la robe qu'elle était venue chercher passée sur son bras.

— Je ne suis peut-être plus aussi jeune que vous, mes petites, lança Kristina. Mais je vous assure que je suis loin d'être sourde !

Airs coupables, joues cramoisies. Une ou deux machines s'arrêtèrent car feindre n'était plus de mise.

— Nous parlions des meurtres, madame.

— Je sais.

— Quand nous partons le soir, il fait presque nuit. Je ne veux pas rentrer à la maison dans le noir…

— Que me contez-vous là ? En cette saison, il fait un peu plus clair chaque jour.

— Mais, madame…

Une autre fille, celle qui avait la voix grave, dit :

— Dans le magazine que je lis, on explique que les rues ne sont pas sûres pour les jeunes femmes, surtout le soir.

Kristina embrassa la salle du regard, scrutant chaque rangée de visages attentifs. La dernière machine ralentit et s'arrêta.

Le silence s'installa.

— Bon, dit Kristina. Vous pourrez partir un peu plus tôt à condition que vous me promettiez de travailler plus dur. Nous ne pourrons pas terminer à temps les nouvelles commandes si vous passez toute la journée à bavarder.

Un chœur de remerciements et de promesses se fit entendre.

Kristina appela Wanda.

— Venez. Et, s'il vous plaît, tenez-vous droite.

— Oui, madame.

La jeune fille se redressa et suivit sa patronne.

21

Rheinhardt entra au *Café Museum* en serrant dans une main le carnet d'adresses de Bathilde Babel. Il ne trouvait pas l'atmosphère de ce nouvel établissement très accueillante. Froid, le décor dépouillé lui paraissait inachevé. Peu après l'ouverture du café, l'inspecteur avait demandé à Liebermann ce qu'il en pensait. Le jeune médecin avait traité l'architecte, Adolf Loos, de génie, et s'était extasié sur les lignes pures et la simplicité de ses réalisations. Ces arguments n'avaient pas convaincu son ami, qui restait insensible à cet intérieur fonctionnel austère. Pour lui, le vide ne recelait aucune beauté, mais un manque d'inventivité. En s'attablant, il espéra que les pâtisseries ne seraient pas aussi dépourvues de caractère que la conception des lieux.

Il commanda un *Türkische* et une part de *Dobostorte*. Lorsque le gâteau arriva, création baroque ourlée d'ornements compliqués, il fut reconnaissant au chef pâtissier de ne pas avoir cédé à l'équivalent culinaire de la modernité. La pression de sa fourchette déplaça les couches généreuses de crème au chocolat entre les tranches de biscuit et, quand il avala la première bouchée, il fut ravi par son goût sucré et très parfumé.

Après avoir terminé son gâteau, il demanda à voir le chef de rang. Corpulent, arborant une moustache bien cirée, l'homme qui se présenta lui ressemblait assez.

Il s'appelait Herr Heregger.

— J'espère que la *Dobostorte* vous a donné toute satisfaction, monsieur ?

— Elle était excellente. La consistance de la crème au chocolat était particulièrement réussie.

Rheinhardt lui montra alors sa plaque.

— Vous êtes de la police ? fit Herr Heregger, surpris.

— Oui, asseyez-vous, je vous prie.

Le serveur posa son large postérieur sur une chaise grêle et l'inspecteur ouvrit le carnet d'adresses de Bathilde Babel.

— Je cherche un certain Griesser. Il a donné le *Café Museum* comme adresse. Le connaissez-vous ?

— Oui, c'est un de nos clients.

— Depuis combien de temps ?

— En réalité, il n'est pas venu souvent.

— Il est venu récemment ?

— Oui, la semaine dernière, et la semaine précédente. Il m'a dit qu'il arrivait à Vienne et avait encore un hébergement provisoire. Il a demandé s'il nous serait possible de garder son courrier car il avait l'intention de prendre ici son petit déjeuner une fois installé. Je lui ai répondu que je n'y voyais pas d'objection.

— Et des lettres sont arrivées ?

— Une seule.

— Il l'a récupérée ?

— Oui, lors de sa deuxième visite.

— Et depuis, il n'a pas reçu de courrier ?

— Non.

Lorsque Rheinhardt lui proposa un cigare, Herr Heregger déclina son offre.

— Herr Griesser a-t-il mentionné sa profession ?

— Non.

— À votre avis, que fait-il pour gagner sa vie ?

— Je n'en ai aucune idée.

— Pouvez-vous me le décrire ?

Le serveur se gratta le menton.

— Plutôt grand. Les cheveux très bruns.

Son ton était prudent, on aurait dit qu'il n'avait pas grande confiance en sa mémoire.

— La couleur de ses yeux ? demanda Rheinhardt.

— Oh ! ça, je ne m'en souviens pas, monsieur l'inspecteur.

— Son âge ?

— Assez jeune.

— C'est-à-dire ? Une vingtaine d'années ? Presque la trentaine ?

— Je dirais entre vingt-cinq et trente ans.

— Vous semblait-il cultivé ?

— Il s'exprimait bien.

— Vous rappelez-vous autre chose ?

Le serveur regarda les deux tables de billard, au fond de la salle. Son visage se fit soudain plus expressif, une petite lueur apparut dans ses yeux.

— Quoi donc ?

— Eh bien, maintenant que vous me le demandez…

— Oui ?

— Je me rappelle en effet autre chose, répondit Heregger en souriant, si bien qu'un second menton se forma sous le premier. Son odeur.

— Son eau de toilette ?

— Non. Pas du tout. Une odeur de goudron, assez sucrée. On aurait dit du phénol.

22

Liebermann regarda son patient allongé. Pour une fois, Erstweiler n'était pas agité, pourtant, Liebermann n'en tirait aucune conclusion sur son état mental. Parfois, le calme apparent de malades anxieux n'était que de l'épuisement et, dès qu'ils recouvraient leurs forces, l'agitation revenait.

Après un silence prolongé, le médecin demanda :

— Avez-vous bien dormi ?

Erstweiler roula la tête de droite à gauche.

— Non. Je me suis réveillé à plusieurs reprises. Quelqu'un, dans la salle, a été pris de frayeur. Il hurlait que les Hongrois arrivaient. Une fois qu'on l'a éloigné, j'ai réussi à me rendormir, mais un cauchemar m'a alors réveillé.

— Ah bon ?

— Je dis cauchemar parce que, sur le moment, telle était mon impression. En y réfléchissant à présent, je trouve ce rêve stupide.

— Vous a-t-il fait peur ?

— Oui.

— De quoi s'agissait-il ?

Erstweiler soupira.

— Quand j'étais petit, mes parents avaient une amie anglaise, Frau Middleton, qui nous racontait des contes de fées, à mon frère et à moi. Certains nous étaient déjà familiers, mais elle nous en a fait découvrir d'autres. Je suppose qu'ils venaient de son pays. L'un parlait d'un jeune garçon désargenté et de haricots magiques. Le connaissez-vous ?

— Non.

— Eh bien, mon rêve ressemblait beaucoup à ce conte anglais… sauf que j'étais ce jeune garçon. Tout était très embrouillé, surtout au début.

Liebermann garda le silence en espérant que cette stratégie inciterait Erstweiler à poursuivre. Ce ne fut pas le cas.

— Qu'avait donc ce patient ? Celui qu'on a fait sortir de la salle ? Et que voulait-il dire par : « Les Hongrois arrivent » ?

— Votre rêve, Herr Erstweiler ! Que se passait-il dans votre rêve ?

Erstweiler tourna un instant sa main en l'air, puis la laissa retomber sur sa poitrine.

— Il y avait des trams et des grands bâtiments, et un homme avec une vache. Je lui ai parlé, c'est peut-être lui qui m'a vendu les haricots, et soudain, j'étais le jeune garçon du conte et le plant de haricot avait tellement poussé qu'il atteignait le ciel. J'y ai grimpé et je me suis retrouvé sur un nuage. Là, il y avait un immense château dans lequel je suis entré, mais j'étais effrayé par un ogre qui marchait pesamment et hurlait qu'il sentait l'odeur du sang d'un intrus – moi. Dans une pièce, j'ai découvert des monceaux de richesses et une poule aux œufs d'or. Non pas une poule qui pondait des œufs d'une couleur dorée, non, des œufs en or. J'ai attrapé la poule et je me suis enfui du château, pourchassé par l'ogre. J'ai glissé au bas du haricot géant et l'ogre m'a suivi, mais j'étais plus rapide que lui. Une fois arrivé en bas, j'ai coupé le plant de haricot à la hache…

Erstweiler se tut soudain, le front luisant de sueur.

— Oui ? fit Liebermann pour l'encourager.

— Et l'ogre s'est écrasé au sol.

— Est-ce qu'il est mort ?

— Oui, il…

Erstweiler s'interrompit avant de terminer sa phrase en bégayant :

— Il est m… m… mort.

— Vous vous êtes donc sorti de ce mauvais pas. Et vous aviez la poule.

Erstweiler ne semblait nullement soulagé.

— Herr Doktor, pourquoi parler d'un rêve puéril et ridicule ? Il y a sûrement des sujets plus importants dont nous pourrions discuter. J'espérais que vous vous attacheriez à me convaincre que l'apparition de mon double n'était qu'une hallucination. Je pourrais ainsi m'autoriser une lueur d'espoir et envisager de trouver la paix.

— Les deux choses sont peut-être liées… le rêve et l'hallucination.

— Non, c'est impossible ! s'écria Erstweiler.

Le ton furieux de cette dénégation suffit à persuader Liebermann qu'il avait raison. Il attendit un long moment avant de reprendre la parole.

— Je suis allé voir Herr Polster au *Ramoneur*.

— C'est vrai ?

Erstweiler gigota sur le lit de repos pour arriver à croiser le regard du jeune médecin.

— Oui. Il se rappelait la conversation à laquelle vous avez fait allusion. Mais il ne pensait pas avoir parlé à votre double. Il était certain que c'était bien vous.

— Voilà qui n'a rien d'étonnant, répliqua Erstweiler avec un soupir. À quoi vous attendiez-vous donc ?

23

Une dame d'âge mûr portant un chemisier à col montant conduisit Rheinhardt dans le bureau du comptable.

— Herr Friess, l'inspecteur Rheinhardt est arrivé.

— Ah, merci, Anselma.

Chauve, le visage rougeaud, le comptable avait un gros ventre qui tendait son gilet.

— Asseyez-vous, je vous prie, monsieur l'inspecteur.

Sur le bureau, Rheinhardt aperçut une photographie encadrée montrant une dame respectable et deux enfants.

— Voudriez-vous du thé ?

Rheinhardt secoua la tête.

— Ce sera tout, Anselma.

Après le départ de la secrétaire, Friess sourit et demanda :

— En quoi puis-je vous être utile ?

— Herr Friess, je crois comprendre que vous connaissez une jeune femme qui s'appelle Bathilde Babel. Je ne me trompe pas ?

Friess pinça les lèvres.

— Fräulein Babel… Fräulein Babel… marmonna-t-il. Non. Je regrette. Ce nom ne me dit rien.

Rheinhardt soupira.

— Vous figurez dans son carnet d'adresses.

— Bathilde ? dit Friess en portant la main à l'oreille, comme s'il était sourd. Vous avez bien dit Bathilde Babel ? dit-il en insistant sur le prénom.

— Oui. Bathilde Babel.

Le comptable s'agita sur son siège.

— Oui, oui… en effet, je connais quelqu'un qui porte ce nom. Excusez-moi, je n'entends pas très bien.

— Et quel genre de relations entretenez-vous avec elle ?

— C'est une cliente.

— Je vois. Pourriez-vous me montrer les documents qui la concernent, s'il vous plaît ?

— Je crains que ça ne soit pas possible…

— Pourquoi donc ?

— Parce que…

Friess leva les yeux au plafond pour y chercher une réponse convaincante, mais les moulures ne lui en fournirent point.

— Herr Friess, si vous persistez à esquiver les questions, j'ai bien peur que nous ne soyons obligés de poursuivre cet entretien au poste de Schottenring, répliqua l'inspecteur d'un ton ferme.

— Non, je vous en prie, ce ne sera pas nécessaire… Excusez-moi.

D'une main tremblante, il ouvrit un coffret et en sortit une cigarette. Après l'avoir allumée, il tira sur le filtre doré. Son souffle dissipa le nuage de fumée suspendu devant sa bouche.

— Je regrette, monsieur l'inspecteur… un homme dans ma situation… C'était une erreur… je n'aurais jamais dû…

Sa voix se perdit.

— Où l'avez-vous rencontrée ?

— Malgré tout le respect que je vous dois, monsieur l'inspecteur, je ne vois pas en quoi mes peccadilles seraient de nature à intéresser la police.

Rheinhardt le foudroya du regard et répéta :

— Où l'avez-vous rencontrée ?

— Dans le magasin de Frau Schuschnig, derrière l'hôtel de ville. J'achetais un chapeau pour ma femme. Bathilde m'a fait des avances.

Il évoqua ses rendez-vous secrets dans les salons particuliers de certains restaurants et dans des hôtels modestes. À la fin, il implora :

— Monsieur l'inspecteur, si ma femme l'apprenait, elle en serait mortifiée. Elle ne se doute de rien. Mon couple serait brisé.

Le comptable lui tendit la photo de famille.

— J'ai deux enfants, Richard et Frieda. Je vous supplie de garder le secret, si ce n'est pour moi, du moins pour eux.

Rheinhardt mordilla l'extrémité de son stylographe.

— Lui est-il arrivé de mentionner ses autres…

L'inspecteur trouvait « clients » trop fort et préféra employer un euphémisme.

— … admirateurs ?

— Je vous demande pardon ?

— Ses autres amis masculins.

Le comptable parut indigné.

— J'étais son seul…

L'expression désabusée de l'inspecteur, qui signifiait clairement : *Comment pouvez-vous être aussi naïf ?* l'empêcha de terminer sa phrase. Ses épaules se voûtèrent et il reprit :

— Non. Elle n'a jamais mentionné personne.

Rheinhardt prit quelques notes et, quand il leva les yeux, il vit que Friess était perdu dans ses pensées.

— Qu'y a-t-il ?

— Je me rappelle que je suis allé dans le magasin de chapeaux il y a quelques semaines. Elle parlait à un client et tous deux semblaient très bien se connaître. Après le départ de cet homme, j'ai demandé à Bathilde qui c'était. Elle est restée évasive et a essayé de plaisanter sur sa manière de flirter avec lui. Elle a dit qu'elle faisait de même avec tous les clients masculins, que c'était bon pour les affaires, prétendait Frau Schuschnig.

Friess se gratta le nez.

— C'était un homme instruit, vêtu d'une redingote coûteuse.

— Comment était-il ?

— Assez grand… brun.

— Quel âge avait-il ?

— Dans les vingt-neuf, trente ans.

— De quelle couleur étaient ses yeux ?

— Je vous demande pardon ?

— Réfléchissez, Herr Friess. De quelle couleur étaient ses yeux ?

— Bleus… ou gris, je ne sais plus. Clairs, en tout cas. Il achetait une épingle à chapeau. Et il sentait une drôle d'odeur. Une odeur d'hôpital, je dirais.

— Pouvait-il s'agir d'un médecin ?

— C'est possible.

Friess remarqua que son interlocuteur serrait les mâchoires et prenait une expression tendue.

— Monsieur l'inspecteur, pourquoi me posez-vous toutes ces questions ?

— Elle est morte, répondit Rheinhardt sans détour. Assassinée… samedi.

Le comptable lâcha quelques mots inaudibles, et son visage rubicond perdit ses couleurs. Quand il voulut allumer une autre cigarette, ses mains tremblaient tellement que l'inspecteur dut l'aider.

24

Le professeur Freud secoua la cendre de son cigare et feuilleta les pages d'un manuscrit. C'était son écriture, régulière, penchée vers la droite, trahissant, peut-être, une certaine impatience, les idées affluant plus vite que sa main ne pouvait les transcrire. Lorsqu'il ouvrit la bouche, un petit nuage s'en échappa et resta un instant en suspension avant de se dissoudre dans l'atmosphère déjà enfumée.

Ils avaient parlé de l'ouvrage sur la sexualité que le professeur n'avait pas encore publié, ni d'ailleurs achevé, et, grâce à ses questions subtiles, Liebermann, partant de considérations plus générales, avait orienté la conversation sur le problème des déviations.

— L'instinct sexuel est, je crois, d'une infinie plasticité eu égard à ses objectifs, expliqua Freud. Je suis d'ailleurs persuadé que tous les êtres humains naissent avec une disposition à ce qu'on pourrait appeler la *perversion polymorphe*, c'est-à-dire une tendance à s'écarter de toutes les manières possibles des normes sexuelles.

Il était lancé et ne baissait les yeux sur son étude que pour se la remémorer de temps à autre.

— Si on définit comme sain le seul comportement sexuel qui est nécessaire à la reproduction de l'espèce humaine, c'est-à-dire l'accouplement hétérosexuel, il s'ensuit que toutes les autres manières d'éveiller le désir sont inutiles et, par conséquent, perverses à strictement parler. Leur introduction dans les relations conjugales n'aide guère à atteindre le but initial de reproduction sur lequel se fonde l'union entre un homme et une femme. Pourtant…

Freud suçota son cigare.

— L'instinct sexuel humain est si variable que nous trouvons partout des preuves de son caractère protéiforme… même dans les accouplements les plus ordinaires. Prenez le fétichisme, par exemple. Il rejoint la normalité en ceci qu'il y a forcément surévaluation psychologique de l'objet sexuel, laquelle s'étend invariablement à tout ce qui lui est associé. Un certain degré de fétichisme est donc présent dans tout amour, surtout durant la phase où l'objectif sexuel normal semble impossible à atteindre, ou bien où sa satisfaction est entravée. Rappelez-vous le *Faust* de Goethe, dans la scène de rue.

Il regarda Liebermann et sembla attendre la citation.

Le jeune médecin secoua la tête pour signifier qu'il n'avait pas gardé en mémoire ce passage précis.

— « Apporte-moi un fichu qui ait couvert son sein, un ruban de ma bien-aimée[1] », récita Freud avant de

1. Traduction de Gérard de Nerval. Notons que le texte allemand est plus érotique car le « ruban » est en réalité une « jarretière » (*Strumpfband*) et la « bien-aimée » le « plaisir d'aimer », avec sa dimension de désir sexuel (*Liebeslust*).

dodeliner du chef, impressionné par la pertinence de son exemple.

— Dans ce cas, à partir de quand peut-on qualifier un comportement de pathologique ? demanda Liebermann.

— Quand le désir du fétiche devient bien plus qu'une condition nécessaire attachée à l'objet sexuel et remplace le désir sexuel normal, et quand, en outre, le fétiche se détache d'un individu particulier pour devenir l'unique objet de désir.

— Croyez-vous que cette disposition polymorphe ait des limites ou, au contraire, que n'importe quoi puisse éveiller le désir sexuel ?

— Si vous entretenez encore quelques doutes, dit Freud en poussant la boîte de cigares vers son invité, plongez-vous dans l'ouvrage de Krafft-Ebing, *Psychopathia sexualis*.

Freud écrasa son cigare, alluma celui de Liebermann et en prit un lui-même.

— Par ailleurs… continua-t-il en approchant son cigare de la flamme et en le tournant entre le pouce et l'index. Je ne suis pas certain que les cas décrits par Krafft-Ebing, aussi dérangeants soient-ils, nous montrent des comportements très différents de ceux que nous pourrions observer dans la chambre à coucher d'un couple respectable.

Freud baissa les yeux sur son manuscrit.

— Les perversions les plus fréquentes et les plus parlantes de toutes – le désir d'infliger de la souffrance à l'objet sexuel et son contraire – ont été dénommées *sadisme* et *masochisme* par Krafft-Ebing. Les racines du sadisme sont aisées à déceler dans la normalité. La sexualité de presque tous les êtres humains de sexe masculin contient un élément d'agressivité, un désir de soumettre ; la signification biologique de cette tendance semble être un besoin de faire céder l'objet sexuel autrement qu'en le courtisant. Le sadisme correspondrait ainsi à une composante agressive de l'instinct sexuel, qui, devenue indépendante et exagérée, prendrait le pas sur les autres composantes.

— Ce que vous suggérez implique que, sous réserve d'être soumis à certaines influences, n'importe lequel d'entre nous pourrait se muer en l'un des monstres décrits par Krafft-Ebing.

— En effet.

Freud joua avec l'une des statuettes placées à côté de la boîte de cigares – un vautour à tête usée, aux traits distinctifs effacés, monté sur un socle.

— Binet a été le premier à affirmer que le choix d'un fétiche résulte d'une impression sexuelle reçue dans la petite enfance…

Il prononça ces mots d'une voix rêveuse et Liebermann sentit que, plus qu'une conclusion, c'était là une réflexion qu'il se faisait à lui-même. Son ton véhiculait deux messages assez contradictoires. D'un côté, Freud semblait heureux de ne pas être le seul à concevoir de telles idées, de l'autre, il paraissait quelque peu irrité de devoir concéder l'antériorité de cette réflexion à un autre théoricien.

Un silence s'installa durant lequel le voile de fumée s'épaissit tellement que tout, dans la pièce, prit la teinte sépia d'une photographie.

Liebermann en savait à présent assez pour se fier au diagnostic de *thanatophilie* qu'il avait conjecturé. Les nouvelles idées de Freud sur les déviations sexuelles paraissaient ouvrir la voie à d'infinies possibilités. Souhaitant profiter du temps que lui accordait cet homme intéressant, il préféra donc tester ses vues sur un autre sujet. Il changea de position pour tirer Freud de sa rêverie et hasarda :

— J'ai un patient intéressant.

Le professeur leva les yeux.

— Pardon ?

— J'ai un patient intéressant, répéta Liebermann. À l'hôpital. Un monsieur persuadé qu'il a vu son double et que, de ce fait, il doit mourir.

Freud agita son cigare pour signifier qu'il souhaitait en entendre davantage. Liebermann adopta le style télégraphique dont usent les médecins pour résumer une étude de cas.

— Herr E. Né à Tulln. Travaillait comme secrétaire d'un conseiller municipal. A perdu son emploi quand le conseiller est mort. Est venu à Vienne et est à présent employé comme gestionnaire d'un importateur.

Après cet historique, il expliqua que son patient affirmait avoir vu son double.

Freud tirait comme un forcené sur son cigare. La fumée qu'il rejetait devint si abondante qu'elle le dissimula presque. Le professeur s'abîma dans ses réflexions et Liebermann patienta respectueusement. Enfin, Freud s'éclaircit la gorge.

— L'idée du double a sans doute germé lorsque les êtres humains ont aperçu leur reflet pour la première fois. Dans un miroir, nous croyons voir quelqu'un d'autre, une entité séparée ; cependant cette illusion doit avoir précédé l'invention du miroir. Nos ancêtres primitifs devaient distinguer leur « double » à la surface d'une eau paisible, et même, tel un minuscule homoncule, dans la pupille de leurs congénères. Ainsi donc, dès que les êtres humains ont pu forger le concept du soi, leur reflet leur aura suggéré qu'il existait un autre soi. Nous devons en conclure que l'idée du double est profondément enracinée dans la psyché humaine.

Semblant satisfait de son introduction, Freud sourit avant de poursuivre :

— À présent, tournons-nous vers les enseignements religieux. Dans toutes les cultures, l'idée du double apparaît sous la forme de l'âme – un double spirituel. Partout où il y a religion, il y a aussi terreur de l'oubli. Par conséquent…

Il s'interrompit pour lâcher une nouvelle éruption volcanique.

— Il est possible que le double représente une défense contre la destruction de l'ego, tout comme l'âme, le premier double du corps, est une assurance contre l'annihilation. Cette fonction de défense est évidente dans les rites funèbres de l'Égypte ancienne, où il était fréquent d'utiliser des matériaux qui résistaient au temps pour y graver l'image des défunts.

Freud désigna un minuscule coffret en bronze dont le couvercle s'ornait d'un oiseau.

— Regardez ce cercueil d'animal sacré réalisé à une époque tardive, entre 700 et 300 avant Jésus-Christ

Il ne put s'empêcher de caresser le bec du faucon.

— Le désir de vie éternelle naît dans le terreau d'un amour de soi illimité, d'un narcissisme primaire qui domine l'esprit de l'enfant et de l'homme primitif. Une fois cette phase surmontée, le double s'inverse toutefois. D'assurance d'immortalité, il devient présage inquiétant de la mort. C'est sous cette forme qu'on le connaît le mieux parmi les peuples de langue germanique.

Le professeur prit un nouveau cigare.

— Il est aussi possible qu'un autre processus soit à l'œuvre : il se peut que tout ce que l'ego n'accepte pas – fantasmes irrecevables, efforts brisés par des circonstances défavorables, actes de volonté refoulés – se projette dans quelque chose qui nous est étranger. Mais ce matériau indésirable ne saurait être complètement renié, et l'objet dans lequel il se fond prend la forme d'un autre soi.

Liebermann avait envie d'approfondir ce point, mais le professeur revenait à un thème précédent.

— Le phénomène du double comme préservation contre l'anéantissement possède aussi sa contrepartie dans le langage des rêves. Si l'un des symboles communs du pénis, disons une tour, se présente en double et qu'il y a donc deux tours dans un rêve, il faut alors considérer que le rêveur veut éviter la castration.

Freud prit un autre cigare et l'alluma. Il allait jeter l'allumette dans le cendrier quand il remarqua le cigare précédent qu'il n'avait pas fumé. L'ayant posé un instant, il l'avait tout simplement oublié.

— Hum… deux cigares, marmonna-t-il.

Son expression s'assombrit et, avec un malaise manifeste, il écrasa le cigare abandonné et porta le nouveau à sa bouche.

25

Rheinhardt était assis à côté d'Else, sa femme, et, un peu plus loin sur le banc, Therese était plongée dans un livre. Mitzi, sa cadette, discutait avec une autre fillette pour savoir si elles devaient ou non monter sur le manège qui leur avait été recommandé par deux garçons portant culottes courtes et casquette. Des mamans habillées avec un peu trop d'élégance pour l'occasion conversaient à l'ombre d'un arbre, pendant que deux nourrices berçaient chacune un landau afin que son petit occupant ne se réveille pas.

— Je parlais avec Frau Gaul ce matin, dit Else. Elle est allée à l'Opéra samedi pour voir *Paillasse*. Elle a trouvé le spectacle magnifique.

Depuis la découverte du corps d'Adele Zeiler au Volksgarten, Rheinhardt n'avait pas pu passer beaucoup de temps en famille. Ce retour à la normalité que constituait cette sortie dans le parc avec sa femme et ses filles lui mettait du baume au cœur.

— Aimerais-tu y aller ?

— Oui, répondit Else, un peu surprise, car son mari était toujours très occupé, et il ne lui était pas venu à l'esprit qu'il pourrait suivre le conseil de Frau Gaul.

— Eh bien, nous irons.

Il s'interrompit un instant, puis ajouta :

— D'ailleurs, nous irons tous, au diable la dépense. Ça te ferait plaisir d'aller voir *Paillasse*, Therese ?

Sa fille leva les yeux de son livre en faisant des efforts héroïques pour dissimuler son enthousiasme. En réalité, elle feignait seulement de lire et écoutait la conversation de ses parents.

— Oui, papa, très plaisir.

La retenue de Therese rappela à son père qu'elle était au seuil de la vie adulte. Une fois cette transition achevée, l'enfant dont il avait embrassé les cheveux, dont la menotte avait agrippé son index devant la cage du lion au zoo, cette enfant aurait disparu. S'il acceptait cette perte sur le plan philosophique, une partie de lui-même ne s'y résoudrait jamais.

— Parfait, j'achèterai les billets ce soir, déclara-t-il d'un ton déterminé.

Rheinhardt sentit que la main de sa femme recouvrait la sienne. Elle exerça une pression et, au moyen de ce geste infime, transmit plus de gratitude et d'affection que les mots n'auraient pu en exprimer. Que des sentiments aussi puissants puissent passer entre eux dans un lieu public en toute discrétion était pour Rheinhardt une preuve de plus, s'il en était besoin, de la nature miraculeuse de leur union.

— Est-ce que cet opéra dure longtemps ? demanda Therese en se penchant en avant pour mieux entendre la réponse de son père.

— Non, ma chérie, il est très court.

Therese fit un petit signe de tête approbateur et se remit à faire semblant de lire.

De l'autre côté du terrain de jeu, Rheinhardt aperçut, à travers les barres en bois d'une échelle, un homme d'un certain âge assis seul. La moustache hirsute, vêtu d'un long manteau, il regardait Mitzi et sa compagne, à présent installées sur la balançoire.

Else avait commencé à réfléchir aux préparatifs de leur sortie à l'Opéra et lâchait une série de considérations un peu décousues qui formaient un fond sonore apaisant. Rheinhardt l'écoutait, mais son attention se reportait sans cesse sur l'homme d'en face. Pourquoi regardait-il donc sa fille avec autant d'insistance ?

— Qui est cette petite qui joue avec Mitzi ?

En entendant mentionner sa sœur, Therese leva les yeux de son livre.

— Elle s'appelle Eva, répondit Else, intriguée.

— Et qui l'accompagne ?

— Sa mère, Frau Kubauer. Elle est là-bas, en robe jaune.

Else montra l'une des femmes qui se trouvaient sous l'arbre. À ce moment précis, Frau Kubauer tourna la tête dans leur direction et Else fut obligée de transformer son geste en salut poli. À son tour, la maman d'Eva agita la main. Rheinhardt souleva respectueusement son chapeau.

Else pencha la tête sur le côté en attendant une explication ; son mari garda toutefois le silence. Après avoir haussé les épaules avec indifférence, elle reprit le fil de son sujet.

À présent, Rheinhardt ne l'écoutait plus. Il tâchait de savoir qui accompagnait chaque enfant. Bientôt, il parut évident que l'homme assis en face était seul. Rheinhardt étudia son expression.

L'atelier de Rainmayr.

Des images s'imposèrent à son esprit.

Deux jeunes filles, la jupe relevée, montrant fièrement leur sexe ; des jambes maigres désincarnées, sur lesquelles retombaient bas et jarretières...

Mitzi et son amie avaient abandonné la balançoire et couraient vers les barres en bois. Elles commencèrent à y grimper et, pendant ce temps, l'homme plissa les yeux en regardant leurs chevilles, leurs chaussures, et, à mesure qu'elles montaient, il semblait glisser sur son banc. De la langue, il s'humectait les lèvres. Sa main droite, enfoncée dans la poche profonde de son manteau, s'activait nettement.

— Excuse-moi un instant, dit Rheinhardt à sa femme.

— Où vas-tu ?

— Je veux jeter un coup d'œil à Mitzi.

— Elle ne craint rien. Elle ne va pas tomber.

— N'empêche...

Il traversa le terrain de jeu.

— Fais attention, Mitzi, dit-il en passant devant la cage.

Sa fille sourit.

— Je ne vais pas tomber.

— Bon. Assure-toi que tu ne risques rien.

Il continua vers l'homme dont le visage trahit une lueur d'appréhension à son approche.

— Bonjour, dit Rheinhardt.

L'homme marmonna une formule de politesse.

Rheinhardt s'assit à côté de lui et scruta le terrain de jeu. Malheureusement, il n'avait pas réussi à donner le change à Else qui, si elle parlait à Therese, avait remarqué quelque chose de curieux dans le comportement de son mari qu'elle regardait à la dérobée à travers les barres en bois.

— Monsieur ?

L'homme se tourna vers lui.

Rheinhardt l'agrippa par la cravate et serra. Les yeux exorbités, l'inconnu commença à lâcher des sons étranglés.

— Je sais ce que vous êtes, et je sais ce que vous faites, affirma Rheinhardt sans s'émouvoir.

La langue jaillit entre les dents et le visage se déforma.

— Vous allez partir immédiatement et ne jamais revenir. Vous m'entendez ? Jamais. Si je vous revois ici, je vous donne ma parole que vous le regretterez.

Rheinhardt le lâcha. L'homme toussa, desserra son nœud de cravate, puis se leva et s'élança vers la grille en jetant des regards angoissés par-dessus son épaule. Rheinhardt revint vers Else et Therese.

— Que s'est-il passé ? demanda Else, les sourcils haussés.

— J'ai remarqué que la cravate de ce monsieur était de travers et je lui ai rendu le service de la remettre d'aplomb, répondit Rheinhardt en montrant l'homme qui se précipitait vers la sortie, ses basques flottant au vent.

— Quel monsieur ? demanda Therese.

— Celui-là, là-bas.

Therese regarda attentivement à travers les arbres.

— Il a dû partir en toute hâte, il avait un train à prendre, expliqua son père.

Else paraissait troublée. Lorsqu'elle fit mine de parler, d'un doigt, son mari lui effleura les lèvres pour l'empêcher de le questionner plus avant.

— Allons, est-ce que quelqu'un aurait un petit creux ? demanda-t-il. Je crois que nous devrions trouver une pâtisserie.

Il joignit les mains pour en faire un porte-voix et appela :

— Mitzi ! As-tu envie d'un strudel ?

26

Amelia Lydgate se trouvait dans l'un des laboratoires dont disposait Landsteiner à l'Institut de pathologie et d'anatomie. Après avoir réhydraté les cristaux recueillis sous un ongle de Bathilde Babel, elle avait mélangé la solution à des échantillons de types de sang connus. L'agglutination observée au microscope lui apprit que l'homme que Bathide Babel avait égratigné avant de mourir était du groupe que Landsteiner avait appelé O.

En se penchant en avant, Amelia sentit son corset la pincer. Elle repensa à un article sur la nouvelle mode qu'elle avait lu dans une publication destinée aux femmes. L'auteur y conseillait d'abandonner tailleur et corset au profit de ces robes lâches qui permettaient une liberté de mouvement totale. À présent que les femmes occupaient des emplois auparavant réservés aux hommes, les vêtements traditionnels montraient leurs limites. Courbée sur son microscope, Amelia ne pouvait qu'être d'accord. La sagesse de ce raisonnement se trouvait démontrée chaque fois que le tissu rêche qui lui enserrait le corps ne voulait pas plier et, par ses craquements, protestait. L'article concluait en annonçant l'ouverture d'une nouvelle maison de couture à Bauernmarkt. Les *Reformkleider*, ces robes lâches, cousues sur place, utilisaient des tissus créés par les artistes de la Sécession viennoise. Les prix, toutefois, étaient plutôt exorbitants.

Amelia ignora la plainte de son corset, examina les lames une dernière fois et rédigea une note qu'elle avait l'intention d'envoyer à Rheinhardt avant d'assister à son cours de pathologie.

Cher Monsieur l'Inspecteur,

J'ai procédé à l'examen de l'échantillon de sang recueilli sous l'ongle de Fräulein Bathilde Babel et je suis en mesure de vous dire qu'il appartient au groupe O. Rien ne permet de déterminer l'origine de cet échantillon, mais, à mon avis, il n'est pas déraisonnable de penser qu'il résulte d'une tentative de défense de la part de la victime.

J'espère sincèrement que ce renseignement vous sera utile dans votre enquête. Le fait qu'il y ait déjà eu deux meurtres similaires semble suggérer que ce monstre – je ne puis penser à un terme plus approprié – recommencera, mû par ses pulsions anormales. La nature de son dérèglement, qui révèle un manque de respect odieux pour mon sexe, éveille en moi un dégoût tout particulier. Si mes compétences peuvent d'une manière ou d'une autre vous aider à arrêter cette vile créature, n'hésitez surtout pas à vous adresser à moi. Je serais honorée de poursuivre cette collaboration avec les services de police. Je suis sûre que vous informerez à votre convenance le professeur Mathias de ma découverte.

Je vous prie d'agréer, Monsieur l'Inspecteur, mes salutations les plus distinguées.

Amelia Lydgate

27

Les hommes la connaissent depuis des temps immémoriaux. Dans les mythes sumériens et babyloniens, elle prenait le nom d'Ereshkigal. Dans la

Rome antique, elle était Naenia ou Libitina, et fondait sur les vivants tel un grand oiseau de proie. Les Étrusques l'appelaient Tuchulcha. Pour les Hindous, elle est Kali la Noire. Au Japon, c'est la Reine des Neiges, qui, de son souffle glacial, fait frissonner les mourants et leur ôte toute souffrance. Dans la mythologie nordique, elle se nomme Hela, et dans les contes populaires finnois Kalma. Les Polonais l'appellent Sac d'os, et les Celtes Morrigan.

Je n'essaierai pas de la décrire. Il est vain de tenter l'impossible. Je risquerai cependant une observation qui, à ma connaissance, n'a pas été faite par d'autres. Quand elle apparaît, elle est nimbée d'une lumière pourpre dansante. Les ailes sombres qui s'élèvent de ses épaules et s'incurvent vers l'avant baignent dans une aurore améthyste.

Que ressent-on face à une telle perfection ?

Je vais vous le dire.

On éprouve un tourment insupportable.

Sa terrifiante beauté provoque une telle aspiration, un tel désir que l'âme lutte aussitôt pour échapper à sa prison et, en proie à une étrange extase, se débat dans sa lourde chair, s'efforce désespérément de se libérer.

Je tendis vers elle des bras affaiblis et la suppliai de me prendre. Mais mon heure n'était pas venue. Sa silhouette s'évanouit peu à peu en ne laissant derrière elle qu'une lueur résiduelle. On aurait dit qu'un soleil venu d'un monde inconnu s'était couché en embrasant les nuages bas du ciel crépusculaire, y laissant une trace mauve comme l'héliotrope, bleu-violet comme la gentiane.

Sans doute poussai-je un cri, car mon père vint dans ma chambre. Je me rappelle ses mains sur mon front, son visage en lame de couteau. Il me demanda ce qui m'arrivait, mais j'étais incapable de répondre. La lueur de la bougie me semblait aveuglante et je fermai les yeux. C'était mon apparition que je voulais voir, je voulais suivre sa traîne spectrale pour gagner l'obscurité perpétuelle.

Par la suite, le monde n'a plus jamais été pareil. Il me semblait faux – pâle et creuse imitation. Quand je recouvrai la santé, j'eus l'impression de me réveiller d'un long sommeil et de me trouver en pays étranger. Tout était devenu plat, toile de fond grossièrement peinte d'un théâtre de second ordre. Seul m'importait ce qui était lié à elle. Le cimetière près de l'église, les momies égyptiennes, les mythes et les légendes concernant l'au-delà.

Je ne me rappelle pas grand-chose de cette époque. Non, ce n'est pas tout à fait vrai. Pour être plus précis, je ne me rappelle pas grand-chose de ce qui se passait autour de moi. En revanche, je me souviens très bien de ma vie intérieure. Je réfléchissais à mes expériences. Elle s'était présentée à moi au moment où je me tenais devant le cercueil ouvert de Netti et de Gerda. Ensuite, elle s'était révélée à moi… alors que j'étais au seuil de la mort.

Pourquoi ?

J'étais élu.

Il n'y a rien à raconter sur ma vie au village. Je grandissais. Je partis pour Vienne. Je logeai dans des refuges et des foyers et j'essayai de trouver du travail. Je visitai le Muséum d'histoire naturelle et étudiai les momies que j'avais tant voulu voir enfant. Je trouvai la lame de hache préhistorique de Herr Griesser, exposée dans une vitrine avec d'autres vestiges découverts dans la vallée de la Wachau.

Permettez-moi à présent de vous dire quelque chose. Non pas sur moi, mais sur vous.

Vous êtes obsédés par la mort.

Vous autres Viennois adorez un bel enterrement : splendide costume des porteurs de cercueil ; chevaux enrubannés, parés de lanternes et de drapeaux noirs.

Et puis, où peut-on trouver dans le monde entier une nécropole telle que le Zentralfriedhof ? Il est plus grand que le centre de Vienne. Le saviez-vous ? Imaginez un peu, construire un cimetière plus vaste qu'une ville ! C'est un endroit merveilleux.

En dépit des épreuves traversées, je garde de bons souvenirs de mon premier hiver à Vienne. J'explorais les allées infinies du Zentralfriedhof. Je n'avais jamais rien vu de pareil. Sous les arcades, je découvris la sépulture d'August Zang[1], avec ses nains féroces juchés sur des socles grossièrement taillés, brandissant une torche, gardant de leurs robustes boucliers le portail du tombeau. On aurait dit une scène tirée d'une légende nordique. Toutes les statues du cimetière étaient sculptées avec un soin extrême. Je me rappelle celle d'une femme, grandeur nature, aux longs bras minces et aux doigts d'une délicatesse exquise. Le sculpteur avait accompli un petit miracle avec son matériau, de sorte que la toge semblait presque transparente. Qu'une substance telle que le marbre puisse suggérer un vêtement qui, comme s'il était en soie, adhérait aux courbes féminines et se rassemblait en doux plis entre ses cuisses était vraiment remarquable. Il y avait aussi des sphinx, des lyres, des urnes, des cygnes et, bien sûr, de pâles imitations de celle qui me fascinait, avec ses immenses ailes d'ange déployées, prêtes à l'envol.

Percevais-je sa présence au Zentralfriedhof ?

Oui, mais autant qu'un mari peut se sentir proche de sa femme en contemplant sa photographie. Il y avait toutefois une exception. Lors de funérailles, elle semblait faire un pas vers moi.

Les après-midi pluvieux, je flânais, prêt à l'accueillir, autour des fosses creusées. Dès l'arrivée du cortège,

1. August Zang (1807-1888) fonda le quotidien *Die Presse* et, à la fin de sa vie, il possédait une banque et une mine. Sa tombe très ornée constitue une attraction touristique.

je me fondais dans la foule. Personne ne me remarquait, ne m'apostrophait. Je fermais les yeux et j'étais récompensé par une faible perception de sa présence. Une ou deux fois, une lueur pourpre vacillante fit bondir mon cœur dans ma poitrine.

Ce fut après un enterrement que j'entrai en conversation avec un employé des pompes funèbres. Il parlait de sa profession avec passion. Les affaires marchaient bien. La population de Vienne augmentait, me dit-il, de même que la demande pour les services qu'il rendait. Il mentionna qu'il était question de construire une sorte de pipeline qui permettrait de relier très rapidement le centre de la ville et le Zentralfriedhof, afin de transporter davantage de défunts. Je lui demandai si je pourrais trouver du travail dans son entreprise. Il me donna sa carte et me conseilla d'aller me renseigner sur place le lendemain car un poste d'assistant était à pourvoir. Je m'y rendis et m'entretins avec le directeur qui m'annonça que je pouvais commencer dès le lendemain.

28

Herr Vogl se résigna à l'idée qu'il ne pouvait plus rien faire pour son patient. S'il y avait un Dieu, le destin du vieux général était à présent entre Ses mains. L'ancien soldat avait craché du sang, et ses poumons lâchaient des bruits de mauvais augure annonciateurs d'une fin imminente. Vogl resta deux longues heures à son chevet et attendit la fin. Bientôt, la toux cessa et le vieux général retomba sur ses oreillers. Il ne trahissait aucun malaise visible et sa respiration faible devint stertoreuse.

Au moment où Vogl quitta l'hôpital, un éclair transforma la nuit en jour. Un grondement de tonnerre déclencha une averse de grêle anormale pour la saison, qui s'abattit sur son chapeau avec violence. Une telle rigueur était un manque d'égard patent, songea le médecin, sans savoir toutefois à qui s'adressait ce reproche. La vague impression que le temps faisait l'objet d'une manipulation malveillante se trouva encore renforcée quand un fiacre arriva au moment précis où l'orage cessait.

Le trajet du retour dans le 17e arrondissement, où il habitait, n'était pas long. Vogl espérait que sa femme ne dormirait pas encore, mais, en entrant dans sa chambre, il ne vit pas de lumière sous la porte de communication. Après avoir procédé à ses ablutions, il enfila sa chemise de nuit et se mit au lit.

Il eut l'impression de ne pas avoir dormi bien longtemps lorsqu'il fut réveillé par Kristina, qui s'était levée pour le rejoindre.

— Ma chérie ! dit-il d'une voix ensommeillée.

Elle s'allongea près de lui, sur le flanc, et posa la tête sur sa poitrine.

Ils restèrent un moment dans cette position, échangeant chaleur corporelle et caresses. Le tic-tac sonore d'une horloge se faisait entendre dans l'obscurité. Vogl était sur le point de se rendormir quand l'action délicate des doigts de son épouse en haut de sa cuisse l'empêcha de glisser vers l'oubli. Une turgescence en résulta. Elle suscita l'intérêt de Kristina qui se baissa sous les draps et la prit dans sa bouche.

Le médecin lâcha un cri qui pouvait aussi bien être de douleur que de plaisir.

Vogl n'ignorait pas les plaisirs de la chair. Avant de se marier, il avait eu des relations sexuelles et appréciait d'autant plus que son épouse soit disposée à le satisfaire ainsi. La plupart des femmes, avait-il découvert, éprouvaient de la répulsion pour cette pratique.

Comme j'ai de la chance ! pensa-t-il en encourageant Kristina d'une main posée avec délicatesse sur le haut de sa tête. *Je l'adore.*

Kristina rejeta l'édredon et se jucha à califourchon sur son mari avec vivacité et naturel, puis, brusquement, enfonça son membre en elle et remua les hanches pour accroître l'effet de la pénétration. Submergé de désir, Vogl referma les mains sur ses seins. Kristina les recouvrit de ses doigts pour exercer une forte pression sur sa chair élastique. Les mamelons dressés eurent raison de Vogl et la conséquence inévitable d'une excitation aussi intense survint.

— Oh, ma chérie ! souffla-t-il, haletant. Tu es si belle !

Le postérieur de Vogl se souleva et souleva sa femme par la même occasion. Il se sentit exploser en elle, puis, ensuite, retomba sur le matelas. Épuisé. Vidé. Il eut vaguement l'impression que sa femme changeait de position.

— Merci, murmura-t-il dans l'obscurité.

Kristina lui posa un doigt sur les lèvres pour couper court à l'expression de sa gratitude.

Vogl huma son parfum lourd et riche, mêlant le musc à des effluves plus subtils de lavande. Ses effets soporifiques l'arrachèrent au monde. Au milieu de la nuit, il se réveilla et trouva le lit vide. Kristina avait regagné sa chambre. Il tourna la tête pour mieux percevoir le parfum qui imprégnait encore l'oreiller et dormit profondément jusqu'au matin.

29

Liebermann examinait une patiente dont les douleurs abdominales n'avaient pas de cause physiologique évidente d'après son gynécologue et son médecin de famille. Il était arrivé à mi-parcours quand une infirmière frappa à la porte, entra et le pria de sortir une minute. Liebermann fronça les sourcils et pencha la tête pour l'inviter à en dire un peu plus. Du regard, l'infirmière lui fit comprendre qu'il valait mieux ne pas donner d'explication devant la patiente. Le jeune médecin se leva donc et la suivit dans le couloir. Là, elle lui montra un peu plus loin une silhouette vêtue d'un long manteau et coiffée d'un casque à pointe.

— Merci, mademoiselle.

— Voulez-vous que je reste avec votre patiente ?

— Oui. Ça me rendrait service.

Liebermann s'avança vers son visiteur.

— Herr Doktor Liebermann ?

— Oui.

L'agent de police claqua des talons.

— Vous n'êtes pas facile à trouver, Herr Doktor. Il y a un bon moment que je tourne en rond dans cet hôpital. Je me suis même perdu et j'ai abouti à la tour des fous. Il doit y avoir ici plus de corridors qu'à la Hofburg ! On a du mal à croire…

Liebermann l'interrompit.

— C'est l'inspecteur Rheinhardt qui vous envoie ?

L'agent oscilla sur la plante de ses pieds.

— Il y a eu un nouveau…

— Meurtre, compléta Liebermann pour l'aider.

— Oui, souffla l'agent. À Neubau.

— Je crains de ne pouvoir venir tout de suite. Je suis en consultation.

L'agent sortit un carnet, écrivit une adresse et déchira la page. En la tendant à Liebermann, il demanda :

— Que dois-je dire à l'inspecteur Rheinhardt ?

— Dites-lui que je ferai mon possible pour arriver dans moins d'une heure.

L'agent s'inclina et allait repartir quand il s'immobilisa.

— Excusez-moi, Herr Doktor, mais... où est la sortie ?

— Suivez ce couloir jusqu'au bout, tournez à gauche, descendez l'escalier, tournez de nouveau à gauche, puis à droite, et enfin à gauche.

L'agent répéta ces instructions, s'inclina une dernière fois, puis partit en attirant sur lui les regards curieux de deux infirmières qui poussaient chacune un malade dans un fauteuil roulant.

En entrant dans le salon miteux, Liebermann tressaillit de surprise. Tout d'abord, il avait pensé à tort que le corps serait dans la chambre, ensuite, il ne s'attendait pas à voir autant de sang. Cette vue lui fit marquer un temps d'hésitation.

Posté devant une commode, Rheinhardt en avait à l'évidence examiné le contenu. Les documents qu'il avait sortis formaient à présent une pile entre deux chandeliers en fer. L'inspecteur montra la défunte d'une main qui resta un instant suspendue en l'air.

L'appartement se trouvait au deuxième étage d'un bâtiment du XVIIIe siècle. La pièce était petite et encombrée de meubles, si bien qu'on s'y sentait à l'étroit. En plus de la commode, il y avait deux canapés recouverts de chintz, plusieurs plantes juchées sur des sellettes, un buffet vitré et un poêle. Le buffet renfermait des figurines en porcelaine ébréchée, de l'argenterie noircie et une série de plaques commémoratives à l'effigie de la défunte impératrice Élisabeth.

Une nette odeur de rouille prit Liebermann à la gorge.

Une femme âgée d'un peu plus de trente ans gisait sur le sol, entre les deux canapés. Elle portait une simple robe bleue décolletée, au corsage presque noir de sang. Un poignard était planté dans son cœur. On ne voyait rien de la lame tant elle était enfoncée entre les côtes, sous la plaque protectrice du sternum. L'ourlet de la robe remontait sur des bottines éraflées et les jambes blanches étaient écartées, genoux légèrement relevés. Par terre, près du corps, il y avait une culotte en soie rouge ornée de dentelle noire.

Liebermann s'approcha de la fenêtre, écarta le rideau et regarda dans une cour minuscule. La lumière déclinait et la proximité du mur d'en face avait de quoi vous rendre claustrophobe. Une canne était appuyée au rebord de la fenêtre.

— Cette canne est la sienne ? demanda Liebermann.

— Oui, elle avait une jambe raide.

— Qui est-elle ?

— Elle s'appelle Selma Wirth. C'est l'envoyé du propriétaire, un Ruthène du nom de Shevchenko, qui l'a découverte vers cinq heures. Fräulein Wirth devait trois mois de loyer et Shevchenko était venu réclamer l'argent.

— La porte était-elle ouverte quand il est arrivé ?

— Non, elle était fermée, mais pas à clé.

Liebermann lâcha le rideau et reporta son attention sur le corps.

— Que faisait-elle pour gagner sa vie ?

— Blanchisseuse.

Rheinhardt alluma une cigarette et jeta l'allumette noircie dans un cendrier en verre fêlé.

— Elle semble avoir ôté son sous-vêtement avant de s'allonger par terre.

— Je me demande pourquoi elle a préféré se donner à son invité ici plutôt que dans sa chambre. Je suppose qu'il y a une chambre ?

— Oui, à côté, répondit l'inspecteur en agitant sa cigarette vers le couloir. Sans doute Fräulein Wirth et son compagnon étaient-ils pressés au point de ne pas se soucier de leur confort.

— Es-tu sûr qu'elle a… bien été prise par un homme ?

— Tout tend à le laisser supposer.

Liebermann s'agenouilla, souleva la jupe de la morte et l'agita pour déplacer l'air emprisonné dessous. Il renifla, fronça le nez, puis secoua la tête.

— Je suis incapable de le savoir. Je n'ai pas le flair du professeur Mathias.

— Que fais-tu du poignard ? Fräulein Wirth a-t-elle été tuée par le monstre qui a assassiné Adele Zeiler et Bathilde Babel ou par quelqu'un d'autre ?

Liebermann se releva et répondit :

— J'ai repensé à ce qu'avait dit le professeur Mathias à propos de l'épingle à chapeau utilisée pour tuer Bathilde Babel. Rappelle-toi, il avait observé une déformation près de l'extrémité – ce qui suggérait l'échec d'une première tentative pour pénétrer dans le trou occipital. Cette erreur a peut-être permis à Fräulein Babel de se débattre, d'où la présence de sang sous l'ongle. La résistance à laquelle il a été confronté a pu inciter l'auteur du crime à changer de mode opératoire. Un poignard plongé dans le cœur est une méthode certes moins élégante, mais plus efficace si l'on veut supprimer quelqu'un.

Rheinhardt sortit des papiers du premier tiroir de la commode et les empocha.

— Manque de chance, je n'ai pas trouvé de carnet d'adresses. Celui de Bathilde Babel s'est révélé très utile. Il contenait le nom d'un certain Griesser, qui avait donné comme adresse celle du *Café Museum*. Il n'y a récupéré qu'une seule lettre et n'y est pas retourné depuis. Le serveur l'a décrit comme un homme plutôt cultivé qui sentait le phénol. L'un des admirateurs, dirons-nous, de Fräulein Babel, Friess, un comptable, se rappelle l'avoir vue flirter avec un client dans le magasin de Frau Schuschnig…

— Frau Schuschnig ?

— La propriétaire d'un magasin de chapeaux dans lequel Fräulein Babel travaillait. Friess a fait la même description que le serveur et, lui aussi, a insisté sur l'odeur d'hôpital. Il ne peut s'agir d'une coïncidence. On est donc en droit de supposer que l'homme qui se fait appeler Griesser et le client séducteur sont la même personne. Des différentes dépositions émerge une image assez précise : un jeune homme cultivé, bien habillé, aux cheveux bruns et aux yeux bleus ou gris-bleu. Quelqu'un qui, de par sa profession, connaîtrait l'anatomie…

— Friess a vu ce monsieur dans le magasin de Frau Schuschnig ? Qu'y faisait-il ?

— Il achetait une épingle à chapeau. Il a dû faire cette emplette avant que les ongles de Fräulein Babel l'obligent à revoir sa façon de procéder.

Liebermann concéda ce point d'un bref hochement de tête et s'assit sur l'un des canapés. Le visage de Selma Wirth était très ridé. Ses pommettes hautes et son menton bien dessiné suggéraient toutefois qu'elle avait dû être belle.

— L'envoyé du propriétaire t'a-t-il appris quoi que ce soit sur elle ?

— Non. Il ne la connaissait pas très bien, et, pour ma part, je n'ai pas glané grand-chose non plus dans ces documents. Il m'a conseillé de m'adresser à sa voisine, Frau Lachkovics. Elle habite au-dessous avec sa fille et semble avoir été très amie avec Fräulein Wirth.

— Cette Frau Lachkovics n'est pas encore rentrée ?

Rheinhardt secoua la tête.

On frappa à la porte. Les deux hommes se retournèrent pour voir la tête de Haussmann passée dans l'entrebâillement.

— Monsieur, le corbillard est arrivé.

— Très bien, dites-leur de monter. Avez-vous eu une réponse du professeur Mathias ?

— Oui, monsieur. Il a dit qu'il allait dîner au *Café Landtmann*, mais serait de retour à la morgue à huit heures. Il a ajouté qu'il ne se sentait pas très bien et pourrait avoir besoin d'aide. Il a réclamé Miss Lydgate.

Rheinhardt haussa les sourcils et s'adressa à Liebermann :

— Crois-tu que Miss Lydgate accepterait de se joindre à nous à cette heure tardive ?

— Si j'en juge par son caractère, je suis sûr que rien ne lui ferait plus plaisir, répondit Liebermann en soupirant.

30

Il faisait particulièrement froid à la morgue le soir. Liebermann et Rheinhardt gardèrent leur manteau, mais le professeur Mathias paraissait à son aise en bras de chemise. L'ampoule électrique qui pendait au-dessus de la table d'autopsie donnait aux draps mortuaires un reflet blanc éclatant. L'ordonnancement de ce paysage lumineux de creux et de bosses était rompu par une pointe dressée au milieu, dont le sommet, par contraste, paraissait très haut.

Assis sur un tabouret, Liebermann considérait le contenu mystérieux d'un bocal de formol. L'organe conservé, qui avait vaguement la forme d'un hippocampe, était grossi par la courbure du verre. Rose avec des replis jaunes d'un côté, il donnait l'illusion d'une colonne vertébrale qui se terminait en queue recourbée. Le jeune médecin pensa qu'il pouvait s'agir d'un appendice vermiculaire aux proportions inhabituelles.

Rheinhardt tournait autour de la table d'autopsie et le professeur Mathias, tout en marmonnant, s'affairait à explorer les possibilités d'organisation de son chariot.

Des coups frappés à la porte arrachèrent les trois hommes à leurs pensées personnelles.

— Entrez ! s'écria le professeur Mathias.

La porte s'ouvrit et, dans la pénombre, une voix flotta jusqu'à eux.

— Bonsoir, messieurs.

Amelia émergea de l'obscurité, son visage blanc et ses mains précédant son corps, tel un spectre lors d'une séance de spiritisme.

— Ah ! Miss Lydgate, je vous aurais bien débarrassée de votre manteau, mais il fait si froid ici que je vous conseille de le garder, dit Rheinhardt.

Liebermann se leva et inclina la tête. Quand Amelia approcha, ses cheveux captèrent la lumière vive et se muèrent en un halo ardent. Elle baissa les yeux sur les draps mortuaires et une ride verticale se creusa sur son front.

— Alors, il a frappé une nouvelle fois.

— En effet, dit Rheinhardt en s'avançant vers elle et en désignant le corps dissimulé. Cette malheureuse est sa troisième victime.

Amelia fixa les yeux sur le curieux pic qui détruisait le paysage vallonné des draps.

— Un manche de couteau, expliqua l'inspecteur.

Il allait poursuivre, mais une exclamation du professeur Mathias se fit entendre.

— Miss Lydgate ?

Le professeur leva les yeux et lui fit signe d'approcher.

— Voudriez-vous avoir la gentillesse d'arranger mes instruments ? demanda-t-il en parlant du nez.

Il sortit un mouchoir de sa poche et ajouta, comme si c'était la raison qui l'empêchait de procéder à ses préparatifs :

— J'ai un rhume de cerveau.

— Avec plaisir, répondit Amelia.

Liebermann croisa le regard de Rheinhardt et l'amusement qu'ils partageaient faillit déclencher un éclat de rire. Une telle invitation était en effet sans précédent.

Le professeur Mathias se moucha et observa les gestes adroits de la jeune Anglaise qui, une fois sa tâche terminée, recula pour permettre à Mathias de jeter un coup d'œil. Le soulagement du professeur était manifeste et ses traits s'adoucirent.

— Très bien, dit-il, comme si la situation n'avait rien d'exceptionnel.

Il se tourna vers la table d'autopsie, replia le drap pour dégager le visage et, d'un doigt, suivit une ride qui s'arquait du nez aux commissures des lèvres.

— « Seule la mort lointaine peut guérir une telle souffrance ; quand les portes s'ouvriront, je serai guéri… »

Puis il finit de replier le drap et le corps de la défunte apparut.

— Comment s'appelle-t-elle ?

— Selma Wirth, répondit Rheinhardt.

— Et où l'a-t-on découverte ?

— À Neubau. Dans son appartement, sur le sol du salon.

— Était-elle allongée sur le dos ?

— Oui.

Mathias attrapa des grands ciseaux et fendit la robe de l'ourlet à la taille.

— Pas de sous-vêtements ?

— Sa culotte a été ôtée – volontairement, semble-t-il. Nous l'avons trouvée à côté d'elle.

Mathias examina le tissu qui formait des plis juste sous le sexe. Il le palpa.

— Je ne vois aucune trace. Et rien n'indique qu'on ait abusé d'elle par la force.

Puis il se pencha en avant, écarta les lèvres de la femme et inspira en lâchant un bruit stertoreux. Le vieil homme se tourna alors vers les autres :

— J'ai le nez bouché. Je ne sens rien du tout.

Ses mots étaient autant un appel à l'aide qu'une constatation.

Pendant que Rheinhardt et Liebermann se regardaient d'un air inquiet, Amelia prit la place du professeur entre les cuisses de Selma Wirth. Elle inspira à son tour avec la détermination d'une convalescente pressée de humer l'air vivifiant du bord de mer.

— Je ne sens rien…

Elle marqua une pause, puis ajouta :

— … de caractéristique.

Puis elle s'adressa au professeur Mathias :

— Mais on peut régler la question à l'aide d'un microscope.

Mathias désigna un lourd engin qui se trouvait à côté du bocal contenant l'organe mystérieux. Le tube en laiton était juché sur un robuste trépied en fer. Amelia haussa un sourcil et demanda :

— Avez-vous de l'hématoxyline, monsieur le professeur ?

D'un pas traînant, Mathias alla chercher dans un placard un flacon de liquide violet et un plateau chargé de lames et de lamelles qu'il déposa à côté du microscope.

— Je veux bien que vous vous occupiez de la préparation, Miss Lydgate. Allez-y, je vous en prie.

Au pied de la table d'autopsie, la jeune Anglaise releva la manche droite de son manteau et introduisit l'index dans le vagin de la défunte. Sa première phalange bougea de droite à gauche, indiquant que le reste de son doigt tournait. Le spectacle d'Amelia Lydgate, d'ordinaire si convenable, si maîtresse d'elle-même, en train d'explorer l'anatomie interne d'une autre femme (même morte) suscita de coupables pensées chez Liebermann. Pour tenter de les chasser, il détourna les yeux et se sentit un peu consolé en voyant Rheinhardt tousser avec nervosité dans sa main et danser d'un pied sur l'autre. Curieusement, Amelia ne manifestait pas le moindre signe d'embarras ou de malaise, mais, au contraire, affichait la concentration d'un individu absorbé dans une tâche de première importance.

Son expression trahit quelque satisfaction lorsque, en exposant son doigt à la lumière électrique, elle nota la pellicule luisante qui couvrait sa peau blanche. Elle prit alors une lame de verre sur le plateau, fit rouler son doigt sur sa surface et y laissa une trace de mucus grisâtre. Après l'avoir recouverte d'une lamelle, elle plongea la préparation dans l'hématoxyline, la secoua pour rejeter le liquide excédentaire, et la déposa sur la platine du microscope. Enfin, elle s'essuya le doigt sur une serviette douteuse accrochée sous la paillasse et s'assit sur le tabouret.

Avec une habileté consommée, elle ajusta le miroir, modifia les objectifs et procéda à des réglages de plus en plus fins.

— Elle a bel et bien été violée, affirma-t-elle avant de s'écarter pour laisser le professeur Mathias regarder dans l'oculaire.

— Venez voir par vous même, inspecteur, dit le professeur.

Quand Rheinhardt s'exécuta, il vit un monde bleu lumineux peuplé d'un essaim de créatures à tête ronde et à long flagelle.

— Ce sont des spermatozoïdes, expliqua Mathias avant de retourner vers la table d'autopsie pour terminer de couper et d'ôter les vêtements de Selma Wirth.

Sa nudité d'une pâleur éclatante à la lumière électrique plongea les spectateurs dans un silence respectueux. Bientôt, le manche du poignard attira leur attention. Il semblait d'une largeur monstrueuse. Un anneau de cristaux sombres s'était agglutiné autour de la lame et les seins de la défunte étaient marbrés de sang. Le professeur Mathias emplit d'eau un seau et nettoya le corps avec une éponge.

— Je ne vois pas d'ecchymoses. Mais vous remarquerez que les avant-bras et les mains sont rouges, que la peau en est sèche, fendillée. Qu'en pensez-vous, Miss Lydgate ?

— Cette dame souffrait-elle d'une affection dermatologique ?

Mathias agita la main, puis la laissa retomber. Son geste exprimait qu'il trouvait la réponse recevable, mais que ce n'était pas la bonne.

— L'inflammation ne monte pas plus haut que le coude. Elle s'arrête brusquement à ce niveau.

Amelia fronça les sourcils.

— Ce détail inhabituel tendrait à suggérer que Fräulein Wirth était blanchisseuse, poursuivit Mathias. Je ne me trompe pas, inspecteur ?

— Non, vous avez raison.

Le vieil homme s'autorisa un demi-sourire d'autosatisfaction. Après avoir lâché l'éponge dans le seau, il attrapa le manche du poignard et tira, mais l'arme résista. Il tira plus fort et elle sortit avec un léger crissement.

— Vous n'avez pas besoin d'un médecin légiste pour vous dire comment elle est morte, inspecteur, commenta-t-il en regardant Rheinhardt.

31

Il était encore tôt et le soleil ascendant se montrait à demi derrière un écran de nuages diaphanes. Rheinhardt descendait avec précaution une rue pavée glissante en bas de laquelle se trouvait un bâtiment carré au toit plat sur lequel on remarquait quatre réservoirs d'eau cylindriques. Entre ces réservoirs, l'espace était presque entièrement occupé par des persiennes.

La salle de séchage, pensa Rheinhardt.

Sa supposition se trouva confirmée quand une persienne s'ouvrit et révéla rangée après rangée de sous-vêtements suspendus.

Près des réservoirs, un tuyau d'évacuation laissait échapper de la vapeur par brusques giclées. Le bruit était oppressant, toux mécanique répétitive dont la régularité avait de quoi donner la migraine, supposait Rheinhardt. Il observa le jet de vapeur et se demanda comment les gens qui travaillaient là préservaient leur santé mentale. Peut-être n'y parvenaient-ils pas…

En arrivant à l'entrée, il s'arrêta pour écouter la cacophonie qui régnait à l'intérieur : rires rauques, hurlements, sifflets, grattements singuliers et bribes de chansons populaires émises par des voix de contraltos claironnantes et non travaillées. Il avança sur des dalles couvertes de flaques. Autour de lui, il apercevait savons, paquets de soude et bouteilles d'eau de Javel. Plus loin, il découvrit un bureau à peine plus grand qu'une cabine, délimité par de minces cloisons. En scrutant par une fenêtre, Rheinhardt distingua une femme assise à une table encombrée de hautes piles de documents. Elle avait les cheveux gris rassemblés en chignon et portait de petites lunettes demi-lunes. D'un geste de la main, elle indiqua à l'inspecteur qu'elle allait le rejoindre, se leva et sortit par une porte latérale. Elle se présenta : Frau Aehrenthal dirigeait la blanchisserie.

— Inspecteur de police Rheinhardt, expliqua à son tour le visiteur en s'inclinant avec respect. Je cherche une certaine Lachkovics employée ici.

— C'est sûrement Viki Lachkovics et non Jana, sa fille.

— Toutes deux travaillent ici ?

— Oui.

— Il se peut que j'aie besoin de leur parler à toutes les deux.

Frau Aehrenthal lui lança un regard où se mêlaient doute et curiosité, et dont la signification échappa à Rheinhardt.

— Par ici, monsieur l'inspecteur.

L'intérieur du bâtiment ressemblait à un énorme hangar, avec des piliers en fonte qui supportaient les poutres du plafond. Rheinhardt ne voyait pas au-delà d'une certaine distance à cause d'une brume blanche qui semblait s'épaissir à mesure qu'ils avançaient. Des gouttelettes d'eau tombaient telle une douce pluie, et l'air humide était imprégné de produits chimiques qui piquaient les yeux. Le vacarme était assourdissant.

Soudain, le brouillard se leva et Rheinhardt se retrouva en train d'avancer entre deux rangées de planches à laver et de baquets. Chaque travée était occupée par une blanchisseuse. Il n'y avait là que des femmes aux manches retroussées, aux jupes relevées assez haut pour montrer des bas de couleur et des grosses bottes à semelles épaisses. Elles frottaient, éclaboussaient, braillaient… leur tintamarre était phénoménal. Pourtant, Rheinhardt entendait encore la toux du tuyau d'évacuation installé sur le toit.

La directrice s'arrêta devant une travée, présenta Frau Lachkovics et s'éloigna. À l'évidence, elle ne tenait pas à savoir pourquoi l'inspecteur était venu. Timide, la blanchisseuse, qui avait les cheveux dissimulés sous un bonnet imperméable, considéra Rheinhardt avec nervosité. Ce dernier se demandait comment commencer quand une femme au visage rose joufflu et au décolleté très osé plongea les mains dans son baquet et éclaboussa tout ce qui se trouvait alentour.

— Frau Lachkovics, dit l'inspecteur en essuyant les bulles de savon de ses yeux et en redressant les pointes amollies de sa moustache, y a-t-il un endroit où nous pourrions parler tranquillement ?

— Seulement la ruelle, derrière.

— Très bien, il faudra nous en contenter.

Frau Lachkovics quitta son poste et une jeune fille qui ne devait pas avoir plus de seize ans et portait elle aussi un bonnet imperméable arriva de la travée voisine et leur emboîta le pas.

— Ma fille, expliqua Frau Lachkovics. Jana.

La jeune fille avait une démarche curieuse, traînante, une épaule en avant. De la main droite, elle s'agrippait le poignet gauche.

Plus loin, des femmes munies d'instruments en osier qui ressemblaient à des raquettes de tennis battaient des draps suspendus à des fils de cuivre.

Une porte percée dans un mur sans fenêtre donnait sur une étroite ruelle qui séparait la blanchisserie d'un entrepôt.

— Ah ! ça va mieux ! dit Rheinhardt, soulagé d'avoir laissé le bruit derrière lui. Au moins, on s'entend maintenant.

Il sourit à Frau Lachkovics, puis à sa fille. La mère lui retourna son sourire, mais l'expression de Jana resta vide.

— Frau Lachkovics, puis-je vous demander pourquoi vous n'êtes pas rentrée chez vous hier soir ?

— J'étais chez ma mère, répondit-elle, surprise.

— Et où habite votre mère ?

— À Ottakring. Elle est vieille. Elle a pas loin de quatre-vingts ans. Je vais la voir tous les vendredis pour lui laver les cheveux et lui couper les ongles des pieds. Hier soir, elle ne se sentait pas très bien. J'étais inquiète, alors je me suis attardée et, ensuite, je n'ai pas voulu faire le trajet à pied dans le noir.

— Bien sûr, vous avez eu raison. Est-ce que Jana est venue voir sa grand-mère avec vous ?

— Oui.

Il sourit à Jana d'un air approbateur, mais l'expression de la jeune fille resta vide.

— Dites-moi, Frau Lachkovics, depuis quand habitez-vous à Neubau ?

— Un an à peu près. Avant, j'habitais à Ottakring avec ma mère, mais son appartement est trop petit pour nous.

Elle jeta un coup d'œil à sa fille.

— Jana a besoin d'une chambre à elle. C'est normal.

— Pardonnez-moi, mais y a-t-il un… un Herr Lachkovics ?

Frau Lachkovics rougit.

— Mon mari nous a abandonnées peu après la naissance de Jana.

Elle se recroquevilla un peu, comme si la honte de son mariage malheureux pesait sur ses épaules.

— Je suis navré. Ce moment a dû être très difficile pour vous.

Elle cilla, plus embarrassée que soulagée par la sympathie qu'exprimait son interlocuteur.

— Connaissiez-vous votre voisine, Fräulein Wirth, avant de venir à Neubau ?

— Non.

— Vous vous entendez bien avec elle ?

— Oui. C'est elle qui m'a obtenu mon travail à la blanchisserie.

Elle marqua une pause et ajouta :

— Elle n'est pas venue travailler aujourd'hui. Elle va bien ?

Rheinhardt leva les yeux. La vapeur du tuyau d'évacuation s'étirait dans la mince bande de ciel.

— Puis-je vous demander quand vous l'avez vue pour la dernière fois ?

— Jeudi soir.

— Avant-hier…

— Oui.

— Et comment l'avez-vous trouvée ?

Cette question rendit Frau Lachkovics perplexe.

— Était-elle comme d'habitude ? Ou avez-vous remarqué quelque chose de différent ?

— Elle n'avait pas l'air malade, si c'est ce que vous avez à l'esprit.

— A-t-elle reçu de la visite jeudi ?

Frau Lachkovics réfléchit un instant et répondit :

— Oui. Quelqu'un qu'elle connaissait.

— Qui ?

— Une dame. Frau Vogl.

— Frau Vogl, répéta Rheinhardt.

Ce nom lui disait vaguement quelque chose. Il avait l'impression curieuse de l'avoir entendu ces derniers temps dans la bouche de sa femme.

— Oui, une vieille amie. Elles se connaissent depuis longtemps. Frau Vogl est riche. Je l'ai rencontrée une fois. Une dame très distinguée… et les vêtements qu'elle porte !

Elle secoua la tête et baissa les yeux sur sa robe miteuse.

— Vous rappelez-vous l'heure qu'il était quand Frau Vogl a rendu visite à Fräulein Wirth ?

— On devait être au début de la soirée. J'ai regardé par la fenêtre et je l'ai vue partir. Sa voiture est entrée dans la cour.

— Dites-moi... quelque chose d'inhabituel s'est-il produit jeudi soir ?

— Non, répondit Frau Lachkovics.

Jana, qui s'était tenue très tranquille et paraissait distraite, tira sur la jupe de sa mère. Ce geste était étrange pour une fille de son âge. Rheinhardt scruta son visage et se rendit compte que son expression de vacuité était sans doute à mettre au compte d'une déficience mentale. Il songea à ses deux filles intelligentes et éprouva une bouffée de pitié pour Frau Lachkovics.

— Qu'est-ce qu'il y a, Jana ? demanda cette dernière.

— J'ai entendu quelqu'un. Tu étais couchée, mais pas moi, je regardais un livre de Selma. J'ai entendu quelqu'un marcher. Je suis sortie sur le palier et j'ai demandé : « Y a quelqu'un ? »

Elle mit ses mains en porte-voix pour mimer la scène.

L'étonnement de Frau Lachkovics se mua vite en angoisse.

— Pourquoi as-tu fait ça ?

— Personne n'a répondu.

— Jana ! Pourquoi ne m'as-tu rien dit ?

Le visage de la jeune fille était redevenu un masque.

— Ma chère petite, essaie de te rappeler ce que tu as entendu, dit l'inspecteur. Ça pourrait être important et ton aide serait la bienvenue.

— Des pas.

— Des pas sonores, feutrés, lents, rapides ? Comment étaient ces pas ?

Elle réfléchit avant de répondre :

— Des pas.

Apparemment, elle ne voyait pas l'utilité d'une précision quelconque.

— Et as-tu vu quelqu'un ?

— Non.

Frau Lachkovics entoura sa fille de son bras et l'attira contre elle.

— Monsieur l'inspecteur, que s'est-il passé ?

Rheinhardt sortit son calepin et se mit à écrire.

— Fräulein Wirth a-t-elle eu d'autres visiteurs ? Un monsieur, peut-être ?

Frau Lachkovics secoua la tête, cette fois avec vigueur. Rheinhardt se dit qu'elle essayait peut-être de défendre l'honneur de son amie.

— Allons, il est tout à fait normal qu'une femme apprécie la compagnie d'un monsieur. Elle devait bien avoir des… soupirants ?

— Non. Pas Selma. Ça ne l'intéresse pas. Elle ne veut rien avoir à faire avec des hommes.

— Tiens, pourquoi donc ?

— Elle boite, vous l'ignorez ? Elle peut marcher, mais elle se fatigue vite et a besoin d'une canne. Ses muscles sont atrophiés. Je crois qu'elle en a honte.

— Et vous, Frau Lachkovics ? Avez-vous des amis masculins ?

— Non, répondit-elle d'un ton ferme. Pas après ce que m'a fait Lachkovics.

Elle porta la main à sa joue, comme si elle lui cuisait encore d'avoir reçu une gifle magistrale des années plus tôt. Puis elle haussa les épaules.

— Nous n'avons besoin de personne. Nous nous débrouillons, Jana et moi. Nous avons notre petit appartement, notre travail et nos amies. Nous sommes très heureuses, pas vrai, Jana ?

Elle secoua sa fille par l'épaule et ce geste fit naître un faible sourire sur les traits de Jana.

— Mais dites-moi, monsieur l'inspecteur, pourquoi me posez-vous toutes ces questions ? Selma va bien, au moins ?

— Elle n'a pas payé son loyer depuis trois mois.

— Oh ! je vois. Vous avez parlé à Herr Shevchenko.

— En effet. Comment se fait-il qu'elle ait été aussi en retard ?

— Les médecins lui coûtent une fortune. Elle essaie de trouver un remède. Elle n'accepte pas qu'on ne puisse rien faire pour elle. Vous n'allez pas l'arrêter, hein ? Ce n'est pas une dette très importante et elle la remboursera bientôt.

Rheinhardt croisa son regard suppliant. Il dut se forcer pour parler.

— J'ai une très mauvaise nouvelle à vous annoncer.

Sans se soucier du qu'en-dira-t-on, il lui prit la main.

— Je suis navré. Fräulein Wirth est morte.

Frau Lachkovics parut frappée de stupeur. Ses lèvres s'agitèrent sans qu'aucun son ne sorte de sa bouche. Enfin, elle s'écria :

— Oh ! Jana !

À l'exception de son front légèrement plissé, la fille semblait indifférente au chagrin de sa mère.

Au-dessus de leur tête, le tuyau d'évacuation continuait à cracher de la vapeur. Sa pulsation commençait à s'accorder à celle qui martelait les tempes de Rheinhardt.

32

Erstweiler paraissait installé à son aise, mais un muscle tressaillait sous son œil gauche.

— Pour être franc, Herr Doktor, je n'aimais pas mon père. C'était un dominateur qui croyait toujours avoir raison. Je ne sais pas comment faisait ma mère pour le supporter. Elle était son exact contraire : une créature minuscule, aimable, toujours prête à écouter les arguments de qui n'était pas d'accord avec elle. Mon grand-père – le père de ma mère – était assez pauvre, et je suppose que ma mère s'est mariée parce que sa famille l'y poussait. Car même si mon père était loin d'être riche, il avait un emploi sûr dans un bureau des chemins de fer.

Erstweiler eut un sourire sardonique et précisa :

— Il ne s'est pas autant élevé dans la hiérarchie bureaucratique que mon frère et n'a jamais été obligé de s'affubler en général !

Liebermann patienta. Dans les yeux de son patient, il lisait que les souvenirs affleuraient.

— Un jour, je m'en souviens, j'ai accompagné mon père à Vienne. J'ai oublié pour quelle raison. D'ailleurs, j'ai oublié presque tout ce qui s'est passé, sauf une chose. Nous passions devant la cathédrale Saint-Étienne et mon père a suggéré de monter dans la flèche pour admirer la vue. Nous avons commencé à grimper et, presque aussitôt, j'ai éprouvé de l'appréhension. J'ai regardé par les fenêtres étroites et ça m'a donné le vertige. Je me rappelle avoir vu l'aigle des Habsbourg sur le toit de la cathédrale… la ville en bas. Je ne voulais pas monter plus haut, j'avais peur que tout le clocher s'effondre. Mon père m'a demandé ce qui m'arrivait et j'ai répondu : *Je ne me sens pas bien.*

Le souvenir était si vif que la voix du patient prit le timbre d'un enfant effrayé.

— *Ne dis donc pas de bêtises. Tu vas très bien*, a répliqué mon père.

De nouveau, la voix changea, se fit brusque et froide.

— Il m'a entraîné toujours plus haut et je me suis mis à pleurer. Perdant patience, il m'a traité de *lâche*, m'a dit d'être un *homme* au lieu d'une *lavette*. Quand nous sommes arrivés au poste de guet, je me suis assis sur un banc et j'ai refusé de regarder la vue. Le moindre aperçu des toits, tout en bas, me faisait tourner la tête. Il m'a montré une petite fille en robe rose et m'a lancé : *Regarde ! Même elle a plus de courage que toi !* Il était dégoûté. Il m'a laissé seul, honteux et furieux, pour aller admirer le paysage. Ma mère me manquait… Au bout d'un moment, j'ai demandé à mon père si nous pouvions redescendre. *Non. Je veux entendre la Pummerin*, m'a-t-il dit. Il m'a raconté que cette énorme cloche avait été fondue avec cent canons que ces trouillards de Turcs avaient laissés derrière eux en fuyant la ville. Comme si ça m'intéressait !

Erstweiler soupira et entortilla sa chemise d'hôpital autour de ses doigts, tant et si bien qu'elle entama bientôt sa chair, comme un garrot.

— Il parlait sans cesse d'honneur, disait qu'il fallait agir convenablement. Il voyait toujours les défauts des autres, jamais les siens.

— Lui avez-vous jamais désobéi ?

— Non. En tout cas, pas pendant qu'il était en vie.

Liebermann se pencha en avant.

— Je vous demande pardon ?

— Il jugeait les voleurs avec dureté. D'après lui, il aurait fallu leur couper les mains.

— Vous avez volé quelque chose ?

Erstweiler le confirma.

— Quoi donc ? demanda Liebermann.

— Une chose insignifiante.

— Mais encore ? insista Liebermann.

— En fait, c'était un kimono pour Frau Milena.

Comme c'est curieux, songea Liebermann, *que cette révélation soit liée aux souvenirs qu'il a gardés de son père.*

— Pourquoi avez-vous volé ce vêtement ?

— Elle me faisait de la peine. Kolinsky ne lui achetait jamais rien. C'est un avare. Sa garde-robe inspirait la pitié… des haillons. J'ai réceptionné une livraison de kimonos en soie à l'entrepôt de Winkler – une grosse livraison, il y en avait trente. Mon travail consiste à tenir les stocks. J'ai indiqué qu'il en manquait un et je l'ai emporté chez moi.

Erstweiler haussa les épaules.

— Vous trouvez ça vraiment grave ?

— C'est ce qu'aurait pensé votre père.

Erstweiler lâcha sa chemise d'hôpital et le sang se remit à circuler dans ses doigts.

— Ça suffit pour aujourd'hui, j'en ai assez.

— Est-ce que Frau Milena a aimé votre cadeau ?

— Oui. Là-dedans elle était… Elle l'a adoré.

Liebermann nota le lapsus.

— Herr Doktor, je suis fatigué. Ne pourrions-nous pas nous arrêter ?

— Avez-vous rêvé, ces temps-ci ?

— Je ne me souviens pas.

Liebermann s'empressa de prendre des notes.

Flèche = haricot géant. Ogre = père. Frau Milena = poule aux œufs d'or.

Main coupée = punition pour masturbation ? pour désir ?

Sophocle. J'en avais toujours douté. Mais le prof. F. a peut-être raison.

— Et le rêve du conte de fées anglais ?

— Eh bien ?

— En avez-vous fait de semblables depuis la dernière fois que nous en avons parlé ?

— Non. Herr Doktor ? Pouvons-nous terminer ? Je suis vraiment très fatigué.

33

Liebermann et Rheinhardt étaient attablés au *Café Eiles*. Ils avaient déjà terminé leur *Bauernschnatterer* – un ragoût de tête de porc aux haricots, assaisonné avec du poivre et de la ciboulette – et étudiaient la carte des desserts.

— À quoi sont fourrées les *Palatschinken*[1] ?

— Au fromage blanc.

— Alors, j'en prendrai deux.

Le serveur se tourna vers Liebermann.

— Un *Powidltascherl*[2].

— Très bien, monsieur.

Le serveur s'éloigna à toute vitesse, manquant de peu son collègue qui arrivait en face. À la table voisine, quelques fonctionnaires avaient bu trop de vin et l'un d'eux, un monsieur pompette au gros nez rouge, se mit à chanter un air endiablé de *La Belle Hélène*. Soudain, au milieu du deuxième vers, il se tut.

Rheinhardt ne se laissa pas distraire par les rires et les quolibets qui fusèrent. Il dégrafa un bouton de son gilet et se pencha en avant.

— Il était tard et Frau Lachkovics était déjà couchée. Sa fille a entendu des pas. Étant donné sa déficience mentale, je ne suis pas persuadé que le récit de la pauvre enfant soit à prendre pour argent comptant, même si, à mon avis, il contient un fond de vérité.

1. Crêpes.
2. Chausson préparé avec une pâte à la pomme de terre, fourré avec de la compote de prunes.

Elle aurait donc été dérangée par l'arrivée ou le départ du criminel, elle ne peut le préciser ; d'après les faits, je pense qu'il s'agit plutôt de son arrivée. Jana Lachkovics a entendu Griesser – pour plus de commodité, utilisons son *nom de guerre*[1] – monter chez Fräulein Wirth, mais elle n'a pas réagi aussitôt. Tous deux ont donc eu le temps d'avoir des relations avant que la jeune fille décide d'aller voir de quoi il retournait. Elle est sortie sur le palier et a demandé s'il y avait quelqu'un. En l'entendant, Griesser, qui craignait d'être découvert, a poignardé Fräulein Wirth. À cause de la résistance opposée par Fräulein Babel, il avait peut-être déjà renoncé à utiliser l'épingle à chapeau achetée chez Frau Schuschnig… ou, s'il restait encore indécis, nul doute que la voix de Jana Lachkovics a réglé la question. C'est ainsi qu'il a choisi le moyen de tuer le moins compliqué.

Liebermann leva sa tasse de café en guise de toast.

— Tout cela se tient, Oskar. Toutefois, une chose me dérange. D'après ce que tu as dit, Frau Lachkovics a été formelle : Fräulein Wirth ne recevait pas de messieurs.

— C'est vrai.

— Pourtant, elle a fait entrer Griesser chez elle et ne paraît pas s'être opposée à leurs rapports sexuels. À l'évidence, elle le connaissait.

— Il y a deux explications : soit Frau Lachkovics a voulu protéger la réputation de son amie, soit elle ignorait qu'ils se fréquentaient. Je suis tenté de croire que la relation que Fräulein Wirth entretenait avec Griesser était clandestine.

— Pourquoi aurait-elle voulu la cacher à sa meilleure amie ?

Rheinhardt haussa les épaules.

— Je n'en ai pas la moindre idée.

1. En français dans le texte.

Le serveur revint avec deux crêpes dorées et une pâtisserie triangulaire parsemée de cannelle et de sucre glace.

— Un peu plus tôt, jeudi soir, Fräulein Wirth a reçu la visite d'une amie, une certaine Vogl. J'ai cru comprendre que c'était une célèbre créatrice de mode.

— Kristina Vogl ?

— Oui.

Rheinhardt se pencha en arrière et prit une expression exagérément étonnée.

— J'ignorais que tu connaissais aussi bien le monde de la haute couture.

— Moi non, mais mes sœurs oui. Le nom de Vogl, si je ne m'abuse, est associé aux *Reformkleider*.

Rheinhardt porta à sa bouche un morceau de crêpe et ferma les yeux pour mieux en savourer les parfums : beurre clarifié, miel, gousses de vanille, écorce de citron râpée.

— Oui, dit-il en les rouvrant. C'est ça. Else m'a tout expliqué. J'étais loin de me douter que les corsets étaient un sujet aussi politique.

— Je ne les aime pas.

— Quoi donc ? Les corsets ?

— Non. Ces robes-là.

— Tu me surprends. En général, tu aimes tout ce qui est moderne.

— Elles n'ont aucune forme…

Liebermann brisa sa pâtisserie avec sa fourchette. La compote de prunes se répandit sur la porcelaine blanche.

— Elles masquent les courbes de la silhouette féminine. Je suis sûr que ces modèles sont confortables, mais je doute qu'ils soient agréables à regarder.

Rheinhardt cessa un instant de manger.

— Quoi qu'il en soit, j'éprouve quelque sympathie pour cette cause, pas toi ? Ce qu'une femme doit endurer pour sa toilette fait froid dans le dos. Innombrables crochets qui doivent être passés dans des brides, de la taille au cou, corset serré au maximum, jupon, camisole, gilet et cache-corset, toutes ces couches lui compriment le corps comme une armure. Elle doit porter des gants même lorsqu'il fait chaud, se parer de lourds bijoux et autres ornements : bas, jarretières, cheveux frisés, nattés, rassemblés sous le dôme d'un chapeau monstrueux couvert de végétation luxuriante et de fruits exotiques ; elle doit se parfumer, s'empanacher, se poudrer. Je t'assure, Max, c'est un miracle qu'elle puisse encore bouger.

Impressionné par sa profonde humanité, Liebermann sourit à son ami.

— Tu as raison, Oskar. Je suis égoïste de m'opposer à ces nouveaux vêtements pour des raisons esthétiques. Si je devais mettre un corset, je crois que je ne tiendrais pas dix minutes !

Il porta la main à sa gorge.

— Les cravates sont déjà assez désagréables comme ça.

— Je vais aller voir Frau Vogl cet après-midi.

— C'est vrai ? Où habite-t-elle ?

— Pas très loin. Dans le 6e arrondissement. Près du théâtre An der Wien.

— Il paraît que les artistes de la Sécession l'admirent beaucoup. Je me demande bien quel genre de femme elle est.

— Pourquoi ne pas venir en juger par toi-même ? suggéra Rheinhardt avant de reprendre sa fourchette pour guillotiner sa crêpe. Un peu de compagnie ne serait pas de refus.

Leur destination était une petite maison de ville élégante, comprenant trois étages, avec des rebords de fenêtre baroques et un balcon renflé au-dessus de l'entrée. Une domestique les fit entrer et les confia à l'assistante de Kristina Vogl, une jeune fille séduisante que des épaules voûtées empêchaient d'être élégante.

— Madame ne se sent pas bien et s'est couchée. Pourtant, elle veut bien vous recevoir là-haut, si ça ne vous dérange pas…

La jeune fille sourit, montra le plafond et reprit aussitôt sa mauvaise tenue. Rheinhardt indiqua qu'il n'y voyait pas d'objection.

— Par ici, je vous prie.

L'assistante leur fit monter un large escalier, un peu prétentieux, et suivre un couloir menant à l'arrière de la demeure. Elle frappa légèrement à une porte.

— Madame ?

Une voix étouffée répondit :

— Entrez.

Une fois que les deux hommes eurent pénétré dans la chambre de sa patronne, elle referma la porte derrière eux.

Le décor résolument moderne impressionna Liebermann. Le mobilier était noir, carré, dépourvu de tout ornement superflu. Une moquette beige au motif grillagé rouge couvrait le sol, et le papier peint était agrémenté d'un subtil motif de feuilles stylisées. La pièce sentait la rose et la lavande.

Entourée de carnets à croquis et d'échantillons de tissu, Kristina Vogl était assise dans un énorme lit. Liebermann examina avec grand intérêt la célèbre créatrice de mode. Elle avait les traits fins, réguliers, et des yeux d'un bleu transparent peu commun. Ses cheveux châtain foncé retombaient en boucles sur ses épaules minces enveloppées dans un kimono cramoisi chatoyant. Des dragons dorés s'ébattaient sur la soie. Une lampe que Liebermann reconnut pour être l'œuvre de Josef Hoffmann était posée sur une table de chevet.

— Vous êtes l'inspecteur Rheinhardt ?

La voix était crispée.

L'inspecteur s'inclina d'un geste plus élégant que d'habitude, presque maniéré. Il désigna son ami.

— Voici mon associé, Herr Doktor Liebermann.

Kristina pencha la tête sur le côté, signe qu'elle aurait bien voulu savoir pourquoi un policier devrait être accompagné d'un médecin. Mais, au lieu de lui répondre, Rheinhardt croisa les mains sur son cœur.

— Merci mille fois d'avoir accepté de nous recevoir aujourd'hui. Je vous souhaite un prompt rétablissement. Permettez-moi aussi de vous présenter mes condoléances les plus sincères.

La jeune femme émit une toux que Liebermann jugea forcée et qui lui rappela celle de patientes hystériques.

— Vous êtes très aimable, monsieur l'inspecteur. Bien sûr, ça m'a fait un choc. Je n'y croyais pas. On lit ce genre de choses dans le journal, mais on ne pense jamais qu'on sera un jour touché par des événements aussi terribles. Pauvre Selma.

Rheinhardt fit un pas en avant.

— J'ai cru comprendre que Fräulein Wirth était une amie très proche.

Kristina plissa le front. Lorsqu'elle prit la parole, son débit se fit hésitant.

— Je ne parlerais pas d'amie proche. Mais je la connaissais depuis longtemps.

— C'était une amie d'enfance ?

— Oui. Mais la nature de nos relations…

Elle parut un peu déconcertée.

— Avant que nous poursuivions, je crois que je devrais éclaircir certains points.

— Si vous le souhaitez.

— Selma était la fille de la blanchisseuse qu'employait ma mère. Enfants, nous nous aimions beaucoup et, une fois adultes, nous avons échangé des lettres. Mais, bien sûr, nos vies ont pris des chemins assez différents.

Une expression peinée apparut sur ses traits.

— Nous n'avions pas grand-chose en commun. En outre, je feignais une affection plus grande que celle que j'éprouvais. Vous allez me demander pourquoi. Eh bien, Selma était fière et c'est seulement au nom de l'amitié que je pouvais la persuader d'accepter une aide financière. J'espère que Dieu me pardonnera cette petite tromperie qui avait la charité pour seul but.

— Je vois. Je suis sûr que le ciel ne retiendra pas contre vous cet acte de bonté.

Kristina balaya ce compliment d'un geste languissant du poignet.

— Même si vous n'étiez pas des amies intimes, poursuivit Rheinhardt, vous connaissiez, je suppose, la façon de vivre de Fräulein Wirth ?

— Oui, c'est un fait.

Rheinhardt hocha la tête et s'assura que les pointes de sa moustache étaient bien recourbées.

— Dans ce cas, pouvez-vous me dire si Fräulein Wirth avait des amis masculins ?

— Elle en avait beaucoup quand elle était plus jeune. Elle était d'une beauté saisissante. Mais, dès que ses problèmes de jambe ont commencé, elle s'est beaucoup moins intéressée au flirt et aux histoires d'amour.

— Et ces derniers temps ? Aurait-elle mentionné une rencontre ?

— Non, mais…

Kristina secoua la tête.

— Qu'y a-t-il ? demanda l'inspecteur.

— Rien…

— Je vous en prie, vous alliez dire quelque chose.

— Lors de mes deux dernières visites, je l'ai trouvée un peu changée. Elle semblait plus gaie et plus soucieuse de son apparence. Et, je l'admets, il m'est venu à l'idée…

— Qu'elle avait pu rencontrer quelqu'un ?

— Oui. Cependant, je ne pourrais pas l'affirmer. Elle n'a rien dit en ce sens.

— Justement, que vous a-t-elle dit la dernière fois que vous l'avez vue ?

— Qu'elle détestait son travail à la blanchisserie. Bien sûr, je lui avais proposé à maintes reprises d'entrer à mon service, pourtant elle avait toujours refusé. Par fierté, une fois encore. Elle m'a parlé de sa jambe, mais, ça, elle en parlait toujours. Elle voulait aller faire une cure en Suisse car elle avait lu qu'on y obtenait des miracles.

— Lorsque vous êtes allée la voir jeudi soir, avez-vous aperçu quelqu'un ?

— J'ai vu sa voisine, qui regardait par la fenêtre. Et un homme dans la cour.

— L'avez-vous reconnu ?

— Non.

— Comment était-il ?

— Je n'ai pas fait attention à lui.

— Comment était-il habillé ?

— Je crois…

Elle se mordit la lèvre inférieure.

— Je crois qu'il portait un chapeau melon et un long manteau.

— Avait-il une barbe ? Une moustache ?

— Je ne m'en souviens vraiment pas.

— Que faisait-il ?

— Rien. Il était là, c'est tout.

— Avait-il l'air d'attendre ?

— Peut-être.

— Vous a-t-il vue ?

— Je suppose.

— Auquel cas, je vous engage à la plus grande prudence. Si vous revoyez cet homme, n'hésitez pas à nous contacter.

— Mais je l'ai à peine entrevu ! Je ne le reconnaîtrais sans doute pas.

Pendant que Rheinhardt et Frau Vogl continuaient leur conversation, des lithographies attirèrent l'attention de Liebermann. Leur style lui rappela les illustrations qu'il avait vues dans *Ver Sacrum*. Les silhouettes féminines aux poses maniérées étaient fortement inspirées par Klimt. Liebermann s'approcha et examina la signature : Carl Otto Czeschka. Chaque gravure illustrait une scène du conte *Cendrillon*. Il suivit la progression du récit : les odieuses demi-sœurs qui confisquaient les beaux vêtements de Cendrillon et lui donnaient une vieille robe ; Cendrillon près de l'arbre aux souhaits[1], recevant ses robes magiques, toutes plus splendides les unes que les autres ; le beau prince passant une pantoufle dorée au pied délicat de Cendrillon pendant que les demi-sœurs reculaient d'horreur…

Liebermann fut arraché au monde fantasmagorique des frères Grimm en entendant frapper tout doucement. Une porte s'ouvrit avec précaution, livrant passage à un homme mûr et digne. Avant qu'il referme derrière lui, Liebermann eut le temps de constater que la pièce voisine était aussi une chambre.

— Puis-je vous présenter mon mari, le Dr Heinz Vogl ? Mon chéri, voici l'inspecteur Rheinhardt et son collègue, le Dr Liebermann.

Heinz Vogl s'inclina.

1. Dans le conte des frères Grimm, c'est un arbre qui exauce les désirs de Cendrillon, tandis que Perrault avait choisi une fée à la baguette magique.

— Herr Doktor Liebermann ?

— Je suis psychiatre.

— Et vous travaillez pour la police ?

— Le Dr Liebermann nous fait bénéficier de ses connaissances dans le domaine de la psychologie, précisa Rheinhardt.

— Je vois. Eh bien, Herr Doktor Liebermann, j'espère de tout cœur que votre branche, malgré les critiques qu'elle suscite, pourra conduire à la prompte arrestation de ce… monstre, termina-t-il en plissant le visage de dégoût.

Après un signe de tête déférent et modeste, il s'approcha du lit. Il prit la main que lui tendait son épouse et s'assit à son chevet.

— Ça va, ma chérie ?

Elle lui répondit avec un faible sourire et toussa. Son mari s'adressa aux visiteurs :

— Une infection pulmonaire. Elle a besoin de repos.

— Bien sûr. Nous n'allons pas vous déranger beaucoup plus longtemps.

Heinz Vogl attrapa un carnet à croquis.

— Tu as travaillé, ma chérie.

Son ton exprimait un tendre reproche.

— Je m'ennuyais.

Le médecin secoua la tête et soupira.

— Connaissiez-vous Fräulein Wirth, Herr Doktor ? demanda Rheinhardt.

— Oui, je l'ai rencontrée une fois. Kristina voulait que je l'examine pour donner mon avis. Je ne suis pas spécialiste des jambes, alors je me suis arrangé pour qu'elle consulte un confrère, Alvintzi. C'est à l'hôpital que je l'ai vue brièvement.

— De quoi souffrait-elle exactement ?

— Le diagnostic n'a pas été facile à établir. Alvintzi ne savait pas si son problème était d'ordre musculaire ou orthopédique.

— Frau Vogl doit se montrer très prudente. L'homme qu'elle a vu devant l'immeuble de Fräulein Wirth…

— Quel homme ?

Le regard de Vogl passa de l'inspecteur à sa femme.

— Tu as vu un homme ?

— Chut ! fit Kristina.

— Tu ne m'en avais pas parlé.

— Ce n'était vraiment rien, dit-elle avec un geste apaisant. Je t'assure, Heinz…

— Avec tout le respect que je vous dois, Frau Vogl, je ne qualifierais pas de *rien* le fait qu'un homme ait été posté devant l'appartement de Fräulein Wirth le soir où elle a été assassinée, d'autant plus qu'il vous a vue. S'il s'agissait bien du meurtrier, vous courez peut-être un grand danger.

— Ma chérie, qu'est-ce que tu as vu au juste ? demanda Heinz Vogl en repoussant une mèche du visage de sa femme.

— Un homme… dans la cour. Je ne m'en suis pas préoccupée. Ça pouvait être n'importe qui.

— Frau Vogl, reprit Rheinhardt, il ne faut pas plaisanter avec ces choses-là.

— Il vaut sans doute mieux que tu n'aies pas pu sortir, dit Vogl à sa femme.

— Je dois pourtant aller à la maison de couture demain.

— Mais tu n'es pas bien !

— Aujourd'hui, je me sens déjà beaucoup mieux.

Un soupçon d'irritation s'était glissé dans sa voix.

— Ma femme est une créatrice de mode qui jouit d'une certaine renommée, expliqua Vogl, quelque peu exaspéré.

— Je dois vous dire que mon épouse admire beaucoup les créations de Frau Vogl.

— Cendrillon ! s'exclama soudain Liebermann.

Tous les yeux se tournèrent vers lui, son intervention avait interrompu la conversation.

— Ces lithographies racontent l'histoire de Cendrillon, poursuivit-il.

— En effet, dit Kristina d'une voix incertaine.

— Elles sont très belles, et conviennent à merveille à votre situation.

— Pardon ?

— Les robes, les robes ont une grande importance dans l'histoire. Et vous… vous dessinez des robes.

— Je n'y avais pas pensé. J'ai acheté ces gravures uniquement parce que j'admire le style de l'artiste.

— Czeschka.

— Oui. Il est jeune et très doué.

Liebermann se tut un instant, puis, sans préambule, demanda :

— Avez-vous toujours gardé le contact avec Fräulein Wirth ? Tout au long de votre vie ?

La question parut la déconcerter.

— Non. Nous n'avons pas correspondu pendant un certain temps. Nous avons cessé de nous écrire quand j'avais une quinzaine d'années et je n'ai plus entendu parler d'elle avant d'approcher la trentaine.

Un curieux silence s'installa. Kristina sortit de la manche de son kimono un mouchoir en dentelle et le pressa sur sa bouche. Elle toussa, un peu plus fort, cette fois.

— Monsieur l'inspecteur, ma femme devrait vraiment se reposer, dit Vogl.

— Bien sûr, reconnut Rheinhardt. Pardonnez-moi. Merci, vous nous avez beaucoup aidés.

Lorsqu'ils descendirent la Linke Wienzeile, le globe doré en feuilles de laurier, qui surmontait le pavillon de la Sécession, apparut.

— Bizarre, dit Liebermann.

— Quoi donc ?

— Toute cette histoire.

— Je ne trouve pas.

— Ses réponses…

— Eh bien ?

— Elles étaient trop parfaites, expliqua Liebermann. Préparées. Tout s'imbriquait un peu trop bien.

— Tu crois qu'elle a tout inventé ? demanda Rheinhardt avec un air de doute. Pourquoi aurait-elle fait une chose pareille ?

Liebermann haussa les épaules.

— Max, si quelqu'un, dans l'affaire, s'est conduit d'une manière bizarre, ce n'est pas elle, c'est toi ! Pourquoi lui as-tu posé cette dernière question ?

Liebermann s'immobilisa.

— Rappelle-toi ce qu'elle a répondu quand tu lui as demandé si Fräulein Wirth avait eu des amis masculins. Elle a dit qu'elle en avait eu beaucoup dans sa jeunesse parce qu'elle était d'une beauté saisissante. Comment peut-elle le savoir si elles ne se sont pas vues pendant les dix ans au moins qui ont suivi leur adolescence ?

— Frau Vogl l'a sans doute appris une fois qu'elles ont eu renoué.

— Mais elle a dit : *elle était d'une beauté saisissante* comme si elle s'en souvenait.

— Elle a peut-être vu une photographie.

— En a-t-on retrouvé dans l'appartement de Fräulein Wirth ?

— Non. Mais ça ne veut pas dire qu'il n'en existe pas.

Liebermann secoua la tête.

— Et pourquoi n'a-t-elle pas dit à son mari qu'elle avait vu un homme devant l'immeuble de Fräulein Wirth ?

— Sur le moment, elle n'y a pas attaché d'importance… ou bien elle n'a pas voulu l'affoler. Tu as vu comment il réagissait. Il est beaucoup plus âgé qu'elle et s'inquiète sans doute plus comme un père que comme un époux. J'ai eu l'impression qu'il la protégeait, peut-être même qu'il la couvait.

Liebermann fit quelques pas et s'arrêta de nouveau.

— Et il y a aussi autre chose.

Rheinhardt commençait à perdre patience.

— Tu ne trouves pas curieux que Frau Vogl n'ait pas fait le lien entre les robes de Cendrillon représentées sur les lithographies et son métier ? Elle était sincèrement surprise quand je le lui ai fait remarquer. Dans ce cas, qu'est-ce qui lui a plu dans ces gravures ?

— Elle t'a elle-même donné la réponse. Elle aime le style de l'artiste.

— Cela va sans dire. Mais, en plus du style de l'artiste, qu'est-ce qui lui a fait choisir Cendrillon en particulier ?

— Max ! gronda Rheinhardt en agrippant son ami par l'épaule et en le secouant fermement. Qu'est-ce que ça peut faire ? Nous ne la soupçonnons pas, pour l'amour du ciel !

— Alors pourquoi s'est-elle comportée d'une manière aussi… étrange ?

— Elle était tout ce qu'il y a de plus normal ! s'exclama Rheinhardt avant de tapoter la tempe de son ami. C'est toi qui te fais des idées ! Je suis sûr que Frau Vogl te fournirait de quoi rédiger une étude de cas très intéressante. Mais ce n'est ni le moment ni le lieu. Nous sommes à un carrefour. Allons plutôt au *Café Schwarzenberg*. Je prendrais bien un autre café.

Rheinhardt marqua une pause avant d'ajouter :

— Et un petit gâteau, peut-être.

34

Les photographies étaient étalées sur le bureau. Le commissaire Brügel en sélectionna trois et les posa côte à côte : Adele Zeiler étendue sur la pelouse du Volksgarten, Bathilde Babel nue sur son lit, et Selma Wirth avec le manche du poignard qui dépassait de sa poitrine. Le regard de Brügel s'attarda sur celle du milieu. Il sourit, ouvrit un tiroir et en sortit un magazine féminin dont il montra la couverture à Rheinhardt. C'était une publication essentiellement consacrée aux potins mondains.

— Vous avez vu ça, Rheinhardt ?

— Non. Ce n'est pas un magazine auquel je suis abonné.

Le commissaire fronça les sourcils, feuilleta les pages et se mit à lire :

— « Ce dîner a été donné par Frau Kathi peu avant son départ pour la Côte d'Azur. Parmi les invités, il y avait le prince Liechtenstein, le marquis von Becquehem, Herr Gustav Mahler, le directeur de l'Opéra, Herr Palmer, le metteur en scène, l'acteur du théâtre impérial Max Devrient et sa femme. Frau Kathi portait des perles magnifiques et, comme d'habitude, s'est montrée une hôtesse parfaite. Après le dîner, elle a dit qu'elle souhaitait à toutes les Viennoises de s'échapper avec elle sur la Côte d'Azur. Bien sûr, notre chère amie faisait allusion à la série de meurtres terrifiants qui ont suscité tant de conjectures dans la presse de bas étage. »

Brügel referma le magazine et le replia.

— Vous avez sans doute deviné l'identité de Frau Kathi.

Soudain, Rheinhardt eut la bouche sèche. Il eut toutes les peines du monde à déglutir.

— Katharina Schratt ? risqua-t-il d'une voix rauque.

Brügel inclina la tête. Il était de notoriété publique que l'empereur avait pris cette comédienne pour maîtresse.

— Vous savez ce que ça veut dire, Rheinhardt ? Ce n'est qu'une question de temps avant que je reçoive un coup de fil de la Hofburg. Les aides de camp de Sa Majesté voudront savoir comment avance l'enquête. Que dois-je leur répondre ?

Rheinhardt fit mine de parler, mais s'aperçut qu'il ne savait pas quoi dire. Après une profonde inspiration, il réessaya.

— Nous avons fait certains progrès, monsieur.

Brügel tapota une pile de dépositions et de rapports.

— Ah bon ? Permettez-moi de préciser ce que vous avez établi jusqu'ici. L'auteur des crimes est brun, il a le teint pâle et connaît l'anatomie. Il sent le phénol et s'est un jour présenté sous le nom de Griesser. Il porte une redingote coûteuse et peut-être un chapeau melon.

Le commissaire souleva la pile et la tendit vers Rheinhardt.

— C'est ce que vous appelez des progrès ?

Rheinhardt tressaillit en entendant Brügel hausser la voix.

— Je suis bien conscient que les résultats obtenus jusqu'ici sont décevants, monsieur.

Brügel lâcha les documents et ils retombèrent lourdement.

— Je vous accorde une semaine, Rheinhardt.

— Je vous demande pardon, monsieur ?

— Passé ce délai, je crains de devoir confier l'affaire à quelqu'un d'autre. À Salzbourg, il y a un inspecteur de police qui a étudié avec le professeur Krafft-Ebing. Si j'informe le palais que nous allons engager un expert, peut-être les esprits seront-ils apaisés et les bavardages préjudiciables cesseront-ils.

— Avec tout le respect que je vous dois, monsieur…

Le commissaire n'était pas d'humeur à écouter les objections de son subordonné.

— Quand le palais vient fourrer son nez dans nos affaires, les accusations d'incompétence ne tardent pas. Je regrette, Rheinhardt. Vous ne m'avez rien fourni de probant. Il faut que je prenne en compte les intérêts de tout le service. Une semaine, pas plus.

TROISIÈME PARTIE

LE SYNDROME DE SOPHOCLE

35

Dans son rêve, il était assis en tailleur sur le sol d'une pièce vide, où une Orientale vêtue d'un kimono écarlate qui lui était familier lui servait le thé. Par une porte ouverte, il avait observé de grandes libellules aux ailes translucides suspendues au-dessus d'un bassin à carpes koï. L'atmosphère était paisible, l'air parfumé de fragrances exotiques. Une légère brise agitait un objet accroché aux branches d'un kumquat. En se heurtant, les tubes métalliques produisaient des sons d'une pureté enchanteresse. Lorsqu'ils effectuèrent une rotation, il remarqua quelque chose de curieux. Ils tournaient lentement, trop lentement, comme s'ils étaient sous l'eau. La musique relaxante, argentine, devint plus sonore et atteignit bientôt le niveau que produirait un gamelan. Un homme en chapeau melon et long manteau passa devant la porte en courant.

Ce fut alors que la sonnerie stridente du téléphone réveilla Rheinhardt.

Le cocher avait choisi d'emprunter les rues de derrière désertées en suivant un parcours parallèle au quart de cercle sud-est de la Ringstrasse, qui traversait les quartiers de Josefstadt, Neubau, Mariahilf, Wieden, et, durant tout le trajet, le rêve accompagna les pensées de l'inspecteur. Quand la voiture ralentit enfin, Rheinhardt, au prix d'un grand effort, chassa de son esprit le décor japonais. Il ouvrit la portière, descendit sur le pavé et s'immobilisa pour regarder l'entrée du Belvédère inférieur. Une lampe était suspendue sous la haute voûte et, de part et d'autre, les fenêtres étaient illuminées de l'intérieur par une douce lueur jaune. En plein jour, Rheinhardt aurait pu apercevoir un chemin gravissant les deux terrasses qui menaient à la tour du Belvédère supérieur. À présent, il ne voyait que des torches au loin.

Dans la loge, il y avait un agent de police assis à une table avec un homme âgé en tenue de jardinier. À l'évidence, ils avaient partagé le contenu d'une flasque. L'agent sursauta et essaya de se lever. Lorsque son sabre se prit dans le pied de sa chaise, il marmonna une excuse, puis se redressa et claqua des talons.

— Vous êtes l'inspecteur Rheinhardt ?

— Oui.

— Agent Reiter, monsieur. Et ce monsieur est Berthold Wilfing, le responsable des jardins. C'est lui qui a découvert le corps, monsieur.

Wilfing appuya les mains à plat sur la table. Se lever semblait réclamer la force de ses bras aussi bien que de ses jambes. Il avait sans doute la soixantaine et paraissait étonnamment frêle pour un jardinier.

— Laissez-moi vous dire que ça m'a fait un choc.

Rheinhardt s'adressa à l'agent :

— Mon adjoint n'est pas encore arrivé ?

— Non, monsieur.

— Alors, qui est là-haut ? demanda-t-il en montrant la fenêtre de derrière. J'ai vu des torches.

— Un collègue de la Hainburgerstrasse, monsieur. L'agent Kiesl. Près du corps, monsieur.

Rheinhardt hocha la tête et se tourna vers le jardinier.

— En effet, le choc a dû être terrible. Je dois pourtant vous poser quelques questions. J'espère que vous n'en serez pas trop affligé. Dites-moi, Herr Wilfing, à quelle heure avez-vous découvert la victime ?

— Vers trois heures et demie. Pas plus tard.

— Puis-je vous demander ce que vous faisiez dans les jardins à une heure aussi matinale ?

— Voilà ce que je ramassais.

Il attrapa sous la table un seau plein d'escargots et de chenilles. Un escargot avait grimpé jusqu'en haut et sorti ses cornes.

— Ce sont des créatures nocturnes, monsieur, et, à cette époque de l'année, elles représentent une catastrophe pour les semis.

— Commencez-vous toujours votre travail aussi tôt ?

— Non. Mais les dernières semaines ont été exceptionnelles.

— Pourquoi donc ?

— À cause de lord Chamberlain.

— Excusez-moi, mais en quoi cela concerne-t-il le prince de Liechtenstein ?

— Il le reçoit à onze heures dans le Cabinet doré.

— Quoi ? Aujourd'hui ?

— Oui. Aujourd'hui. Si les invités sortent dans les jardins et que toutes les plates-bandes ont été esquintées par ces bestioles…

D'une chiquenaude, il fit redescendre l'escargot au fond du seau.

— … ça fera mauvais effet, pas vrai ?

— Sans doute.

— Il paraît que le prince Eugène aimait jardiner. Il avait fait planter au Belvédère des arbres et arbustes du monde entier. Il faut prendre soin d'un tel patrimoine. Ces gloutons mangeraient n'importe quoi !

Il agita le seau.

— J'en suis persuadé, dit Rheinhardt. Cependant, pouvons-nous en revenir au sujet qui nous préoccupe dans l'immédiat, à savoir votre découverte ?

— Oui, bien sûr. Je traversais l'une des pelouses qui se trouvent en contrebas et j'ai failli buter dedans. Je me suis demandé ce que c'était. Elle était là, allongée… et jolie, avec ça. Morte. Mais pas une marque, rien. Elle a dû s'effondrer. Ça arrive, je suppose. Le cœur qui lâche.

Il se tapota la poitrine d'un air avisé.

— En tout cas, ce que j'aimerais bien savoir, c'est ce qu'elle faisait là… dans les jardins après la tombée de la nuit.

— Avez-vous touché le corps ?

— Vous plaisantez ? Ça porte malheur de toucher les morts.

Il frissonna et posa le seau.

— J'ai couru aux écuries, j'ai réveillé un palefrenier et je l'ai envoyé au poste de la Hainburgerstrasse. Je lui ai dit d'aller aussi vite que ses jambes le lui permettraient.

L'expression du jardinier devint angoissée. Il sortit une montre de gousset et, après y avoir jeté un coup d'œil, ajouta :

— Puis-je retourner à mon travail, maintenant ? Si les plates-bandes sont abîmées et que les invités du prince sont mécontents, ça va barder !

— Herr Wilfing, je suis sûr que les invités du prince seront encore plus mécontents si le corps n'a pas été enlevé avant onze heures. J'ai bien peur de devoir vous demander d'attendre ici l'arrivée de mon adjoint. Vous devrez faire une déposition. Ensuite, vous pourrez vous consacrer à votre tâche.

Rheinhardt sortit de la loge et remonta le sentier en se dirigeant vers les torches. Au début, il ne distingua pas grand-chose, mais, à mesure qu'il grimpait, ses yeux s'habituaient à l'obscurité et il devina la forme du Belvédère supérieur juché sur la butte, tout au bout des jardins. Les bulbes des pavillons et les toits bien particuliers des bâtiments principaux, qui évoquaient des tentes royales dressées dans un désert, apparaissaient à la lumière terne de la ville endormie, en bas. Avançant toujours vers la lueur fiévreuse des torches, Rheinhardt s'engagea dans un labyrinthe de haies. Elles entouraient une pelouse en contrebas, au milieu de laquelle on ne pouvait manquer d'apercevoir une silhouette féminine étendue. À côté d'elle, un agent à l'air anxieux avait déjà la main sur la poignée de son sabre dont il semblait tout prêt à faire usage.

— Tout va bien, Kiesl. Inspecteur Rheinhardt.

L'agent lâcha son arme.

— Bonjour, monsieur.

Rheinhardt s'approcha du corps.

— Avez-vous quelque chose à signaler ?

— Non, monsieur.

— Qui vous a fourni ces torches ?

— Herr Wilfing, le responsable des jardins. Est-ce que vous lui avez parlé ?

— Oui.

— Sa lampe à pétrole n'était pas assez forte. J'ai pensé que vous auriez besoin de davantage de lumière.

— Bravo, Kiesl. Vous avez fait preuve d'une perspicacité louable.

— Merci, monsieur.

Rheinhardt jeta un coup d'œil à la défunte. La scène lui rappela des souvenirs d'opéra : une walkyrie allongée sous un ciel étoilé, des porteurs de torches et un bûcher. Il se pencha et, mettant un genou à terre, tel un vassal, il examina le visage. La victime était jeune. Âgée d'une vingtaine d'années, peut-être. Un grain de beauté sous l'œil gauche ; des anglaises blondes encadrant des traits volontaires ; un menton un peu trop fort, avec une fossette au milieu ; de longs cils blancs. Les torches mettaient une touche de rouge sur ses joues.

Prenant son courage à deux mains, Rheinhardt glissa une main sous l'os occipital et sentit quelque chose de froid et de dur qui dépassait de la première vertèbre. Quand il essaya de le retirer, il n'y réussit pas. Inutile de prendre la peine de soulever la morte pour examiner l'objet, il savait déjà qu'il s'agissait de la tête d'une épingle à chapeau. Pour être encore plus précis, la tête d'une épingle à chapeau achetée chez Herr Jaufenthaler par celui qui se faisait appeler Griesser.

Rheinhardt alla se placer aux pieds de la jeune femme et souleva l'ourlet de sa jupe. L'odeur âcre était bel et bien présente et, comme il s'y attendait, la culotte avait été ôtée. Avant même de regarder par-dessus son épaule, il savait que l'expression de l'agent serait réprobatrice.

— Kiesl, je vous serais très reconnaissant de fouiller les lieux pour retrouver le chapeau d'une dame et… un sous-vêtement.

— Bien, monsieur.

L'agent attrapa une torche sur le sol et disparut derrière une haie.

Dans les poches de la défunte, l'inspecteur trouva de l'argent, des clés, une boîte de fins cigares et un mouchoir en soie marqué aux initiales C. R. Plusieurs noms lui vinrent à l'esprit : Clara Raich, Charlotte Ruzicker, Christel Rebane… Il songea aux autres victimes : Zeiler, Babel et Wirth. Combien d'autres femmes allait donc tuer ce monstre ? Une bouffée de pitié et de désespoir l'envahit. Si l'enquête n'avait pas du tout avancé, c'était sa faute. Cette affaire lui avait été confiée et quels résultats avait-il obtenus ? Quelques menus faits sans importance, des bribes de renseignements inutiles. Le commissaire Brügel avait eu raison de le réprimander. Un sentiment de culpabilité vint se loger dans son ventre et lui noua les intestins. La nausée menaça quant à elle de lui vider l'estomac. Il se releva et regagna le sentier.

Le large escalier qui menait au niveau supérieur des jardins était engageant. D'une certaine manière, Rheinhardt avait l'impression qu'en le gravissant il serait délivré du désespoir qui l'avait soudain envahi.

Prendre de la hauteur, voir plus clair, plus loin...

Rheinhardt grimpa jusqu'en haut et fut confronté à l'une des célèbres sphinges du Belvédère. La lumière lui permettait tout juste de distinguer la silhouette ailée accroupie. Il s'arrêta devant elle. La créature arborait une expression de suprême indifférence, mélange d'ennui et de mépris souverain. Sa cuirasse soulignait la plénitude de ses seins à la rondeur parfaite. Rheinhardt sentait la présence de ses sœurs, plus loin, dans l'obscurité. Avec une patience infinie, elles couvaient fièrement leurs secrets.

— Donne-moi la solution, souffla-t-il.

Voilà que tu en es réduit à supplier une statue de t'accorder son aide !

Si la sphinge possédait des pouvoirs surnaturels, rien ne permettait de dire qu'elle était prête à exaucer la requête de Rheinhardt. Ses siècles de désintérêt et son cœur de pierre l'avaient aguerrie contre le malheur des hommes ; que pouvaient représenter quatre vies humaines pour une bête dont les saisons se comptaient en ères ?

— Monsieur ?

La voix de Kiesl flotta jusqu'à lui.

— Quoi donc ?

— J'ai trouvé quelque chose... un sous-vêtement.

— Parfait. J'arrive.

Rheinhardt descendit l'escalier et se faufila dans le petit labyrinthe de haies. Une torche dans une main, une culotte jaune dans l'autre, l'agent figurait une curieuse parodie de la déesse Libertas.

— Où l'avez-vous découvert ?

— Tout près… sur ce buisson.

L'inspecteur lui prit la culotte des mains en disant :

— Voyons à présent si vous réussissez à retrouver le chapeau.

Rheinhardt retourna auprès du corps. En chemin, il scruta l'herbe pour repérer tout indice éventuel et, ce faisant, il entendit le pas vif et énergique de son adjoint.

— Ah ! vous voilà, Haussmann.

— Je suis venu le plus vite possible.

Rheinhardt montra la défunte.

— Ses initiales sont C. R.

— Cäcilie Roster, dit Haussmann.

— Quoi ?

— C'est son nom. Cäcilie Roster. Je la reconnais. Elle est artiste de music-hall. Je l'ai entendue chanter des chansons comiques au *Ronacher*.

36

Depuis, j'ai travaillé pour plusieurs entreprises de pompes funèbres ; pourtant, je dus attendre d'être recruté à l'*Erste Wiener Leichenbestattungsanstalt* pour assister le Dr Traugott Stohl, l'embaumeur. L'embaumement m'avait toujours intéressé, et je considérais que j'avais de la chance de pouvoir étudier les procédés utilisés. Bien sûr, j'avais déjà vu des embaumeurs à l'œuvre, mais vous le savez bien, ce n'est pas une pratique répandue, et observer de loin n'a rien à voir avec mettre la main à la pâte. J'ignore complètement pourquoi on n'y a pas recours plus souvent à Vienne, une ville où on a toujours apprécié la beauté d'un corps voué au repos éternel. Les aristocrates aiment exposer leurs morts, tout comme certains bourgeois, notamment les compositeurs et les hommes politiques, mais dans le reste de la société, l'embaumement est presque toujours réservé aux défunts qui doivent effectuer un long trajet jusqu'à leur dernière demeure, et il est du reste obligatoire lorsque ce trajet prend plus d'une semaine, conformément au décret pris par le ministre de l'Intérieur le 3 mai 1875. Vous voyez que ma passion ne connaît pas de limites et que même la législation sur la mort recèle pour moi une étrange fascination. Mais voilà que je m'écarte une fois de plus de mon sujet.

Herr Doktor Stohl – que Dieu ait son âme – était un homme remarquable. Il est mort il y a cinq ans d'une maladie du cerveau et il est enterré au Zentralfriedhof. Je me rends souvent sur sa tombe, une modeste stèle funéraire pointue sur laquelle sont inscrits son nom, les dates de sa naissance et de son décès, et une citation de la Bible.

> *Cherchez l'auteur des Pléiades et d'Orion, qui change l'obscurité en clarté matinale, qui réduit le jour en sombre nuit, qui convoque les eaux de la mer pour les répandre sur la face de la terre.*
>
> Amos 5, 8

Avant de mourir, le bon docteur a insisté pour que cette citation, et nulle autre, soit son épitaphe. Jusqu'à ce jour, je ne sais pas au juste ce qu'elle signifie.

Le Dr Stohl devait avoir passé la soixantaine quand je fis sa connaissance. C'était un vieux sage qui n'ouvrait jamais la bouche à moins d'avoir quelque chose à dire. Réservé, méfiant et parfois brusque, mais jamais impoli ni grossier. Il citait souvent le Siracide : « Parle succinctement, dis beaucoup en peu de mots ; sois comme l'homme au courant, qui pourtant ne dit rien. »

J'éprouvai aussitôt du respect pour lui et, de son côté, je m'en flatte, il reconnut en moi certains traits de son caractère. Le Dr Stohl se passionnait pour les progrès de sa discipline, un domaine qu'il approchait avec le sérieux d'un érudit. Il avait étudié les méthodes de conservation employées par les Égyptiens et savait quantité de choses sur les procédés privilégiés au Moyen Âge (lors des croisades, les dépouilles des chevaliers chrétiens devaient être embaumées avant d'être ramenées dans leur pays). Un jour, il me montra une « recette » consistant en miel, vin rouge et diverses herbes rares, qu'il avait trouvée dans un ouvrage écrit au XIIIe siècle par un moine, et m'envoya acheter un lièvre chez le boucher afin d'en tester l'efficacité. Le résultat fut assez concluant.

Soit dit en passant, vous serez intéressé d'apprendre que la teinture que j'utilise pour mes cheveux – un mélange d'oxyde de plomb et de chaux hydratée – était déjà employée en Égypte dans l'Antiquité. J'en ai trouvé la composition dans un livre de la bibliothèque du bon docteur.

Stohl avait un petit laboratoire dans l'une des dépendances des pompes funèbres. Il y expérimentait diverses substances dans l'espoir de découvrir un composé chimique qui s'opposerait d'une manière définitive à la désintégration de la chair humaine. La notion de *conservation parfaite* exerçait sur lui le même attrait que, pour les générations précédentes, la pierre philosophale ou la quête du Graal.

Herr Doktor Stohl n'était pas quelqu'un dont on pouvait se sentir proche. Il se montra toujours distant, monacal. Pourtant, je sais que nous avions certaines affinités, qu'un lien nous unissait. Il avait des idées très spéciales sur l'éducation. Il me répétait : *Si vous avez une question, abstenez-vous de la poser. Contentez-vous de regarder, c'est comme ça que vous apprendrez.* Il enseignait par l'exemple, évitait les discours, leur préférait les démonstrations et, d'une façon surprenante, les lacunes qui, selon lui, en disaient long.

Je me rappelle le soin avec lequel il travaillait. Il s'efforçait toujours de faire les choses correctement, s'assurait que tous les creux et replis – yeux, bouche, orifices – étaient nettoyés avec du désinfectant ; il peignait les barbes, rasait la repousse des poils sans jamais entailler la peau. Saviez-vous que les yeux ont tendance à s'enfoncer dans les orbites après la mort ? Le Dr Stohl avait conçu des supports invisibles pour empêcher ce phénomène. Il m'apprit à pencher légèrement la tête du défunt pour que ses proches voient mieux son visage. Sous sa tutelle bienveillante, j'ai même ressenti l'envie d'étudier un peu le latin et le grec.

Vous vous posiez des questions sur ma vie érotique.

Est-ce que l'immobilité des mortes m'excitait ?

Je serai franc : oui.

Ai-je succombé à la tentation évidente que représentait leur proximité ?

Lorsque cela se produisit pour la première fois, j'avais commencé depuis peu à travailler dans ce domaine. La fille d'un financier américain était tombée dans un escalier et s'était rompu le cou. On l'avait amenée aux pompes funèbres quelques heures à peine après sa mort. Dès que je la vis, une décharge électrique me hérissa les cheveux sur la nuque. De son corps émanait une faible lueur pourpre. Mon ange n'était pas loin.

Mes tâches m'imposaient de partir le dernier, après avoir tout bouclé. Je fermai la porte à clé, mais je ne partis pas, préférant m'attarder auprès de l'héritière américaine.

Qu'éprouvais-je alors ?

Je dois vous rappeler que le langage est un bien piètre outil. Il n'y a pas de mots pour exprimer ce que je ressentais à ce moment-là et ressens toujours. Comment pourriez-vous comprendre ? Vous, pour lequel ce monde est un flacon scellé, dont l'horizon et le ciel constituent une limite absolue.

Oui, je connus la satisfaction. Mais au second degré, en quelque sorte.

Comment puis-je m'expliquer ?

C'était un peu comme avoir des relations intimes avec une femme que l'on n'aime pas, mais qui a récemment frôlé celle dont on est amoureux. On décèle sur sa peau une trace de parfum de la bien-aimée… et on devient fou.

Connaissez-vous le *Faust* de Goethe ? *Apporte-moi un fichu qui ait couvert son sein, un ruban de ma bien-aimée.*

Les mots du poète me décrivent tout à fait : un homme dont le désir se répand dans le vide pendant qu'il serre un ruban !

Pourtant, je ne pouvais m'en empêcher. Dès que l'occasion se présentait, je la saisissais. Ma flamme pour Elle ne connaissait pas de bornes.

Vous n'imaginez pas mes souffrances. L'angoisse, le supplice. M'allonger, débordant de désir, sur une table mortuaire. Le soulagement inapproprié d'une étreinte glacée, ma virilité réduite à un petit rien fripé dans une bouche sèche. Le violet de plus en plus pâle de Sa présence tentante, insoutenable.

Je savais déjà que je ne pourrais plus m'arrêter.

Il y a deux mois, je suis allé à Paris. La façade ouest de Notre-Dame comporte trois portails, l'un montre Marie en épouse du Christ. De mère, la Vierge en majesté devient impératrice.

Je ne sais pas pourquoi j'ai écrit cette phrase…

Vous disiez que je devais noter ce qui me passait par la tête sans exercer de censure sur mes pensées ni mes souvenirs. Eh bien, voilà. Notre-Dame. Qu'en faites-vous ?

Quoique… il y a bien un lien. Je m'en aperçois à présent.

J'étais au bout du rouleau. Je croyais ne pas pouvoir supporter davantage d'être séparé d'Elle et j'ai décidé de mettre fin à mes souffrances. Ce serait assez facile. Un sommeil suivi d'une consommation bénie, éternelle.

En retournant à Vienne, j'ai préparé une teinture d'opium mortelle. Mais je ne l'ai pas bue.

Assis dans ma chambre, le verre à la main, je me suis mis à douter de la sagesse de ce geste. *Il y a un temps pour tout, un temps pour naître et un temps pour mourir.* Peut-être étais-je impatient. Je pouvais bien devenir l'instrument du destin d'une autre personne, mais je ne devais pas disputer le mien aux dieux. Une telle impertinence me remémorait de nombreux héros grecs dont l'ambition démesurée s'était révélée peu judicieuse. Une idée me vint à l'esprit : je n'avais pas besoin de mourir pour La convoquer. La mort de quelqu'un d'autre remplirait le même office.

37

Rheinhardt devait retrouver son adjoint devant le *Ronacher*, un théâtre qui présentait des spectacles de variétés. Il avait donné à Haussmann une heure pour mettre la main sur Liebermann. En attendant, il avait cherché – et trouvé – un café situé dans une petite rue discrète. Là, il put se remettre de ses émotions grâce à sa prescription préférée : café turc bien fort et tranche de gâteau aux graines de pavot. En quittant la pénombre de la salle pour la clarté d'une matinée éclatante, il se sentait mieux préparé à affronter la journée. Quand Haussmann apparut enfin, on voyait bien à son expression qu'il n'avait pas réussi à remplir sa mission.

— Herr Doktor Liebermann n'est pas chez lui, monsieur. Je suis allé téléphoner à la poste. Et à l'hôpital, on m'a dit qu'on ne l'attendait pas avant cet après-midi. J'ai même essayé le petit café qui se trouve à côté de l'Institut d'anatomie.

— En avez-vous profité pour avaler quelque chose ?

Le jeune homme détourna les yeux.

— Oui, monsieur. Mais ça ne m'a pris que quelques minutes.

— Auquel cas, vous avez fort bien utilisé votre temps. Une journée bien remplie nous attend, et on ne peut pas travailler l'estomac vide. Allons voir s'il y a quelqu'un à l'intérieur.

Ils repérèrent l'entrée des artistes et sonnèrent. Un employé en uniforme miteux les fit entrer. L'inspecteur lui montra sa plaque et demanda à voir le directeur.

— Vous avez de la chance. D'habitude, il n'est pas là à une heure aussi matinale.

Ils montèrent plusieurs étages, puis l'employé frappa à une porte et l'ouvrit sans attendre d'y être invité.

— Pas maintenant, Heinrich !

— C'est la police !

— Quoi ? C'est moi qu'elle veut voir ?

— Oui, Rolf.

Rheinhardt changea de position et aperçut un homme installé à son bureau. Presque chauve, en bras de chemise, il portait un gilet très coloré. Assis sur des chaises en bois, deux messieurs aux longs cheveux bruns, en gros manteau de fourrure, lui faisaient face. Ils avaient les épaules très larges.

— Je regrette, messieurs, dit le directeur à ses visiteurs. Vous allez devoir m'excuser.

— Quand il faut revenir ? demanda une voix grave, tonnante, à l'accent curieux.

— Dans un moment. J'aurai alors préparé vos contrats. Je vous le promets.

Lorsque les deux hommes se levèrent, leur taille hors du commun sauta aux yeux. Immenses, ces vrais jumeaux avaient le teint mat, les yeux noirs et le visage large. Le premier se baissa pour franchir le seuil, et Rheinhardt fut obligé de lever la tête pour le saluer.

— Bonjour, dit-il en regardant la face de lune.

— Bonjour, monsieur. Je suis très content avoir vu vous, lui retourna le géant dans un allemand guindé, à la grammaire hésitante.

Son frère le suivit, mais, avant de se baisser pour passer sous le linteau, il lança un regard mauvais au directeur et, dans une langue étrange, prononça des mots venimeux, sifflants, insultants, à l'évidence.

L'inspecteur et son adjoint entrèrent. Le directeur fit signe à l'employé de se retirer, se leva de son fauteuil et s'inclina.

— Rolf Grosskopf. À votre service.

— Inspecteur Oskar Rheinhardt, et voici mon adjoint, Haussmann.

— Asseyez-vous, je vous prie, messieurs. Je vous offrirais bien du thé, mais ma secrétaire n'est pas encore arrivée. Pardonnez-moi.

En s'asseyant, Rheinhardt ne put s'empêcher de jeter un coup d'œil vers la porte.

— Oui, voilà un duo étonnant, concéda Grosskopf en écartant les bras pour évoquer un nom qui s'étalait en tête d'affiche. Les Deux Chéris, les plus grands frères du monde.

— D'où viennent-ils ?

— Du Tibet. Enfin, c'est ce qu'ils affirment… mais qui sait ?

Le directeur se mit à rire.

— L'année dernière, ils étaient la grande attraction. Ils peuvent porter sept hommes sur la tête, casser en deux des barres de fer, et jongler avec des poids de trois cents kilos.

— Ils n'avaient pas l'air très contents.

— Oh ! ils se calmeront. Il y a un petit malentendu sur les termes de leur engagement, voilà tout. Par la faute de leur agent. Nestroy. C'est un homme honnête, mais peu soucieux des détails. Et maintenant, en quoi puis-je vous aider ?

— Cäcilie Roster…

— Zilli ? Ma chère Zilli ? Que lui arrive-t-il ?

— Quand l'avez-vous vue pour la dernière fois ?

— Hier.

— S'est-elle produite ici ?

— Oui. Elle a chanté entre le numéro de la troupe Osmond et Bastian Biedermeier, l'illusionniste.

— Est-elle rentrée chez elle après la représentation ?

— Non, il me semble qu'elle voulait aller chez *Loiberger*. Il ferme tard, vous comprenez. Elle y va souvent après le spectacle.

— Avait-elle rendez-vous avec quelqu'un ?

— Sans doute.

— Savez-vous avec qui ?

Grosskopf secoua la tête.

— Pas facile de garder tous ses soupirants en mémoire. Elle a un sacré succès.

Il cligna de l'œil avant de se pencher en avant et de baisser la voix.

— La semaine dernière, je l'ai surprise dans la loge des Deux Chéris. Ils se la lançaient par-dessus la table comme un ballon. Elle a dit qu'elle travaillait un nouveau numéro avec eux…

Grosskopf haussa les sourcils et pinça les lèvres.

Imaginer la jeune chanteuse en train de s'abandonner aux plaisirs excentriques des deux géants priva un instant Rheinhardt de l'usage de la parole. Il se représenta l'arc de sa trajectoire et vit une Cäcilie Roster avec les cheveux en désordre et les jupes gonflées d'air, lancée par des bras capables de briser du fer. L'image, avec ce qu'elle impliquait d'érotique et de troublant, mit un certain temps à s'effacer.

— Vous ne brossez pas là le portrait d'une dame très distinguée.

— C'est vrai. Mais je n'ai rien dit qui pourrait la vexer. Elle déteste les conventions, ça fait partie de son charme. C'est une femme fascinante, conclut-il en agitant une main.

— Y a-t-il un monsieur qui l'admire et assiste à tous ses spectacles ?

— Il n'y a pas que les beaux messieurs qui l'admirent, répondit Grosskopf avec un haussement de sourcils suggestif.

Rheinhardt lâcha un soupir las.

— Reconnaîtriez-vous ces… admirateurs ?

— Certains. Il y a un type qui porte un manteau de fourrure et une canne, et un autre qui ressemble un peu au maire.

Grosskopf s'appuya à son dossier.

— Pourquoi ? Zilli a fait quelque chose de mal ? Dans ce cas, j'espère vraiment que vous n'avez pas l'intention de l'arrêter. Elle est sous contrat.

— Dites-m'en un peu plus sur ses admirateurs.

— Il n'y a pas grand-chose à ajouter. Ils viennent la voir chanter et ils s'en vont. Parfois, ils l'attendent devant sa loge.

— Que veulent-ils ?

— Nous vendons des cartes postales de nos artistes dans le foyer. Ils aiment bien lui demander de les dédicacer. Et certains spectateurs lui font des petits cadeaux : bouquets de fleurs, bijoux.

— Savez-vous si on lui a offert une épingle à chapeau récemment ?

Grosskopf haussa les épaules.

— Écoutez, mon ami, si vous voulez savoir ce que Zilli fait après le spectacle, ce n'est pas à moi qu'il faut le demander, mais à Loiberger.

38

De la fumée noire s'élevait d'une cheminée d'usine qui dominait les toits de maisons attenantes crasseuses. Plus bas, devant une barrière, des bambins jouaient sur un tas de gravats. L'un d'eux vit approcher Liebermann et se leva pour observer l'inconnu avec une franche curiosité. Percevant son intérêt, Liebermann lui adressa un sourire que le gamin ne retourna pas, se contentant de le fixer de plus belle. Liebermann bifurqua au croisement et se retrouva dans une rue bordée de maisons plus grandes, mieux entretenues. Quelques arbres ajoutaient une touche de couleur à la vue, mais pas assez pour chasser l'impression de désolation. Les branches oscillaient sous un vent chargé de l'humidité fétide du Neustädter Kanal.

Bientôt, Liebermann arriva devant une maison comprenant deux étages et quatre fenêtres. La simplicité de sa construction évoquait un dessin d'enfant. Elle possédait un certain charme naïf. Au rez-de-chaussée, les rideaux étaient tirés et Liebermann ne distinguait rien derrière les fenêtres des étages. Il traversa la rue pour avoir un meilleur point de vue, mais n'y gagna rien. Soudain, il s'aperçut qu'il se trouvait sous un réverbère, sans doute celui sous lequel Erstweiler avait vu son double. Comme pour s'assurer de sa réalité, le jeune médecin toucha le pylône en fonte.

Une fois retourné sur le trottoir d'en face, il frappa à la porte d'entrée et attendit. Pas de réponse. Il frappa de nouveau, même s'il savait qu'on ne lui répondrait pas.

Une charrette chargée de barriques passa.

Le jeune médecin recula et regarda les vitres du haut une dernière fois avant choisir une maison voisine pour tenter sa chance. La présence d'une jardinière à la fenêtre le persuada de se diriger vers la droite.

Dès qu'il utilisa le heurtoir, un chien se mit à aboyer. Une femme dit :

— Calme-toi, Prince. Sois sage.

Une femme d'un certain âge ouvrit, flanquée d'un griffon mâtiné de doberman qui semblait plein de vie.

— Oui ?

— Excusez-moi de vous déranger. Je suis médecin et j'ai besoin de parler à Herr Kolinsky. Je crois qu'il habite à côté, mais il n'y a personne. Avez-vous une idée de l'heure à laquelle il va rentrer ?

— Il y a plusieurs semaines que je n'ai vu ni lui ni sa femme. Ils ont dû partir.

— Les connaissez-vous ?

— Presque pas. Il n'est pas très aimable. Quant à elle… elle se croit supérieure aux autres.

Liebermann hocha la tête d'un air compréhensif. La femme se sentit encouragée et poursuivit :

— Je suis contente qu'ils ne soient pas là. Ils font du bruit, ils se disputent, et ça perturbe le chien.

Elle tendit la main et caressa la tête du griffon.

— Bon chien, Prince.

Le chien lui lécha les doigts.

— Ils ont un locataire, n'est-ce pas ?

— Oui. Herr Erstweiler. Un monsieur très agréable.

— Vous entretenez des relations de voisinage avec lui ?

— Je ne dirais pas ça. Nous nous sommes croisés plusieurs fois quand je promenais Prince. D'ailleurs, lui non plus, je ne l'ai pas vu depuis un moment. Il a dû aller habiter ailleurs. Ça ne m'étonnerait pas. Ils ne peuvent pas espérer garder des locataires en se comportant de cette façon.

Liebermann sourit.

— Merci pour votre aide.

— Dois-je leur dire que vous êtes venu… si je les vois ?

— Oui. Si vous les voyez.

— Et vous vous appelez ?

— Herr Doktor Liebermann.

La femme inclina la tête et referma la porte. Le chien se remit à aboyer.

Liebermann considéra le réverbère, en face.

La conversation qu'il avait eue avec Freud lui revint à l'esprit. Il arrivait qu'on projette sur un objet ce qui dérangeait l'ego. Toutefois, il était impossible de rejeter complètement ce matériau.

L'objet dans lequel ce matériau indésirable pouvait être incorporé prenait parfois la forme d'un autre soi…

Mais quelle était la nature de ce matériau dérangeant ?

Liebermann connaissait la réponse. Le rêve apparenté au conte de fées anglais avait révélé bien plus que ne le pensait Herr Erstweiler.

39

Amelia Lydgate avait passé avec le professeur Mathias un accord tacite dont les termes, dictés par la névrose du légiste, convenaient au caractère étrange de la jeune Anglaise. Elle mettait de l'ordre dans ses instruments chirurgicaux, et il la laissait venir à la morgue pour observer sa façon de travailler. Cet arrangement avait été négocié presque sans recourir au langage. Tous deux avaient noué une relation curieuse et inattendue. D'ailleurs, le contrat qu'ils avaient passé n'aurait pas pu être conclu verbalement, les mots étant trop explicites, trop carrés. Une conversation se serait révélée indélicate, car le professeur Mathias aurait été contraint d'admettre la gravité de son état, ce qu'il n'était pas prêt à faire.

En entrant dans la salle d'autopsie, Amelia vit le professeur assis sur un tabouret, les yeux fixés sur le corps d'une jeune femme. Trop jeune pour avoir succombé à une mort naturelle, pensa-t-elle aussitôt.

— Une nouvelle victime ? demanda-t-elle.

Le professeur le confirma et, sans détourner les yeux du cadavre, précisa :

— Cäcilie Roster. Une chanteuse. L'inspecteur Rheinhardt l'a trouvée dans les jardins du Belvédère. Ceci…

Il attrapa une cornue contenant un objet métallique.

— … a été introduit dans son cerveau.

— Une nouvelle épingle à chapeau ?

— Oui. D'un modèle différent, toutefois, de celui qui a été utilisé pour assassiner Adele Zeiler et Bathilde Babel.

Amelia retira son manteau, le suspendit à la patère et s'approcha. Le corps était masqué par un drap, mais la tête était découverte. On avait l'impression que la jeune femme était couchée et dormait. Elle avait un visage séduisant aux traits harmonieux et une crinière de boucles dorées.

— Quand tout cela finira-t-il ? s'écria Amelia d'un ton apitoyé.

Le professeur soupira et lui tendit quelques feuilles de papier.

— Voici mon rapport. Lisez-le si ça vous intéresse.

Amelia s'assit à côté du professeur et prit connaissance de ses constatations. Après quoi elle arrangea discrètement les instruments sur le chariot, puis se posta à la tête de la table d'autopsie. Mathias la rejoignit et, d'un doigt replié, souleva le menton de la défunte.

— « Cette joyeuse fille me plaisait, ses deux joues rouges, sa bouche, son front et ses boucles blondes… »

— C'est un poème ?

— *Amour de jeunesse*[1], de Ludwig Heinrich Christoph Hölty.

— Je crains de ne pas connaître son œuvre, Herr Professor.

— Il était le poète le plus doué du cercle de Göttingen. Vous êtes anglaise. Il est normal que vous ne soyez pas familiarisée avec nos grands poètes.

Pris d'un accès de sentimentalité, le professeur sortit de sa poche un peigne qu'il passa dans les cheveux de la défunte.

— Hölty a aussi écrit un assez beau *À la lune*[2]. Les derniers vers sont très douloureux : « Quand, chère lune, quand déverseras-tu ton reflet argenté sur la pierre qui couvre mes cendres ?… »

1. *Die frühe Liebe.*
2. *An den Mond.*

Si Amelia fut impressionnée par le génie lyrique de Hölty, elle n'en laissa rien paraître.

Mathias termina d'arranger la coiffure de la défunte. Avant de rempocher le peigne, il remarqua quelques cheveux pris dans les dents. Il les ôta et, soudain, son geste se figea lorsqu'il découvrit un cheveu plus sombre qu'il exposa à la lumière électrique.

— Brun, constata-t-il.

Le professeur et la jeune Anglaise échangèrent un regard.

— Il appartiendrait donc à quelqu'un d'autre ?

Mathias tira sur les deux extrémités du cheveu pour le tendre. Puis il se tourna vers Amelia et la fit profiter de ses réflexions, lesquelles prirent la forme d'un cours improvisé :

— La tige d'un cheveu se compose d'une couche serrée d'écailles transparentes, la cuticule, et dessous, de deux autres couches, le cortex et la moelle. La structure d'un cheveu ressemble à celle d'un crayon. La peinture ou le vernis correspond à la cuticule, et la mine de plomb à la moelle. Les pigments qui lui donnent sa couleur se diffusent par la moelle et le cortex.

Le professeur marqua une pause. Ses yeux paraissaient agrandis derrière les verres épais de ses lunettes.

— La couleur n'est pas forcément la même sur toute la longueur. Prenez vos cheveux, par exemple. Ils comprennent plusieurs nuances de roux.

— Mais, tout de même, un cheveu brun chez une blonde ?

— Ça arrive.

— Existe-t-il un moyen de savoir si deux cheveux de couleur différente appartiennent à la même personne ?

— Oui. Ils peuvent ne pas être de la même teinte, mais présenter des similitudes morphologiques, par exemple en ce qui concerne l'épaisseur, la disposition des écailles, l'aspect de l'extrémité. En outre, l'observation d'une coupe transversale peut nous renseigner sur les trois couches.

— Voilà qui est fort intéressant.

Le professeur Mathias courba doucement le cheveu brun, puis le blond.

— Le brun est moins souple que le blond, conclut-il en ayant l'air de trouver cette résistance prometteuse. Miss Lydgate, votre vue est meilleure que la mienne, ajouta-t-il en tapotant ses lunettes. Voulez-vous régler le microscope et préparer une lame pour chaque cheveu ?

Mathias tendit à Amelia les deux spécimens qu'elle saisit avec un soin presque exagéré.

Après avoir allumé une lampe électrique, elle suivit les instructions du professeur, se pencha sur l'oculaire du microscope et tourna le bouton de la mise au point.

— Commençons par l'épaisseur, dit Mathias. Que voyez-vous ?

— Le brun est plus épais.

— Et l'extrémité ?

— Celle du brun est plus pointue, celle du blond plus arrondie.

— La cuticule, maintenant. Distinguez-vous les écailles ?

Amelia augmenta le grossissement.

— Oui.

— Y a-t-il des différences dans la taille ou la distribution des écailles ?

— Non.

— Passons au bulbe. Même s'il présente peu de différences par rapport à la tige, il peut nous fournir des informations précieuses. Un gros bulbe montrant des traces de rupture de la gaine épithéliale est caractéristique d'un cheveu sain arraché d'un geste violent, tandis qu'un bulbe flétri dépourvu de gaine indique en général un cheveu mort ou malade.

— Herr Professor ?

Le ton d'Amelia trahissait une certaine excitation.

— Oui ?

— Il y a quelque chose d'assez curieux… mais ce n'est peut-être qu'un reflet.

Sans relever la tête, elle modifia la position de la lampe.

— Non, ce n'est pas un reflet. Comme c'est étrange !

— Qu'y a-t-il ?

— Le cheveu brun a une tige entièrement noire, mais, juste au-dessus de la racine, il est blond.

— Puis-je jeter un coup d'œil ?

Amelia s'écarta pour laisser le professeur s'installer à sa place.

— Il a été teint.

— Oh !

— Vous semblez déçue, Miss Lydgate, dit Mathias en se tournant pour la regarder.

— J'espérais que nous étions tombés sur un élément de preuve qui aurait pu se révéler utile… sur un cheveu de l'assassin. Mais à présent, il nous faut admettre que ce cheveu appartient à une artiste qui se produisait dans le même théâtre de variétés que la victime.

— En êtes-vous sûre ?

40

Après avoir assisté à l'autopsie, Rheinhardt était retourné au *Loiberger*. Il y était déjà allé un peu plus tôt, mais avait trouvé porte close et, sur une pancarte accrochée à la fenêtre, il avait lu que le café n'ouvrirait pas avant six heures du soir. L'heure était déjà passée de trente minutes quand un homme approcha en marchant au milieu de la rue et en faisant tinter un trousseau de clés. Corpulent, le visage rond, le nez retroussé, des cheveux bruns frisés et des lunettes cerclées d'acier sur le nez, il ressemblait fort à Schubert, jugea Rheinhardt.

— Herr Loiberger ?

— Oui. C'est moi, répondit le tenancier avant de se mettre à rire sans raison apparente.

— Inspecteur de police Rheinhardt. Puis-je entrer ?

— Bien sûr. Mes habitués ne vont pas arriver avant plusieurs heures.

De nouveau, il lâcha un rire qui ne semblait pas commandé par la nervosité, mais par un accès de bonne humeur. Il ouvrit la porte et la poussa.

— Asseyez-vous, je vous prie, monsieur l'inspecteur. Je vais vous chercher quelque chose à boire.

— Ce n'est pas nécessaire.

— Si, j'insiste. Vous avez l'air d'avoir attendu dans le froid.

Pour une fois, Rheinhardt se laissa convaincre. Sa journée avait commencé très tôt et, à présent, il en ressentait les effets. Loiberger passa derrière le comptoir, sur lequel s'empilaient des loukoums et des *Punschkrapfen*[1], et franchit une porte. L'inspecteur alla s'asseoir à une table placée près de la fenêtre et examina la salle sombre. Miteux, ce petit café possédait cependant un certain charme bohème. Les murs étaient décorés de masques vénitiens et de photographies d'acteurs célèbres. Un buste de Goethe trônait sur son socle devant les toilettes.

1. Petits biscuits fourrés à la confiture, au chocolat et au rhum, enrobés d'un glaçage rose.

Le cafetier revint avec un plateau chargé d'une bouteille de schnaps et de deux petits verres. Il prit place en face de l'inspecteur et servit à boire.

— Merci, dit Rheinhardt. Vous êtes très aimable.

— *Prost !*

Loiberger leva son verre, puis rejeta la tête en arrière et but l'alcool d'un trait.

— *Prost !*

Le schnaps était bon.

— Alors, monsieur l'inspecteur, en quoi puis-je vous être utile ? demanda le cafetier en remplissant les verres.

— Savez-vous qui est Cäcilie Roster ?

— Oui, bien sûr. Elle compte parmi mes habitués.

— Quand l'avez-vous vue pour la dernière fois ?

— Hier soir. Elle est restée tard, comme d'habitude. Il était minuit passé quand elle est partie.

— Était-elle avec quelqu'un ?

Loiberger se mit à rire.

— Si elle était avec quelqu'un ? Elle est toujours avec quelqu'un. La semaine dernière, elle a fait sensation en se pointant avec deux géants. Je ne plaisante pas, monsieur l'inspecteur, c'étaient vraiment des géants.

— Je vous crois volontiers. Mais essayez de vous souvenir, Herr Loiberger, hier soir, qui l'accompagnait ?

— Un monsieur…

— Comment était-il ?

— Élégant, les pommettes hautes et les yeux lumineux.

— Bleus ?

— Il me semble. Oui. Je me suis dit qu'il devait être artiste lui aussi.

— Vous rappelez-vous de quelle couleur étaient ses cheveux ?

— Bruns.

— L'avez-vous servi vous-même ?

— Oui.

Rheinhardt se tut un instant, puis ajouta :

— Herr Loiberger, je suis sûr que vous allez trouver cette question étrange, mais je vous serais reconnaissant de lui accorder la plus grande attention. Que sentait cet homme ?

Le cafetier réfléchit un instant, puis éclata de rire.

— Alors là, monsieur l'inspecteur…

41

Frau Harrer se présenta dans l'atelier de Rainmayr avec ses deux filles, Franzl et Gusti. Elle allait les suivre à l'intérieur, mais, d'un doigt levé, le peintre l'arrêta.

— J'aimerais mieux que vous nous laissiez.

Avant que la mère ne puisse protester, il sortit quelques pièces et les fourra dans sa main moite.

— Le moment venu, je vous en donnerai davantage.

Elle empocha l'argent et dit à ses filles :

— Franzl, Gusti, faites ce que vous dira Herr Rainmayr, c'est compris ?

Rainmayr avait repéré Frau Harrer et ses filles dans une file de malheureux attendant la distribution de soupe qu'organisait une association caritative féminine, et il leur avait proposé de leur offrir un repas plus substantiel dans un café voisin. Il n'avait pas fallu longtemps pour que Frau Harrer se laisse convaincre et, pendant que toutes trois engloutissaient leur plat, Rainmayr avait fait son offre, certain qu'elle serait acceptée.

— Revenez cet après-midi, lança le peintre en fermant la porte.

L'air gauche, les deux filles étaient plantées au milieu de l'atelier. Franzl, l'aînée, avait sans doute quinze ans, de longs cheveux raides et des traits anguleux. Gusti, à qui Rainmayr donnait un an de moins, avait un net air de famille, mais avec un visage moins sévère.

— Allons ! dit Rainmayr en frappant dans ses mains. Mettez-vous derrière le paravent et retirez vos vêtements.

— Tous ? demanda Franzl.

— Oui.

— Mais il fait froid !

— Ne vous occupez pas de ça, je vais allumer le poêle dans une minute. D'ailleurs, vous ne serez pas toutes nues. J'ai là des habits neufs que je veux que vous portiez. De beaux habits.

L'expérience lui avait enseigné qu'en usant d'un ton sérieux et décidé, on se faisait mieux obéir.

Les deux jeunes filles filèrent derrière le paravent et Rainmayr fouilla dans un sac de vêtements et d'accessoires. Celui qui lui avait passé la commande qu'il s'apprêtait à exécuter voulait un tableau avec des modèles très jeunes, à demi dévêtus.

Franzl sortit la première, un bras cachant sa poitrine, une main devant son sexe. Nerveuse, elle jeta un coup d'œil au peintre, puis chuchota à sa sœur :

— Viens… tu es obligée.

Un instant plus tard, Gusti apparut, la tête baissée, le regard fixé sur le sol.

— Approchez, toutes les deux. Ne soyez pas timides.

En s'avançant, elles laissèrent des traces de pas sur la poussière de charbon. L'œil de Rainmayr fut aussitôt attiré par leurs os iliaques saillants, le squelette qui se devinait sous la chair. Leur peau lui convenait à merveille : blanche, assez transparente pour offrir un aperçu troublant des structures internes. À ses yeux, en effet, la nudité n'était pas simple absence de vêtements. Sa sensibilité esthétique réclamait une forme de nudité plus poussée, qui ne s'arrêtait pas à la surface. Tous les modèles ne parvenaient pas être aussi nus qu'il le voulait. L'extérieur opaque d'une femme bien nourrie ne présentait pour lui aucun intérêt.

Il ouvrit largement le sac pour en montrer le contenu.

— Vous voyez ? Toutes ces jolies choses ?

Puis il le secoua pour enfoncer le clou. Enfin, il sortit des bas et un foulard qu'il enroula autour du cou de Franzl.

— Lève une jambe.

Rainmayr s'agenouilla, enfila un bas à son pied et le monta jusqu'à la cuisse.

— L'autre, maintenant.

Pour ne pas perdre l'équilibre, la jeune fille fit contrepoids avec la main qui cachait son sexe. Rainmayr leva les yeux, et ce qu'il vit lui plut.

42

Un mourant réduit la distance qui sépare notre monde de celui qu'Elle habite. Dans les religions orientales, on dit que l'âme entre dans le corps au premier souffle du nouveau-né. Je crois que c'est vrai. Le premier souffle crée une ouverture par laquelle l'essence éternelle se déverse et emplit chaque cavité de chair. Un événement symétrique se produit avec le dernier soupir. Il crée un passage temporaire par lequel Elle se glisse pour nous libérer. La mort ressemble à un état de possession. Pendant nos ultimes instants, Elle nous possède.

Vous mesurez, j'espère, la portée de cette révélation.

Permettez-moi d'être plus explicite.

Il me vint à l'esprit que, si quelqu'un rendait l'âme pendant la copulation, je pourrais communier avec Elle. Tout comme la Vierge en majesté qui, de mère devient impératrice, la reine de la nuit passe de faucheuse à amante. On peut ainsi l'atteindre.

Je cherchai en vain un hôte approprié. Je tentai ma chance dans les endroits les plus évidents, les bordels, le Prater, mais aucune des femmes que je croisais ne me paraissait convenir. Disons qu'elles détonnaient. Il s'est avéré que mes déambulations nocturnes étaient parfaitement inutiles. Car, voyez-vous, je n'ai pas trouvé Adele Zeiler, c'est elle qui m'a trouvé.

Assis sur un banc du Volksgarten, j'admirais le temple de Thésée quand elle est sortie de la foule de promeneurs, a accroché mon regard et s'est installée à côté de moi.

— *Bonsoir.*

— *Bonsoir.*

Silence.

Échange de sourires.

— *Cet endroit est très agréable, n'est-ce pas ?*

Ces simples mots ont scellé son destin. Elle flirtait, séductrice, et pourtant, en même temps, elle se montrait d'une curieuse retenue. Avez-vous vu son visage ? Il était intéressant. Cela dit, je savais fort bien à qui j'avais affaire. Nous nous sommes fixé un rendez-vous au cours duquel je lui ai donné le cadeau qu'elle convoitait. Une épingle à chapeau. L'une des deux que je possédais déjà, les ayant achetées chez

Jaufenthaler, une petite bijouterie crasseuse dans la rue Hoher Markt.

Ah oui ! Je me souviens maintenant que ce genre de détails vous intéressent.

Vous voudrez bien reconnaître que ma tâche n'était pas dénuée de difficultés pratiques. Les armes à feu sont bruyantes, les lames font abondamment saigner, et le temps que met un poison à agir est impossible à calculer. En revanche, la méthode que j'avais choisie était silencieuse, propre, et me permettait de déterminer avec précision le moment de la communion. Ai-je inventé cette méthode ? Certes non. J'en ai entendu parler en conversant par hasard avec un certain Dr Buchleiter, appelé pour embaumer le corps d'un petit baron âgé de douze ans, que son frère aîné, un vrai crétin, avait tué accidentellement alors qu'il écrivait à son père absent. Le crétin était arrivé derrière lui, avait attrapé un crayon bien taillé et l'avait enfoncé dans la nuque de son frère. Par malheur, le crayon n'avait pas été arrêté par la boîte crânienne et, se glissant dans le trou occipital, il avait pénétré jusqu'au cerveau. Bien entendu, le gamin était mort sur le coup.

Fräulein Zeiler, donc.

Nous nous sommes revus au *Hönniger*, un petit café de Spittelberg. Je lui ai offert l'épingle à chapeau et lui ai promis d'autres colifichets. Notre conversation était frivole, mais nous savions tous deux que nous venions de passer un contrat et qu'elle honorerait sa part d'obligations. Je ne fus donc pas surpris quand elle suggéra une promenade vespérale au Volksgarten. Au moment où nous y arrivâmes, il faisait presque nuit.

Je présume que les étreintes et baisers préliminaires ne vous paraîtront pas bien palpitants. Vous pouvez les imaginer sans peine. La suite, en revanche, vous intéressera : la communion.

43

Le professeur Freud prit un panatela dans la boîte à cigares posée sur son bureau. Après avoir raconté à Liebermann deux blagues qu'il avait entendues en jouant au tarot le samedi soir précédant avec le professeur Königstein, il passa à la troisième.

— Les villageois vont au marché aux bestiaux et il y a deux vaches en vente. Celle de Moscou coûte 2 000 roubles, et celle de Minsk 1 000 roubles. Ils achètent la deuxième. Elle donne beaucoup de lait, et ils sont ravis de leur acquisition. Au point qu'ils décident d'acquérir un taureau pour la féconder. Si les génisses nées de cette union ressemblent à leur mère, le *shtetl* ne manquera plus jamais de lait. Ils amassent tout juste de quoi acheter un beau taureau bien robuste et le mettent dans le pré avec leur magnifique bête. Mais les choses ne se passent pas comme prévu. Quand le taureau s'approche, la vache ne répond pas à ses ardeurs. Les villageois sont très embêtés et décident d'aller demander conseil à leur sage rabbi. « Rabbi, chaque fois que le taureau approche notre vache, elle s'éloigne. S'il arrive par-derrière, elle avance. S'il arrive par-devant, elle recule. Et quand il arrive d'un côté, elle part de l'autre. » Le rabbi réfléchit une minute et demande : « Cette vache, elle ne viendrait pas de Minsk, par hasard ? » Les villageois sont confondus, car ils n'ont pas mentionné sa provenance. « Vous êtes vraiment un sage. Comment savez-vous que cette vache vient de Minsk ? » Le rabbi les regarde avec un air peiné, hausse les épaules et répond : « Ma femme est de Minsk. »

Freud s'autorisa un petit rire espiègle et quêta l'approbation de son invité. Liebermann avait deviné la chute et n'était que modérément amusé. Sans se laisser décourager, Freud poursuivit :

— Les blagues contiennent souvent une vérité fondamentale sur la manière dont les êtres humains se comportent. Pourquoi la libido est-elle distribuée inégalement entre les sexes ? Je n'ai pas de réponse toute prête. Le domaine des blagues fournit un fonds précieux que la psychanalyse peut exploiter.

Depuis que Erstweiler lui avait parlé de son rêve de haricot géant, le jeune médecin avait réfléchi à un certain passage de *L'Interprétation des rêves*. Celui-ci, qui ne dépassait pas quatre ou cinq pages, traitait de l'origine des névroses et faisait de nombreuses allusions à la grande tragédie de Sophocle intitulée *Œdipe roi*. Liebermann réussit à détourner la conversation des blagues et l'orienta sur les théories de l'étiologie. Freud ne résista pas à ce changement de sujet et sembla ravi d'aborder cet aspect de son travail.

— J'ai envisagé cette hypothèse des années avant la publication de mon ouvrage sur les rêves.

Il compta sur ses doigts.

— J'y pense depuis 87, pour être précis. Je me rappelle avoir partagé ces idées avec Fliess et lui avoir raconté un incident qui s'était produit dans mon enfance. J'avais deux ans, peut-être deux ans et demi, et j'allais en train de Leipzig à Vienne avec ma mère. À cette occasion, je l'ai vue…

Il s'interrompit, gêné, et termina sa phrase en latin.

— … *nudam*.

Les souvenirs voilèrent ses yeux. Il tira sur son cigare et ce geste sembla le ramener au présent.

— Depuis que j'ai relaté cet événement à Fliess, plus les années passent et plus je suis convaincu que l'amour de la mère et la jalousie à l'égard du père représentent un phénomène général de la petite enfance.

— Général ?

— Oui. C'est pourquoi j'ai introduit cette notion dans le chapitre intitulé « Rêves types ». La fréquence avec laquelle les mêmes thèmes apparaissent est remarquable, par exemple, la mort d'un parent qui est du même sexe que le rêveur. De tels rêves sont très communs à partir de trois ans. À mon avis, ils révèlent le désir d'éliminer un rival. Dans le drame de Sophocle, le roi Œdipe tue son père et épouse sa mère. Le mythe grec s'empare d'une pulsion que chacun reconnaît parce qu'il en sent des traces en lui-même. Tous les spectateurs ont un jour été un Œdipe en herbe dans leurs fantasmes. L'accomplissement de ce rêve fait reculer tout le monde d'horreur, ce qui nous donne la pleine mesure du refoulement qui s'est opéré entre le stade infantile et l'état ultérieur. Le destin d'Œdipe nous émeut parce qu'il a failli être le nôtre, l'oracle a prononcé la même malédiction à la naissance de chacun d'entre nous.

— Selon vous, il n'y aurait donc pas moyen d'échapper à la névrose ?

— Permettez-moi de préciser ma pensée.

Il tira sur son cigare et, de ses yeux pénétrants, observa le nuage de fumée qui se dissipait.

— Je ne prétends pas que ce phénomène général de l'enfance soit la cause des névroses. C'est plutôt l'incapacité à résoudre ces problèmes d'amour et de haine qui peuvent être pathogènes : si le désir interdit et la fureur perdurent dans l'inconscient de l'adulte, l'équilibre mental sera alors perturbé.

Freud caressa l'une des statuettes posées sur son bureau, une petite Vénus en bronze qui s'admirait dans un miroir. Un diadème lui ceignait la tête et un vêtement flottant lui couvrait les jambes. Ses épaules étaient étroites, son torse long et ses seins hardis.

— La plupart des mères seraient horrifiées en se rendant compte que leurs gestes affectueux éveillent chez leur enfant l'instinct sexuel et le préparent à son intensité future. Une mère estime son comportement innocent et, du reste, s'abstient soigneusement de caresser les parties génitales du bambin. Pourtant, nous savons à présent que l'instinct sexuel n'est pas éveillé par la seule stimulation directe. Ce que nous appelons affection exercera forcément un jour des effets sur les zones génitales elles aussi. Quoi qu'il en soit, une mère éclairée, familiarisée avec la psychanalyse, ne devrait en aucun cas s'en vouloir. Elle ne fait qu'accomplir sa tâche en apprenant à son enfant à aimer. Après tout, il doit devenir un adulte responsable, aux vigoureux besoins sexuels, et devra faire durant sa vie tout ce que l'instinct commande aux êtres humains.

Lorsque Liebermann changea de position, Freud poussa vers lui le coffret à cigares. Le jeune médecin déclina cette offre et demanda d'une voix hésitante :

— Ce syndrome de Sophocle... Quand il n'est pas résolu, engendre-t-il invariablement des troubles névrotiques, ou pensez-vous qu'il pourrait être associé à des formes plus sévères de maladies mentales, telles que la démence précoce ?

— Pour l'instant, je ne saurais le dire.

— Et comment se résout ce syndrome ?

— Sa résolution implique le détachement des pulsions sexuelles tournées vers la mère et l'oubli de la jalousie éprouvée à l'égard du père. Mais comment y parvenir et par quel mécanisme, ça, je l'ignore. Ce problème est difficile et notre science naissante ne nous a pas encore apporté de réponse satisfaisante.

Liebermann sourit intérieurement. Il reconnaissait là une particularité langagière du professeur. Chaque fois que Freud ne réussissait pas à expliquer quelque chose, il avait tendance à reprocher cette incapacité à la psychanalyse – et non à lui-même.

En retournant chez lui, Liebermann se posa des questions sur la conversation qu'il avait eue avec le professeur Freud. Avait-il vu en son père un rival détesté ? Non, il n'avait jamais haï son père, mais il devait reconnaître que leur relation n'avait jamais été satisfaisante non plus. Il avait toujours été un peu mal à l'aise en sa présence, et cette tension latente, sans cause réelle, avait duré toute sa vie en prenant différentes formes. Cette tension avait-elle une origine œdipienne ? Pourtant, si Liebermann était prêt à accepter, du moins, provisoirement, la théorie de Freud en ce qui concernait son père, il ne pouvait faire de même pour sa mère. Non, il n'avait jamais aimé sa mère de cette façon !

Soudain, il fut troublé en s'apercevant que l'inverse était peut-être vrai. Sa mère l'adorait, aucun doute là-dessus…

Les trois personnages changèrent soudain de place, révélant une nouvelle triangulation des sentiments.

Une question gênante se forma dans l'esprit de Liebermann.

Et si Mendel, son père, l'avait secrètement haï parce qu'il lui avait volé l'amour de son épouse ? S'il avait un syndrome de Cronos non résolu et, comme le Titan, voulait tuer son enfant usurpateur ? En admettant qu'un tel désir rôde dans son inconscient, comment, dès lors, s'étonner que père et fils n'aient jamais été vraiment à l'aise ensemble ?

Une voiture passa et une main gantée écarta les rideaux. Liebermann aperçut le visage d'une jeune femme saisissante coiffée d'un diadème. Sa beauté l'arracha au bourbier de l'introspection.

Il n'avait pourtant jamais eu l'intention d'appliquer la théorie freudienne à sa propre personne. Il voulait discuter du syndrome de Sophocle pour une seule raison : la dynamique familiale torturée du drame grec lui avait semblé une clé permettant de comprendre Norbert Erstweiler.

44

La voiture suivit l'arc ouest de la Ringstrasse avant de s'engager dans le Rennweg pour se rendre à Simmering, au sud de la ville. Rheinhardt ouvrit son sac et tendit une enveloppe à Liebermann qui en étala le contenu sur ses genoux.

— On l'a découverte dans les jardins du Belvédère, très tôt lundi matin.

Liebermann examina la première photographie qui montrait une femme étendue au milieu d'une pelouse située en contrebas.

— Qui l'a trouvée ?

— Le responsable des jardins. Il s'était levé tôt pour ramasser limaces et escargots.

Liebermann passa en revue les autres photographies puis s'arrêta sur un gros plan du visage.

— Elle a été tuée avec une épingle à chapeau, exactement comme Fräulein Zeiler et Fräulein Babel, poursuivit l'inspecteur. Les jardins n'étant pas très fréquentés, l'assassin a de nouveau osé employer sa technique préférée. Fait notable, quand Haussmann est arrivé, il a pu identifier le corps.

— Ils se connaissaient ? demanda Liebermann, surpris.

Rheinhardt secoua la tête.

— Non. Il l'avait vue sur la scène du *Ronacher*. C'est une chanteuse de variétés. Cäcilie Roster.

Liebermann remarqua le grain de beauté sous un œil et la fossette au menton. Il imagina son rire – sonore et plein de vie.

— Haussmann et moi sommes allés questionner le directeur du théâtre. D'après lui, Fräulein Roster flirtait avec tout le monde. Il nous a aussi orientés vers l'un des endroits qu'elle préférait, le *Loiberger*, un café que fréquentent surtout acteurs et poètes, et qui se trouve près du théâtre. Herr Loiberger se rappelle l'avoir servie dimanche soir. Elle était en compagnie d'un homme brun aux yeux bleus. Sans doute Griesser.

— Est-ce que Herr Loiberger a senti une odeur sur ses vêtements ?

— Non.

Liebermann glissa les photographies dans l'enveloppe qu'il rendit à son ami.

— Avec l'aide de Miss Lydgate, le professeur Mathias a fait une découverte intéressante, poursuivit Rheinhardt. Il a trouvé un cheveu brun sur le corps. Après examen au microscope, il s'est révélé être un cheveu blond teint en noir. Bien sûr, nous ne savons pas s'il appartient à Griesser…

— Mais cela paraît vraisemblable.

— En effet. La combinaison de cheveux très bruns et d'yeux bleus est assez peu fréquente.

Rheinhardt laissa tomber l'enveloppe dans son sac.

— Si ce cheveu lui appartient bien, je me demande pourquoi Griesser se teint. Il ne se déguise pas pour éviter d'être reconnu. Il le fait peut-être par vanité.

— Il doit avoir une raison moins frivole. En se teignant les cheveux en noir, il s'associe à l'obscurité, à l'oubli. C'est un phénomène psychologique que le professeur Freud appelle « identification ».

Rheinhardt réfléchit à cette interprétation et fronça les sourcils. Il ne demanda pas à son ami de développer sa pensée. Il avait déjà entendu assez de théories psychanalytiques pour la journée au début de leur trajet.

— Haussmann va repasser au *Ronacher*, dit-il en ramenant la conversation sur le travail de police. Je lui ai demandé de questionner certains artistes, ceux qui connaissaient Cäcilie Roster.

Liebermann hocha la tête et se retourna pour regarder par la vitre.

— Toi aussi, tu devrais sans doute y aller.

— Pas forcément. Si tu ne te trompes pas…

— Si je ne me trompe pas, tu auras eu raison de laisser Haussmann se débrouiller. Mais tu n'es pas convaincu que mes hypothèses reposent sur des bases solides, je le vois bien. En outre, je sais que dans l'état actuel de tes relations avec le commissaire Brügel, je ne peux pas exiger de toi une patience à toute épreuve.

— Pardonne-moi, Max, mais ton histoire de doubles, de rêves et de Sophocle était un peu embrouillée. Comment allait Herr Erstweiler ce matin ?

— Son état est stable. J'ai dit à mon confrère, Kanner, de lui donner un sédatif s'il s'agite.

Toujours en regardant par la fenêtre, il ajouta :

— Que faisait Miss Lydgate à la morgue ?

— Le professeur Mathias et Miss Lydgate semblent avoir noué des relations…

Rheinhardt décrivit un cercle en cherchant comment exprimer la chose.

— … où chacun rend service à l'autre. Il la considère comme sa protégée. Je n'aurais jamais cru pareille chose possible. Et toi ?

Dehors, les rues commençaient à devenir moins engageantes. Liebermann reconnut la cheminée d'usine qui crachait sa fumée noire vers le ciel, les barrières et le tas de gravats. Cette fois, il n'y avait pas d'enfants qui jouaient à grimper dessus. La voiture tourna dans la rue voisine et s'arrêta devant chez Erstweiler.

Ils descendirent et Liebermann remarqua que la maison n'avait pas changé : rideaux du rez-de-chaussée fermés, ceux des étages ouverts. Il s'y attendait.

Il s'avança sur le trottoir et saisit le heurtoir. Ses trois coups s'abîmèrent dans un silence rassurant.

— Tu recommences ? demanda Rheinhardt.

— Il n'y a personne.

L'inspecteur sourit et, attrapant le heurtoir, reproduisit le rythme insistant de l'ouverture du *Barbier de Séville*.

— Pour plus de sûreté…

Rheinhardt attendit un instant avant de fouiller dans ses poches. Il en retira un trousseau de passe-partout et se mit à les introduire un par un dans la serrure. Ses efforts furent récompensés par le bruit du cylindre qui tournait. Rheinhardt poussa la porte et l'observa pendant qu'elle s'ouvrait.

— Et voilà !

Les deux hommes entrèrent.

— Il y a quelqu'un ? s'écria l'inspecteur.

Tête penchée sur le côté, il tendit l'oreille.

Pas un bruit.

À leur droite se trouvait un salon, et à leur gauche, une cuisine permettant de sortir dans un jardin clôturé par un mur. Un escalier de pierre usé s'enfonçait dans le sol et donnait dans une cave.

Ils remontèrent du jardin dans la cuisine et Rheinhardt se mit à ouvrir les placards.

— Ni pain, ni fromage, ni viande, ni légumes verts. Seulement des céréales et des légumes secs…

Une fois tous les placards examinés, Rheinhardt leva les mains vers le plafond.

— On monte ?

Liebermann acquiesça d'un bref signe de tête.

La première pièce dans laquelle ils entrèrent était meublée d'un lit à deux places, d'une armoire, d'une table de toilette et d'une commode. Liebermann ouvrit l'armoire et y trouva un manteau masculin et un kimono de couleur vive. Il décrocha ce dernier et le montra à Rheinhardt. Des dragons dorés luisaient sur un fond écarlate.

— Est-ce que ce n'est pas…

— Le même que celui que portait Frau Vogl ? Oui.

— Quelle coïncidence !

— Erstweiler travaille pour un certain Herr Winkler qui importe des articles du Japon. Il m'a dit qu'il l'avait volé pour le donner à Frau Kolinsky. Herr Winkler doit aussi fournir Frau Vogl en kimonos qu'elle vend dans sa maison de couture.

Liebermann remit le déshabillé en place et s'intéressa à la commode. Le premier tiroir contenait chaussettes, sous-vêtements, chemises et pantalons d'homme. Les deux autres étaient vides.

— Les vêtements de Herr Kolinsky sont toujours là, dit-il. Mais ceux de sa femme ont disparu. Notons qu'elle a tout emporté à l'exception du kimono.

— Pourquoi ? Qu'est-ce que ça veut dire, à ton avis ?

— Elle ne voulait pas qu'il lui rappelle des souvenirs.

Après avoir refermé les tiroirs vides, Liebermann sortit sur le palier. Rheinhardt le suivit.

— C'est là que logeait Erstweiler ?

— Sûrement.

Liebermann tourna le bouton de la porte et entra. Moins encombrée que la chambre des Kolinsky, celle-ci ne contenait qu'un lit d'une personne et une armoire étroite qui ne prenait pas beaucoup de place. Une table et une chaise étaient poussées devant la fenêtre et un gros bol blanc et un rasoir montraient l'endroit où Erstweiler faisait sa toilette. Sur un tabouret, au chevet du lit, s'empilaient quelques livres. Liebermann en examina le dos. Le premier était une anthologie de littérature fantastique, et les deux autres étaient de minces recueils de poésie romantique.

Les mains sur les hanches, Rheinhardt examina la pièce.

— Il se passe bien quelque chose, je te l'accorde. Mais pas du tout ce que tu pensais. À mon avis, Frau Kolinsky a fait ses valises, est partie, et, peu après, un Herr Kolinsky désespéré s'est lancé à sa poursuite.

— Sans mettre son manteau ?

— Il en avait peut-être deux.

— Et, avant de se précipiter sur la porte, il aurait pris le temps de retirer tous les produits périssables de la cuisine ?

Rheinhardt tortilla une pointe de sa moustache. Puis, après un instant de réflexion, il soupira.

— C'est très étrange, je le reconnais. Mais le fait est…

Liebermann secoua la tête.

— Le fait est que les symptômes d'Erstweiler, son rêve curieux et la notion freudienne de complexe d'Œdipe universel suggèrent qu'il s'est passé quelque chose ici.

— Mais regarde donc autour de toi ! Où vois-tu un indice quelconque de ce que tu avances ?

Soudain, Liebermann claqua des doigts.

— La cave ! Nous n'avons pas encore regardé dans la cave. Viens, Oskar.

Il quitta la pièce en toute hâte, dégringola l'escalier, fila dans la cuisine et sortit dans le jardin. L'inspecteur le rejoignit devant la porte, au moment où il prenait une profonde inspiration et soulevait le loquet. Dès que les gonds rouillés gémirent, il vit les épaules de son ami s'affaisser. Il n'y avait rien dans la cave.

Rheinhardt lui tapa dans le dos.

— Allez, ce n'est pas grave !

— Mais j'en étais tellement sûr !

Liebermann se baissa pour passer sous le linteau et entra.

— Excuse-moi, Oskar, dit-il d'une voix dont l'espace clos accentuait l'abattement. Il semble que je t'aie fait perdre ton temps.

— La disparition des Kolinsky n'en est pas moins suspecte et méritera une enquête.

Liebermann se mordit la lèvre inférieure.

— Reste le grenier. Y en avait-il un ? Je n'ai pas fait attention.

— Max ! Nous aurions senti l'odeur.

— Oui, bien sûr.

Rheinhardt rejeta la tête en arrière pour examiner le plafond voûté, puis le sol entre ses pieds. Les yeux toujours baissés, il contourna Liebermann, s'accroupit et passa un doigt sur les carreaux.

— Hum !

— Quoi ?

— Ces carreaux…

— Eh bien ?

— Ils sont vraiment très propres.

— Et alors ?

— Il n'y a pourtant rien ici. Rien n'a été entreposé. Ça ne te paraît pas curieux ?

— Je ne vois pas…

Rheinhardt l'interrompit.

— Max ! Sois gentil, va me chercher une cruche d'eau et un couteau dans la cuisine.

— Pardon ?

À présent, l'inspecteur se déplaçait à quatre pattes vers le mur d'en face, le nez au ras du sol.

— Une cruche d'eau et un couteau, répéta-t-il. J'ai vu une cruche à rayures vertes dans l'évier. Le couteau n'a pas besoin d'être très bien aiguisé, mais la lame doit être solide.

Un peu déconcerté, Liebermann s'exécuta. Quand il revint, son ami, plongé dans ses réflexions, était planté au milieu de la cave.

— Oskar ?

Rheinhardt prit le couteau, le mit dans sa poche, puis saisit la cruche. Elle était lourde et un peu d'eau gicla sur ses chaussures.

— Tu veux bien te mettre près de la porte ?

Liebermann recula.

Rheinhardt pencha la cruche pour qu'un filet d'eau s'écoule sur le sol. Après avoir obtenu une petite flaque, il observa comment, sous l'action de la gravité, l'eau cherchait le chemin qui offrait la moindre résistance. Une vrille argentée s'élargit et courut vers un sillon séparant deux carreaux. Rheinhardt pencha de nouveau la cruche et regarda le ruisselet précipiter sa course vers le sillon, puis tourner brusquement pour suivre l'inclinaison du sol.

— Qu'est-ce que tu fabriques ? demanda Liebermann d'un ton agacé.

— Je cherche le point le plus bas.

— Pour quoi faire ?

Rheinhardt versa encore un peu d'eau et sourit.

— Aurais-tu, par hasard, entendu parler de Gustave Macé ?

— Non, je regrette.

— Il y a plus de trente ans, un certain Désiré Bodasse a été assassiné et découpé en morceaux qu'on a retrouvés rejetés sur les berges de la Seine. Gustave Macé, le policier chargé de l'enquête, soupçonnait un ami de la victime, Pierre Voirbo. Macé croyait que, s'il ne se trompait pas et si Voirbo était bien l'assassin, il avait dû perpétrer crime et démembrement chez lui. Quand le grand enquêteur arriva là-bas, il ne vit pas la moindre trace de sang. Tout était impeccable. Trop impeccable, songea Macé. Il demanda donc de l'eau qu'il versa par terre. Si Bodasse avait été démembré dans cet appartement, le sang avait dû s'infiltrer sous les carreaux à l'endroit le plus bas de la pièce.

À environ cinquante centimètres du mur, le ruisselet avait commencé à alimenter une deuxième flaque, révélant une légère dépression.

— C'est ici que le sol est le plus bas.

Rheinhardt posa la cruche par terre, s'agenouilla près de cette nouvelle flaque et, de sa main, chassa l'eau. Puis il sortit le couteau de sa poche, glissa la lame entre deux carreaux et en décolla un qu'il retourna pour examiner le dessous. À une couche de colle pâle se mêlait du sang coagulé. Il le montra à Liebermann.

Le jeune médecin s'avança.

— Tu avais raison, Max, dit l'inspecteur. Il s'est en effet passé quelque chose de grave ici. De très grave.

45

Le fiacre les déposa devant le poste de police de Schottenring. Rheinhardt et Liebermann y pénétrèrent et, sans échanger un mot ni un regard, montèrent l'escalier et entrèrent dans le bureau de l'inspecteur. Là, Rheinhardt s'assit et sortit d'un tiroir une pile de formulaires. Un stylographe à la main, il s'apprêtait à recueillir la déposition de son ami quand il fut distrait par les effluves sucrés des pâtisseries préparées par son épouse. Il extirpa donc la boîte de *Linzer Kekse* et la présenta à Liebermann.

— C'est Else qui les a préparés.

— Dans ce cas…

Liebermann mordit dans le glaçage épais, friable. Le biscuit s'émietta et il dut exécuter des manœuvres complexes pour empêcher la confiture de tomber sur son pantalon.

— Elle les prépare toujours en forme de cœur. À ton avis, est-ce que ça révèle quelque chose de son caractère ?

Liebermann eut un léger mouvement de recul.

— Tu veux vraiment que j'analyse le choix de son moule à gâteaux ?

— Je me posais des questions, voilà tout.

En remarquant le regard sévère que lui lançait son ami, Rheinhardt fourra le dernier quart de biscuit dans sa bouche déjà pleine et reprit son stylographe.

— Allons-y. J'espère toutefois que, pour expliquer le raisonnement qui t'a guidé, tu veilleras à rendre ces idées compréhensibles par des profanes.

— Bien entendu.

— De plus, je pense qu'il serait préférable d'éviter l'utilisation de certains termes techniques. Par exemple…

De ses yeux fatigués, il lança une prière muette, mais éloquente.

— … sexualité infantile.

— Rassure-toi, je ferai de mon mieux pour ne pas employer un langage qui risquerait de choquer.

— Merci.

Liebermann desserra sa cravate.

— Herr Norbert Erstweiler est actuellement hospitalisé dans le service psychiatrique de l'Hôpital général. C'est son médecin généraliste, le Dr Friedjung, qui nous l'a adressé, car il se plaignait d'insomnie, d'agitation, et éprouvait un sentiment de terreur.

— Pas si vite, s'il te plaît.

— Excuse-moi.

Rheinhardt leva les yeux.

— Continue…

— Je l'ai vu pour la première fois lors d'une visite de la salle le vendredi 4 avril avec le professeur Pallenberg, et, le 5 avril, j'ai commencé à m'occuper de lui.

Il continua encore un moment à dicter, mais fut obligé de s'arrêter quand Haussmann passa la tête dans l'entrebâillement de la porte.

— Monsieur ?

Rheinhardt poussa un énorme soupir.

— Quoi donc ?

— Herr Loiberger est en bas, il vient d'arriver et insiste pour vous voir. Il dit que c'est très important.

— Herr Loiberger ?

— Le monsieur qui…

— Ah ! oui. Je sais.

Après un silence d'une longueur considérable, durant lequel les poches que Rheinhardt avait sous les yeux semblèrent s'affaisser encore et glisser vers le bas, il reprit :

— Bon, très bien. Allez le chercher.

Se tournant vers Liebermann, il ajouta :

— Autant que tu restes.

Il offrit un autre biscuit à son ami pour pouvoir en prendre un lui-même.

— Quand Loiberger arrivera, regarde-le bien. C'est fou ce qu'il ressemble à Franz Schubert.

Une fois les biscuits avalés, le silence s'installa et Liebermann le rompit en fredonnant.

— Surtout pas cet air-là, lui dit Rheinhardt en s'époussetant avant de jeter quelques miettes à la poubelle. Il croirait que nous nous moquons de lui.

Liebermann s'aperçut soudain qu'il fredonnait le thème du premier mouvement de la *Symphonie inachevée en si mineur* composée par Schubert.

— Désolé, Oskar. La mélodie m'est venue à l'esprit sans que je m'en rende compte. C'était tout à fait inconscient.

Dès qu'il entendit des pas marteler le sol, Rheinhardt rangea les biscuits. La porte s'ouvrit et Haussmann fit entrer Loiberger. Rheinhardt se leva pour accueillir le cafetier.

— Herr Loiberger ! Haussmann, s'il vous plaît, apportez donc un fauteuil à Herr Schu… Herr Loiberger.

L'inspecteur mit la main devant la bouche pour essayer de persuader l'assistance que son lapsus n'était qu'une toux malencontreuse.

— Je vous en prie, Herr Loiberger, asseyez-vous, ajouta-t-il en se raclant la gorge, soucieux de commencer l'entretien au plus tôt. Permettez-moi de vous présenter un collègue, Herr Doktor Liebermann.

Loiberger s'inclina et s'assit dans le fauteuil que Haussmann lui avait avancé.

Après un bref échange d'amabilités, Rheinhardt joignit le bout des doigts et attendit que Herr Loiberger prenne la parole.

— Monsieur l'inspecteur, excusez-moi de venir ainsi à l'improviste, mais…

Soudain, il semblait moins assuré.

— Je crois que je suis en possession d'une information qui pourrait vous être utile.

— Allez-y, je vous en prie.

— La cousine de ma femme est morte hier.

— Ah ? Toutes mes condoléances.

— Ne vous en faites pas. Le lien familial n'était pas très fort. Je dois même avouer que ma femme n'aimait pas beaucoup sa cousine.

— Je vois.

— Elle était souffreteuse et se complaisait dans des maladies imaginaires.

— Voilà bien une étrange manière de parler de quelqu'un qui vient de mourir, Herr Loiberger.

— Aucun de nous n'est immortel, monsieur l'inspecteur. Même les souffreteux finissent par mourir de quelque chose.

— Vous disiez donc que votre femme et sa cousine n'étaient pas très proches.

— C'est ça. N'empêche que l'organisation des funérailles est retombée sur ma femme. La sœur de la cousine vit en Angleterre et son frère, j'ai le regret de le dire, est un vaurien ; il a perdu toute sa fortune au jeu et a échappé à ses débiteurs en partant pour l'Amérique. Il y est toujours, mais Dieu seul sait où au juste.

— Excusez-moi, mais, si je puis me permettre, en quoi est-ce que cette information pourrait m'être utile ?

— Quand vous êtes venu dans mon établissement, vous m'avez posé des questions sur l'homme que j'avais vu en compagnie de Cäcilie Roster. Vous vous rappelez ?

— Oui, je me souviens fort bien de notre conversation.

— Aujourd'hui, j'ai accompagné ma femme aux pompes funèbres Schopp & fils. Ça se trouve près de l'ancien hôtel de ville. Notre rendez-vous avec Herr Schopp a duré assez longtemps car la cousine de ma femme avait laissé des instructions détaillées sur le service religieux et l'enterrement qu'elle voulait.

J'ignore pourquoi, car elle était athée. C'est au moment de partir que j'ai vu le monsieur. Il a franchi une porte derrière la réception et est tout de suite ressorti par une autre porte.

— Le monsieur… que vous aviez vu avec Cäcilie Roster.

— Exactement.

— Vous êtes bien sûr que c'était lui : l'homme aux cheveux bruns et aux yeux bleus qui accompagnait Cäcilie Roster dimanche soir ? demanda lentement l'inspecteur.

— Sûr et certain.

Rheinhardt se pencha en avant.

— Aurait-il pu vous reconnaître ?

— Non, je ne crois pas. Il n'a pas regardé de mon côté.

— Quand cela s'est-il passé ?

— Il y a environ une heure. Je suis venu aussitôt.

— Merci, Herr Loiberger.

L'inspecteur se tourna alors vers son adjoint :

— Haussmann, auriez-vous l'amabilité de héler un fiacre ?

46

Liebermann, Rheinhardt et Haussmann parlèrent très peu pendant que la voiture passait en cahotant devant la Bourse, remontait la Wipplinger Strasse et se dirigeait vers l'ancien hôtel de ville, un bref trajet qui ne dura que quelques minutes. Avant de descendre, Rheinhardt sortit de sa poche un pistolet – un Luger parabellum luisant. Une fois quelques ultimes vérifications effectuées, il indiqua qu'il était prêt.

Les trois hommes mirent donc pied à terre et s'avancèrent vers l'entrée de Schopp & fils.

— Haussmann, vous attendez ici. S'il sort en courant, emparez-vous de lui.

— Je ferai de mon mieux, monsieur.

— Parfait.

Rheinhardt ouvrit la porte et entra, Liebermann sur ses talons. Le hall des pompes funèbres était grand et austère. Hormis un crucifix, le portrait obligé de l'empereur et un vase de fleurs odorantes, il n'y avait pas de décorations. Une bande de tapis noir encourageait les visiteurs à s'adresser à la réception, désertée pour le moment. Soudain, derrière le comptoir, l'une des nombreuses portes s'ouvrit et un homme émacié aux cheveux gris et aux lunettes demi-lunes, vêtu d'une longue redingote démodée, s'avança pour les accueillir. Il semblait passé maître dans l'art de se déplacer sans bruit et, tel un fantôme, glissait en silence. Ses mains étaient croisées devant sa poitrine et ses épaules légèrement voûtées.

— Messieurs, Herr Wiesner, à votre service.

Il s'inclina et conserva cette attitude soumise plus longtemps que ne l'exigeait l'étiquette. Quand il se redressa, du moins autant que le lui permettait sa piètre colonne vertébrale, l'inspecteur lui montra sa plaque en disant :

— J'aimerais parler au directeur.

— Un moment, je vous prie.

Herr Wiesner revint presque aussitôt et les conduisit dans un long couloir dépourvu de fenêtres, éclairé par la lueur vacillante de lampes à gaz. De chaque côté, des urnes funéraires ornées et des statues de sphinges étaient posées sur des socles. L'effet était onirique. Lorsqu'ils arrivèrent devant une porte, Wiesner frappa d'un doigt replié en produisant un son à peine audible. Puis il ouvrit et, d'un geste, invita Rheinhardt et Liebermann à entrer.

— Bonjour, messieurs, dit un homme posté devant une haute fenêtre, les yeux fixés sur le ciel lourd, menaçant.

— Je suis l'inspecteur Rheinhardt et voici mon collègue, le Dr Liebermann.

— Ce sera tout, Wiesner.

Schopp était chauve, à l'exception de deux touffes blanches qui pointaient derrière ses oreilles. Sa barbe et sa moustache étaient blanches elles aussi, mais jaunies par le tabac.

— Asseyez-vous, je vous prie.

Il s'éloigna de la fenêtre et s'installa sur une chaise tarabiscotée à haut dossier sculpté. On avait l'impression que deux aigles étaient perchés sur ses épaules.

— J'aimerais questionner l'un de vos employés, dit l'inspecteur. Je ne sais pas son nom, mais je vais vous le décrire. C'est un homme âgé d'une trentaine d'années. Il a des cheveux très bruns et des yeux bleus.

Schopp inclina la tête.

Rheinhardt attendait qu'il prenne la parole mais, curieusement, le directeur laissa se prolonger un silence gênant pendant quelques secondes.

— Vous devez parler de Herr Sprenger. Markus Sprenger.

— Quelles sont ses fonctions ici ?

— Il s'occupe des défunts, comme les autres, mais, en outre, il a su se rendre utile auprès de notre embaumeur, Herr Profanter.

— Utile ?

De nouveau, la réponse tarda un peu.

— Il prépare ses instruments avant son arrivée et l'aide dans sa tâche.

— Quand Herr Sprenger a-t-il commencé à travailler pour Schopp & fils ?

— Il y a environ un an. Auparavant, je crois qu'il était employé par Concordia. Il est arrivé avec d'excellentes références.

Le débit de Schopp était déconcertant. Sa notion du temps semblait singulière.

— Où est-il en ce moment ?

— Je ne le sais pas au juste. Je vais appeler Wiesner.

— Si ça ne vous dérange pas trop, Herr Schopp, je vous serais très reconnaissant de nous aider vous-même à le trouver.

Schopp haussa les épaules et se leva.

— Herr Wiesner est tout à fait compétent.

— Avec tout le respect que je vous dois, Herr Schopp…

Rheinhardt indiqua la porte.

— Très bien. Par ici, s'il vous plaît.

Le couloir passait devant plusieurs bureaux dont certains étaient occupés par des hommes d'un certain âge absorbés dans des travaux d'écriture. Herr Schopp se renseigna sur Sprenger, mais personne ne l'avait vu. Une pièce plus vaste, emplie de cercueils, où l'on sentait une odeur de sciure et de vernis, était vide, tout comme la morgue.

Herr Schopp sortit sa montre de gousset et la consulta pendant un long moment avant de dire :

— Je regrette, monsieur l'inspecteur. Il est cinq heures cinq. Il a dû rentrer chez lui.

— Avez-vous son adresse ?

— Wiesner vous la donnera.

Lorsqu'ils rebroussèrent chemin, Rheinhardt eut conscience des sphinges, cousines de celles du Belvédère, avec leurs ailes, leurs mèches de cheveux et leur plastron de cuirasse. Il repensa à la découverte du corps de Cäcilie Roster et à la supplique qu'il avait adressée à l'une des grandes statues de pierre. C'était absurde, il le savait bien. Mais il ne put tout à fait chasser la conviction que sa prière avait été entendue.

47

L'immeuble de Sprenger se trouvait dans l'une des petites rues reliant le Hoher Markt au canal du Danube. Haussmann allait monter l'escalier, mais Rheinhardt le retint. Son adjoint parut déconcerté.

— Le concierge. Je souhaite d'abord parler au concierge. Attendez ici.

L'inspecteur trouva son logement un peu plus loin dans le hall. Sur une plaque, on lisait *Herr Adolf Kolowrat, Hausmeister*, et, dessous, il y avait une sonnette électrique. Rheinhardt appuya et un homme d'un certain âge, tenant une pipe en écume, lui ouvrit.

— Herr Kolowrat ?

— Oui.

— Inspecteur Rheinhardt. Police. Pouvons-nous entrer ?

Le concierge emmena les deux hommes dans un petit salon miteux.

— Asseyez-vous, je vous prie, monsieur l'inspecteur.

Ce dernier préféra rester debout.

— J'aimerais vous poser quelques questions sur un de vos locataires, Herr Sprenger.

— Herr Sprenger ? Oui. Premier étage.

— Savez-vous s'il est là ?

— Oui. Je l'ai croisé dans l'escalier il y a quelques minutes. Il vient de rentrer de son travail.

Quelque part, dans l'immeuble, une porte claqua. Rheinhardt et Liebermann échangèrent un regard.

— Herr Kolowrat, pouvez-vous vous rappeler à quelle heure Herr Sprenger est rentré dimanche soir ?

Le concierge parut embarrassé. À Vienne, les portes de la plupart des immeubles étaient fermées à dix heures du soir, obligeant les retardataires à réveiller le concierge et à payer un droit d'entrée, le *Sperrgeld*. Kolowrat souffla en rejetant une fumée épaisse dont l'odeur âcre rappelait un peu celle de feuilles en train de brûler. Il répondit d'une voix hésitante :

— Herr Sprenger est rentré… très tard.

— À quelle heure ?

— Je ne sais pas exactement. Je n'ai pas vérifié. Je lui ai ouvert et je me suis recouché.

— Était-il plus de minuit ?

— Sans doute.

— Comment se comportait-il ?

— Pardon ?

— Vous semblait-il agité ?

Kolowrat mordilla le tuyau de sa pipe en montrant des dents jaunies.

— Non, je ne dirais pas ça.

— Avait-il l'air débraillé ?

— Non, il était tout à fait correct.

— Est-ce qu'il rentre souvent tard ?

— Il est jeune, dit le concierge avec un sourire indulgent, en levant les mains. Oui, il rentre souvent une fois que j'ai fermé à clé. Mais il n'est jamais soûl… à la différence d'autres locataires. Et il se montre toujours respectueux… et généreux, ajouta-t-il après un silence.

D'un bref signe de tête, Rheinhardt indiqua qu'il avait fort bien compris.

— D'où vient-il, d'après vous, quand il rentre tard ?

Le concierge jeta un coup d'œil à Liebermann.

— Là où vont tous les jeunes hommes.

Rheinhardt adopta une expression plus sévère. Sentant sa réprobation, le concierge ôta la pipe de sa bouche et corrigea sa posture.

— Lui est-il arrivé de revenir avec une femme ?

— Non.

— A-t-il mentionné le nom d'une femme ?

— Écoutez, monsieur l'inspecteur, nous n'abordons pas ce genre de sujet. Je lui ouvre, nous parlons du temps qu'il fait, il me donne dix *Heller*, parfois douze, je retourne me coucher et il monte chez lui.

Rheinhardt remercia Herr Kolowrat pour son aide et, au moment de partir, il lui glissa une couronne dans la main.

— Au moins, nous le tenons, murmura-t-il à Liebermann.

— Les indices s'accumulent, c'est vrai. Mais, pour l'instant, nous ne pouvons être sûrs de rien, répondit Liebermann d'un ton prudent.

— Permets-moi de ne pas partager ton avis.

— C'est de l'intuition policière ?

Rheinhardt sourit.

— Plus ou moins.

Rheinhardt ne souhaitait pas mentionner sa supplique à la sphinge du Belvédère ni son étrange conviction que quelque force indéfinissable œuvrait à leur profit.

— Veux-tu que je te dise ? Il y a des semaines que j'attends de me trouver face à face avec ce monstre. Je n'ai pensé qu'à ça, ou presque. Et maintenant que le moment est arrivé…

L'inspecteur laissa sa phrase en suspens et secoua la tête avant de conclure :

— J'avoue que j'éprouve une certaine appréhension.

— Tu serais vraiment un drôle de type si ce n'était pas le cas, Oskar.

Ils rejoignirent Haussmann et montèrent au premier étage. Dans un cadre métallique vissé sous le heurtoir de la porte peinte, on lisait : *Herr Markus Sprenger.*

— Messieurs, vous êtes prêts ? souffla Rheinhardt.

Liebermann et Haussmann le confirmèrent.

Rheinhardt prit une profonde inspiration, souleva le heurtoir et le laissa retomber.

Un bruit de pas...

Le temps sembla s'étirer, donner toute son acuité à l'attente.

Un verrou fut tiré et la porte s'ouvrit.

Les yeux...

Ce fut ce qui frappa aussitôt Liebermann.

Des yeux de verre teinté... d'un bleu soutenu, lumineux. Le bleu du lapis-lazuli et des vitraux de cathédrale, encore plus saisissant sous les cheveux noir de jais. Rasé de frais, Sprenger était d'une beauté impressionnante. Ses traits bien définis rappelaient la perfection d'une sculpture et l'impression était encore renforcée par la pâleur de la peau marmoréenne unie. Il considérait ses visiteurs d'un air détaché.

— Herr Sprenger ? dit Rheinhardt.

— Oui.

— Rheinhardt, inspecteur de police.

Il sortit sa plaque, mais Sprenger ne la regarda pas.

— Voici mon adjoint, Haussmann, et mon collègue, Herr Doktor Liebermann.

— C'est bien à moi que vous voulez parler ? demanda Sprenger d'un ton légèrement surpris.

— Oui.

— Puis-je savoir à quel sujet ?

— Peut-être serait-il préférable de poursuivre cette conversation en privé, Herr Sprenger ?

— Oui, bien sûr. Par ici, je vous prie.

Ils le suivirent dans le couloir, puis dans une bibliothèque. Les étagères ployaient sous le poids des livres. Aucun espace n'était négligé et des volumes supplémentaires, couchés, surmontaient les dos alignés. Quelques gravures représentant des monuments étaient accrochées aux murs, et de lourds rideaux à demi tirés créaient une atmosphère sombre, mystérieuse. Il n'y avait que deux sièges.

— Je vous en prie…

Sprenger montra un vieux fauteuil chesterfield et attrapa un autre siège sous la table qu'il offrit à Liebermann et à Haussmann.

— Mes collaborateurs préfèrent rester debout, dit Rheinhardt.

Sprenger s'assit face à l'inspecteur corpulent qui reprit :

— Nous venons de Schopp & fils.

— Ah bon ?

— Vous y travaillez depuis un an ?

— En effet.

— Vous vous occupez des morts.

— C'est exact.

Rheinhardt sourit.

— Herr Schopp est très content de vous.

— J'essaie de faire de mon mieux.

— Il nous a dit que les références fournies par votre employeur précédent étaient excellentes.

— Il doit s'agir de Herr Hanl, un homme très gentil.

— Vous aimiez votre travail chez Concordia ?

— Beaucoup.

— Alors, pourquoi l'avez-vous quitté ?

— Le poste que j'ai pris chez Schopp & fils est plus important.

— Et sans doute mieux payé ?

— Oui… mais ce n'était pas l'essentiel.

Pendant que Rheinhardt continuait à s'entretenir avec Sprenger de son métier, Liebermann s'approcha de la bibliothèque et nota les titres : le *Livre des morts* égyptien, *Les Dieux romains*, *Athènes et Sparte*, *La Grèce et le monde hellénistique*. Sous ces ouvrages historiques se trouvaient plusieurs collections de récits populaires et, parmi eux, un exemplaire du *Tristan* de Gottfried de Strasbourg.

De l'autre côté du couloir, par une porte ouverte, Liebermann aperçut une armoire et un châlit en métal. Il fit signe à Rheinhardt de continuer à occuper Sprenger, poussa Haussmann en avant pour détourner l'attention, et se glissa dans le couloir, puis dans la chambre. Une redingote était jetée sur le duvet. Le tissu dégageait une odeur que le jeune médecin connaissait très bien : du phénol. Sur la table de toilette, il trouva un bol et une série de flacons. Il se pencha pour lire les étiquettes. Il y avait là surtout des eaux de toilette. Mais deux flacons ne semblaient pas à leur place. L'un contenait de la chaux hydratée et l'autre de l'oxyde de plomb. Leur utilisation aurait facilement pu lui échapper s'il n'avait par ailleurs remarqué, en se redressant, des traces noires granuleuses qui striaient l'intérieur du bol.

De la teinture à cheveux, se dit Liebermann.

Tout de suite après, la lumière se fit dans son esprit.

La voix étouffée de Sprenger lui parvenait à travers le couloir.

— Pardonnez-moi, mais je ne comprends pas très bien la raison de votre présence, monsieur l'inspecteur. Dois-je conclure que vous menez une enquête pour laquelle vous pensez que je pourrais vous aider ?

Liebermann retourna dans la bibliothèque et, au moment où il croisa le regard de Rheinhardt, il inclina la tête.

L'inspecteur fit passer son poids sur la fesse gauche.

— Herr Sprenger, pouvez-vous me dire ce que vous avez fait dimanche soir ?

— Je suis sorti.

— Où êtes-vous allé ?

— Eh bien… si vous devez vraiment le savoir…

Sprenger passa une main dans ses cheveux.

— Je suis entré en conversation avec une Galicienne et elle m'a invité dans sa chambre à Spittelberg.

Évoquer le quartier chaud dispensait de toute explication.

— Je vois. Pourriez-vous reconnaître cette femme et l'endroit où elle habite ?

— Je n'en sais rien. J'ai le regret de dire que j'avais bu.

— Vraiment ? Vous m'en voyez surpris.

— Pourquoi ?

— Parce que Herr Kolowrat nous a dit que vous n'étiez pas ivre en rentrant dimanche soir.

— Vous lui avez parlé ?

La vigilance se mua en indifférence. Sprenger haussa les épaules.

— Eh bien, c'est qu'il se trompait.

— Vous vous demandez peut-être pourquoi mon adjoint et moi sommes venus avec un médecin. La raison est simple. Il est là pour vous examiner.

— Quoi ?

Liebermann s'avança.

— Un examen superficiel, précisa l'inspecteur. Il faut qu'il regarde votre torse.

— Mais enfin, pourquoi ?

— Herr Sprenger, voulez-vous vous lever, s'il vous plaît, et ôter votre chemise ? demanda Liebermann en prenant le ton autoritaire de l'homme de l'art.

Sprenger ne bougea pas.

— Je me vois dans l'obligation de vous informer que refuser d'aider la police constitue un délit très grave, expliqua Rheinhardt.

Sprenger lâcha un soupir sonore, se leva et, d'une seule main, déboutonna habilement sa chemise qu'il retira et posa sur le dossier de sa chaise.

— Herr Sprenger, vous avez le dos couvert d'égratignures, dit Liebermann.

— Je sais. Et alors ?

— Certaines sont très profondes.

Sprenger jeta un regard furieux à Rheinhardt.

— Écoutez, monsieur l'inspecteur, où voulez-vous en venir ?

Rheinhardt alla rejoindre son ami.

— Comment avez-vous eu ces blessures, Herr Sprenger ?

— C'était cette femme… la Galicienne de dimanche soir. Elle était déchaînée.

— Ces écorchures ne datent pas de dimanche, estima Liebermann. À mon avis, elles ont été faites il y a une quinzaine de jours.

— Ce n'est pas difficile à expliquer. Je vais souvent à Spittelberg.

Rheinhardt haussa les sourcils.

— Est-ce que toutes les femmes avec lesquelles vous avez des relations sont déchaînées, Herr Sprenger ?

— Ça arrive assez souvent. Puis-je me rhabiller ?

Rheinhardt s'approcha de la fenêtre et écarta les rideaux pour laisser entrer davantage de lumière.

— Est-ce que le nom de Bathilde Babel vous dit quelque chose ?

— Non.

— Et Adele Zeiler ?

Sprenger ne répondit pas tout de suite.

— Ce nom ne m'est pas inconnu. Elle a été assassinée. Je l'ai lu dans les journaux.

— Et Selma Wirth et Cäcilie Roster ? Ces noms vous disent aussi quelque chose ?

Sprenger attrapa sa chemise.

— Cäcilie Roster était chanteuse. Elle aussi a été assassinée.

— Dimanche soir.

— Oh ! je vois. Vous me soupçonnez ? demanda-t-il avant de se mettre à rire. C'est ridicule. Vous n'avez pas trouvé le bon coupable, monsieur l'inspecteur. Je regrette.

Il boutonna sa chemise.

Liebermann toussa pour attirer son attention.

— Vous teignez-vous les cheveux, Herr Sprenger ?

Sprenger leva les yeux au ciel.

— Il se trouve que oui.

— Pourquoi ?

— À votre avis, Herr Doktor ? Pourquoi les hommes se teignent-ils les cheveux ? J'ai des cheveux blancs.

— Voudriez-vous avoir l'amabilité d'ouvrir la bouche ?

En entendant cette demande inattendue, Rheinhardt pivota brusquement.

— Quoi ? répliqua Sprenger.

— Ouvrez grand la bouche et tirez votre lèvre inférieure vers le bas. Comme ça, indiqua Liebermann, geste à l'appui.

Sprenger s'exécuta.

— Merci. Vous n'avez pas de cheveux blancs, Herr Sprenger. Vous êtes jeune. En outre, vous vous teignez en brun depuis plusieurs années. Vous avez commencé bien avant que le problème de cheveux blancs puisse se poser. Le fait que vous ayez choisi un brun très foncé, à l'opposé de votre couleur blonde naturelle, nous fournit, je crois, une indication sur votre motivation. Vous vous éloignez ainsi du royaume du jour et vous rapprochez de la nuit. C'est symbolique, n'est-ce pas ? Le noir est la couleur du deuil, de la mort. Et la mort a pour vous une signification particulière.

Sprenger ne bougea pas. Si ses yeux étaient fixés sur ceux de Liebermann, leur expression était étrangement vide. Il semblait s'être refermé sur lui-même. Ce fut donc une surprise totale lorsque Liebermann sentit un poing s'écraser sur son ventre, fut propulsé en arrière et atterrit sur Rheinhardt. La douleur aiguë lui emplit les yeux de larmes. Dès qu'il put regarder autour de lui, il vit Haussmann recroquevillé sur le sol. Du sang coulait entre les doigts que le jeune policier avait plaqués sur son visage.

Sprenger avait disparu.

48

Liebermann se rua sur la porte. Il sentit un élancement de culpabilité en passant devant Haussmann qui se tordait par terre – un sursaut de déontologie dû au serment d'Hippocrate. Pourtant, sa conscience ne le retarda pas. L'obligation d'attraper Sprenger primait sur toutes les autres considérations, y compris sur sa propre sécurité.

Au bout du couloir, Sprenger ouvrait une petite fenêtre.

— Max, baisse-toi ! lança Rheinhardt en levant son pistolet.

Liebermann se plaqua au sol.

Un coup de feu claqua.

Sprenger fit preuve d'une incroyable souplesse en se glissant sous le châssis.

Liebermann se releva et suivit son exemple, mais trouva l'opération moins facile qu'il ne s'y attendait. Il se rendait vaguement compte que Rheinhardt approchait et devina qu'il aurait quelque difficulté à passer par l'ouverture étroite. Après avoir roulé sur le rebord de la fenêtre, Liebermann atterrit sur une plate-forme en fonte qui faisait partie de l'issue de secours. Toute la structure trembla lorsque Sprenger s'y engagea pour descendre.

Quand Liebermann arriva en bas, il se retrouva dans une ruelle séparant deux immeubles d'habitation. Sprenger avait une vingtaine de mètres d'avance et, en quelques pas, il déboucherait dans une des rues voisines.

Un autre coup de feu retentit.

Sprenger prit à droite et disparut.

Liebermann entendit Rheinhardt jurer. L'exclamation, qui se répercuta contre le mur opposé, évoquait la voix d'un dieu furieux. Liebermann continua sa course, ses pieds martelant les pavés, jusqu'au moment où il émergea dans une ruelle délabrée. Il aperçut Sprenger qui se dirigeait vers le canal du Danube. Le coup de poing avait laissé une boule de douleur dans le ventre de Liebermann. Il avait de plus en plus de mal à respirer, l'air lui déchirait les poumons et ses jambes étaient lourdes.

La distance entre eux grandissait.

Tiens bon...

Tiens bon...

Cette exhortation qu'il se répétait créait un rythme insistant qu'il ordonnait à ses jambes de suivre. C'était un peu de l'auto-hypnose. Il devint de moins en moins conscient de son environnement et le monde se réduisit à la cadence de sa course, à son ventre douloureux et aux manches de chemise de Sprenger qui s'éloignait.

Bientôt, ils émergèrent sur le Franz-Josefs-Kai, un quai très fréquenté : piétons, voitures, tumulte de la Ringstrasse toute proche, son d'un orgue de Barbarie et odeur de saucisses grillées. De l'autre côté du canal, il apercevait les bains publics. Liebermann s'obstina, repoussa à l'extrême les limites de l'endurance. Quelques piétons masquèrent Sprenger, mais il réapparut, se faufilant dans la circulation. Le moral de Liebermann tomba à zéro quand il vit sa proie monter dans un tramway. Une clochette tinta par-dessus le vacarme et, désespéré, Liebermann vit la voiture s'ébranler. Il serra le poing et le brandit vers le ciel. Puis il sursauta en remarquant que le tram arrêté devant lui portait la lettre « L », comme celui qu'avait emprunté Sprenger. Il grimpa donc et s'adressa au conducteur :

— Je m'appelle Liebermann et j'accomplis une mission pour la police. Un individu recherché, dangereux, se trouve dans le tram qui est devant nous. Au nom de l'autorité que m'a conférée Sa Majesté l'empereur, je vous ordonne de le suivre.

Loin d'être convaincu, le conducteur, qui avait vu Liebermann reporter sa frustration et sa colère sur les nuages, répliqua sans s'émouvoir :

— Vous êtes fou, c'est ça ?

— Au contraire, je suis psychiatre.

Liebermann sortit de sa poche une carte de visite et la brandit sous le nez du conducteur.

— Là ! Vous voyez. Dr Max Liebermann. Bon, si vous ne vous exécutez pas à l'instant, vous vous retrouverez demain devant un magistrat à qui vous devrez expliquer pourquoi vous avez entravé le cours de la justice.

La menace grandiloquente (et déloyale) de Liebermann eut l'effet désiré. Angoissé, l'homme activa la sonnette et le tram s'ébranla.

— Merci.

Trois véhicules séparaient les deux trams.

— Ne pouvez-vous pas rouler plus vite ?

— Si, mais…

— Alors, faites-le !

Le tram tressauta et accéléra. Liebermann jeta un coup d'œil aux passagers assis qui, stupéfaits, le dévisageaient avec des yeux écarquillés. Il s'inclina pour ne pas donner l'impression d'ajouter l'impolitesse à la folie, et reporta son attention sur la rue. Le conducteur fit tinter la sonnette, les voitures cédèrent le passage, et ils prirent de la vitesse.

— Magnifique !

Liebermann sentit qu'on lui tapait sur l'épaule.

Quand il se retourna, il vit le contrôleur bras tendu, main ouverte.

— Votre ticket, monsieur ?

Au fond de ses yeux éteints, Liebermann lut la fin de l'Autriche-Hongrie. Un empire qui produisait tant de bureaucrates et de petits fonctionnaires ne survivrait pas au nouveau siècle. On avait appris à cet homme à encaisser le prix des tickets, et il le ferait quelles que soient les circonstances. Liebermann savait que tous les passagers étaient derrière le contrôleur, immense armée d'automates aux titres ronflants et aux uniformes flamboyants, à l'œuvre dans toutes les couches de la société. Trop fatigué pour discuter, il tendit une pièce et attrapa son ticket.

Le tram de Sprenger quitta le Franz-Josefs-Kai pour traverser le canal du Danube. Liebermann se retint à une barre pour ne pas tomber lorsqu'ils tournèrent eux aussi à toute vitesse. Par la fenêtre, il aperçut un bateau à vapeur qui remorquait deux péniches. Sa haute cheminée crachait de la fumée pendant qu'il se dirigeait vers l'est en barattant l'eau gris-vert et en laissant derrière lui un sillage d'écume. La lente progression, presque imperceptible, de cette flottille exerçait un effet curieusement apaisant.

Une fois de l'autre côté du pont, le tram qu'ils suivaient s'arrêta. Lorsque les gens qui attendaient à l'arrêt convergèrent vers la partie découverte, Liebermann repéra parmi eux les manches de chemise blanches. L'employé des pompes funèbres ne tenta pas de courir. Sans se presser, il se fraya un chemin dans la foule.

Liebermann sauta à terre avant même l'arrêt du véhicule et se hâta de contourner la masse de passagers. Sprenger était à moins de dix mètres et, manque de chance, ce fut le moment précis qu'il choisit pour vérifier s'il était suivi. Reconnaissant Liebermann, il décampa.

Le bref répit dont Liebermann avait profité dans le tram lui avait fait le plus grand bien. Il avait repris son souffle et la douleur n'était plus aussi aiguë dans son ventre. D'ailleurs, la distance semblait se réduire entre les deux hommes.

Sprenger disparut à un croisement et Liebermann faillit glisser car des fruits écrasés parsemaient le trottoir. Des marchands des quatre-saisons avaient installé leur stand et clamaient le prix de leurs produits. Un peu plus loin, des Juifs hassidiques descendaient l'escalier d'une synagogue.

— Arrêtez cet homme ! hurla Liebermann.

Les Juifs se contentèrent de se figer.

— Arrêtez-le ! répéta Liebermann.

Personne n'était prêt à barrer la route au fuyard.

Sprenger passa en courant devant la synagogue et s'engouffra dans un bâtiment voisin. Liebermann le suivait de si près qu'il pouvait presque le toucher. À l'intérieur, il vit un hall d'entrée sombre, vide, avec un large escalier qui tournait. Les deux hommes grimpèrent l'escalier, arrivèrent sur un palier. Sprenger longea un couloir au bout duquel il tenta d'ouvrir une porte, secouant la poignée d'un geste violent, mais elle était fermée. Derrière lui, il y avait une fenêtre. Pris au piège, les bras le long des flancs, il regarda Liebermann.

Ils haletaient tous les deux. Du dos de la main, Liebermann essuya son front trempé de sueur et pensa un instant à appeler à l'aide, mais il savait que personne ne se porterait à son secours. Les occupants de l'immeuble ne voudraient sans doute pas plus que les hassidim se mêler de cette histoire. Liebermann entendait des voix, mais elles ne semblaient pas venir des appartements, qui étaient d'un calme surprenant.

— Il faut que vous veniez avec moi au poste de police de la Grosse Sperlgasse, dit-il.

Sprenger secoua la tête.

— Je n'en ai pas l'intention, Herr Doktor.

Ses yeux bleus captèrent la douce lumière et brillèrent.

— Vous n'êtes pas armé, n'est-ce pas ?

Liebermann ne répondit pas.

— Non. C'était l'inspecteur qui avait un pistolet.

— Vous ne pouvez pas vous enfuir, Herr Sprenger.

— Peut-être pas… admit-il avec un faible sourire.

— Si vous m'accompagnez dans la Grosse Sperlgasse…

— Je vous en prie !

Le sourire s'effaça.

— Épargnez-moi vos promesses de maquignon et un marchandage inutile ! De toute façon, on me pendra, Herr Doktor, que je sois doux comme un agneau et vous accompagne docilement, ou que je vous écorche vif avec mon canif.

Liebermann n'était pas certain d'avoir le dessus dans une bagarre. Son courage l'abandonna, son cœur enfla dans sa poitrine, sa bouche fut soudain sèche.

— J'avais raison, hein ? demanda-t-il d'une voix qui lui parut fluette. La mort compte beaucoup pour vous.

— Elle compte pour tout le monde, Herr Doktor. De par votre profession, vous devriez le comprendre mieux que la plupart des gens. La mort guérit toutes les maladies !

— Non. Je voulais dire qu'elle a pour vous une signification particulière.

Sprenger ne cilla pas.

— Elle vous excite, c'est ça ?

L'employé des pompes funèbres pencha la tête et, au lieu de répondre, posa à son tour une question.

— Qu'avez-vous vu dans ma bouche ?

— Une possibilité de défense.

— Quoi ?

— De défense en justice. Quelque chose qui pourrait vous sauver de la potence. Vous ne l'avez pas remarqué vous-même ?

— Soyez plus clair, Herr Doktor.

— La ligne bleue qui court le long de vos gencives. C'est un signe.

— De quoi ?

— D'empoisonnement dû au plomb. L'oxyde de plomb que vous employez pour vous teindre les cheveux a endommagé votre cerveau. Vous n'êtes pas responsable de vos actes. Un juge devrait prendre ce fait en considération avant de prononcer une peine.

Sprenger se mit à rire.

— Je peux vous assurer que je suis entièrement responsable de mes actes. Je sais fort bien ce que j'ai fait.

— C'est ce que vous croyez, Herr Sprenger.

— Je crois avoir été clair en ce qui concerne les marchandages.

— Dans ce cas, vous serez pendu.

— Peut-être…

Sprenger fit un pas en avant. Les muscles de Liebermann se raidirent.

— Je préfère avoir affaire au bourreau que passer le reste de ma vie en prison, ou pire encore, dans un asile de fous.

Sprenger avança encore.

— N'approchez pas.

— Auriez-vous peur de moi, Herr Doktor ?

Liebermann réfléchit bien avant de répondre.

— Oui.

Sprenger soupira.

— « La nuit, la moitié de la vie, Est aussi sa belle moitié[1]. »

C'était une citation des *Années d'apprentissage de Wilhelm Meister*.

— Aimez-vous Goethe ?

La question de Liebermann semblait une tentative bien mal dissimulée d'engager une discussion et d'empêcher ainsi Sprenger de s'en prendre à lui.

L'employé des pompes funèbres garda le silence. Il fixait sur Liebermann des yeux pénétrants.

Des voix, des rires, des tintements de couverts.

D'où vient ce bruit ?

Sprenger approcha encore. Liebermann leva les mains et recula d'un pas.

— Herr Sprenger, j'insiste pour que vous restiez où vous êtes.

— « La nuit, la moitié de la vie, Est aussi sa belle moitié », répéta Sprenger.

Sa voix n'était plus qu'un murmure. Liebermann voyait ses lèvres remuer sans bruit et répéter cette phrase encore et encore.

Soudain, Sprenger tourna les talons et se rua vers la fenêtre.

1. Traduction de Jeanne Ancelet-Hustache.

— Non ! s'écria Liebermann.

Sprenger brisa la vitre et disparut. Quand le fracas du verre cessa, on entendit un hurlement strident. Liebermann se précipita au bout du couloir. Dehors, juste sous la fenêtre, une banne rayée était tendue. Un homme en tenue de serveur, chemise blanche et queue-de-pie noire, était agenouillé à côté du corps de Sprenger.

Liebermann dégringola l'escalier, sortit dans la rue et courut vers le café. Les clients installés en terrasse se levaient et, atterrés, regardaient Sprenger. Une jeune femme au grand chapeau orné de fleurs sanglotait contre l'épaule de son compagnon.

— Je suis médecin, dit Liebermann en s'agenouillant et en attrapant le poignet de Sprenger.

Au début, il crut que la pulsation faible, ralentie, qu'il sentait était un effet de son imagination. Mais non, elle était réelle. Sprenger avait sans grande surprise survécu à sa chute.

49

Épuisé, affamé, Rheinhardt était assis dans le bureau de Liebermann à l'Hôpital général. Il sortit le pistolet de sa poche et examina le long canon, la détente courbe et la crosse élégante.

Un parfait exemple du savoir-faire de l'armurier.

Pourtant, avec cette arme si bien conçue, il avait manqué Sprenger… et deux fois, encore.

Rheinhardt n'éprouvait aucune honte en réfléchissant à son tir imprécis, plutôt une sorte de soulagement, car il savait que, s'il avait atteint sa cible, il se sentirait à présent bien mal. Au lieu d'aspirer à se coucher, à goûter la chaleur du corps de sa femme, à sombrer bien vite dans un sommeil paisible et réparateur, il appréhenderait la nuit qui s'annoncerait longue pour lui, assis dans l'obscurité, en train de fumer, de ruminer, de se débattre avec sa conscience. Liebermann parlait souvent de motivation inconsciente. Une partie secrète de son esprit l'avait-elle empêché de bien viser ? Il était trop fatigué pour s'attaquer à une telle question. Son estomac gargouillait et, pour lui, la faim excluait la réflexion. L'impression de vide, le creux lancinant au milieu de son être l'empêchaient de se concentrer. Il rempocha le Luger et se demanda s'il aurait le temps de passer au *Café Eiles* avant la fermeture.

Pour l'instant, il se contenta d'ouvrir un tiroir et d'en examiner le contenu : un formulaire, un stylographe et un stéthoscope.

Mais pas de biscuits…

La porte s'ouvrit et Liebermann entra.

— Qu'est-ce que tu cherches ?

— Quelque chose à manger.

— Tu ne trouveras rien. Je vais peut-être te surprendre, Oskar, mais ce n'est pas tout le monde qui garde une réserve de *Linzer Kekse* dans son bureau.

Rheinhardt referma le tiroir et s'appuya à son dossier.

— Alors ?

— Son état est stationnaire.

— Va-t-il s'en tirer ?

— Le professeur Bieler est très optimiste.

— Je suppose que c'est une bonne nouvelle, estima l'inspecteur en croisant les bras. Les Viennois se seraient sentis floués si Sprenger avait réussi à échapper à la justice.

— Ils pourront tout de même se sentir floués.

— Tu penses à l'oxyde de plomb…

— C'est un élément que le tribunal devra prendre en considération.

— Max, ne me dis pas que Sprenger a perpétré toutes ces atrocités à cause de sa teinture ! Tous les malheureux empoisonnés par du plomb ne se mettent pas à tuer pour éprouver une satisfaction sexuelle !

— Le cerveau est complexe et les poisons n'agissent pas de la même façon sur tous les individus. Ce que j'avance n'est pas inconcevable.

— Connais-tu des cas similaires ?

— Non. Toutefois, certains historiens émettent l'hypothèse que la chute de l'Empire romain ne serait pas due à l'invasion de hordes barbares, mais à une démence généralisée consécutive à l'usage largement répandu de tuyaux et d'ustensiles de cuisine en plomb. J'ai l'impression que la *thanatophilie* de Sprenger s'est forgée pendant son enfance et que le plomb n'a fait qu'exacerber une psychopathologie déjà existante. Dans ce cas, il pourrait bénéficier de circonstances atténuantes. Je serais ravi de rédiger un rapport médical.

Rheinhardt plissa les yeux.

— Tu me parais bien content de l'avoir sous la main.

— Content n'est pas le terme que j'emploierais.

— Lequel alors ? Tu n'es pas mécontent.

— Je suis reconnaissant d'avoir l'occasion de satisfaire ma curiosité professionnelle.

— Ah ! ces psychiatres ! s'écria Rheinhardt en secouant la tête. Jusqu'à quelles extrémités doivent aller la perversité et la folie pour te décourager de les étudier ? N'as-tu jamais trouvé qu'il valait mieux laisser tranquilles certaines choses horribles, terrifiantes ?

— Il vaut toujours mieux essayer de comprendre.

Ce n'était pas la première fois que l'inspecteur entendait cette devise.

— En es-tu aussi sûr ? répliqua-t-il d'un air troublé. Parfois, je me dis que certains esprits sont trop dérangés pour être traités. *Psychopathia sexualis*, de Krafft-Ebing, s'est vendu à plusieurs milliers d'exemplaires et, parce qu'il s'agit d'un ouvrage scientifique, des messieurs respectables le dévorent sans éprouver le moindre scrupule. Pourtant, à ton avis, lisent-ils ces études de cas, où s'étalent, page après page, horreur, anormalité et déclin moral, pour améliorer leur compréhension de la maladie mentale ? Je ne le crois pas. Ils les lisent pour leur caractère sensationnel, parce que ça les excite d'une manière douteuse, lubrique.

Un silence gêné s'installa.

Rheinhardt tenta un sourire conciliant. Il comprit qu'il était sans doute allé trop loin.

— Excuse-moi, Max. Je suis fatigué et j'ai faim. Vous autres psychiatres formez une espèce fort étrange… mais néanmoins précieuse.

Liebermann inclina la tête et demanda d'un ton retenu et plutôt froid :

— Que veux-tu faire au sujet d'Erstweiler ?

— Dieu du ciel ! Notre excursion à Simmering me paraît remonter à une éternité !

— Je dois le voir demain matin. Tu devrais peut-être venir.

— Dix heures et demie, ça t'irait ?

— Parfait.

Rheinhardt se leva et tapa sur l'épaule de son ami.

— Bravo, Max. Tu es un type courageux.

Le jeune médecin haussa les épaules.

— Puis-je te convaincre d'aller avaler un souper tardif au *Café Eiles* ? suggéra l'inspecteur.

Liebermann lui retourna son sourire.

— J'allais te proposer plus ou moins la même chose.

50

Installée à sa coiffeuse, Kristina, qui examinait son visage dans le miroir, aperçut deux rides très fines courant des ailes du nez aux commissures des lèvres. Elle ne les avait encore jamais vues. Si elle gardait une expression sérieuse, elles se remarquaient à peine, infimes craquelures dans une couche de vernis. D'ailleurs, elle devait tourner la tête vers la lumière pour les observer. Mais, dès qu'elle souriait, elles se creusaient.

Peut-être avait-elle trop ri ces derniers temps ? Peut-être le bonheur était-il à ce prix ? Dans sa prime jeunesse, elle n'avait pas eu de quoi rire et sa peau était ferme et lisse. Kristina avait eu tort et fait preuve d'une grande naïveté en supposant que le succès et la satisfaction ne s'accompagneraient pas de complications.

La maison était silencieuse. Heinz, son mari, n'était pas encore rentré. Le vieux général se mourait, et le bon docteur faisait de son mieux pour adoucir les derniers instants de ce héros de guerre. Un brave homme, ce Heinz. Elle répugnait à la dissimulation, mais, en l'occurrence, elle n'avait pas le choix.

Je vais le faire tout de suite, songea-t-elle. *Pour m'en débarrasser.*

Elle se leva et s'approcha du mur sur lequel étaient accrochées les lithographies de Czeschka représentant Cendrillon.

En pensée, elle se reporta au jour où l'inspecteur de police était venu la questionner. Elle revoyait le jeune médecin qui l'accompagnait. Qu'avait-il dit ?

Que les lithographies convenaient à merveille à la situation. Il l'avait rendue très nerveuse à s'en approcher autant.

Kristina s'arrêta devant chaque gravure. Le conte était un peu un chemin de croix : les belles-sœurs, Cendrillon devant l'arbre aux souhaits, le beau prince. La dernière représentait Cendrillon avec une colombe blanche sur l'épaule. Dessous, on lisait : « Car elle a le cœur pur. » Kristina souleva le bas du cadre et attrapa les deux feuilles de papier qui étaient coincées contre le mur.

La première était un dessin d'une jeune fille nue allongée sur un canapé. Ses jambes écartées montraient son sexe. Elle portait des bas noirs trop grands qui avaient glissé sur ses cuisses maigres. La soie tirebouchonnée était représentée avec une exquise précision. Un petit nævus que le modèle avait sous le nombril n'avait pas échappé au regard acéré de l'artiste.

Le second dessin montrait la même jeune fille debout, à côté d'une compagne de son âge. Toutes deux étaient nues et avaient un air maussade. Cette fois aussi, le nævus était bien visible.

Kristina observa un certain temps ces dessins et quelques larmes roulèrent sur ses joues. Elle les essuya avec la manche de son kimono et, se ressaisissant, s'avança vers le poêle en fonte émaillée. Accroupie, elle en ouvrit la porte, et la chaleur la frappa au visage.

Des émotions contradictoires arrêtèrent sa main.

Brûler des œuvres d'art faisait mal au cœur. Bien sûr, le sujet choisi par le dessinateur était contestable, mais son talent ne pouvait être nié. En outre, si elle procédait à cette destruction barbare, Kristina avait l'impression que, d'une certaine manière, elle exercerait un acte de violence contre elle-même.

C'étaient d'ailleurs ces considérations qui l'avaient empêchée de détruire les dessins quand elle les avait achetés. Au lieu de faire ce qui s'imposait, elle les avait bêtement cachés derrière la lithographie de Cendrillon à la colombe. Si le jeune médecin avait touché au cadre, ils auraient pu tomber sur le sol. Non, cet accès de sentimentalisme était fort malvenu.

Kristina déposa le premier dessin dans le poêle et observa le papier qui noircissait, se recroquevillait et s'enflammait. Une sorte de chagrin lui serra le cœur et elle eut du mal à respirer en voyant l'image de la jeune fille réduite en cendres. D'une manière curieuse, le coin droit du bas résista au feu et réussit, mystère inexplicable par la physique, à préserver son existence pendant quelques secondes de plus.

La signature se lisait encore : *Rainmayr*.

Le papier vira du jaune au brun, puis finit par se dissoudre dans le néant.

51

— Herr Doktor, nous ne progressons pas beaucoup, ça m'inquiète, dit Erstweiler.

Liebermann baissa les yeux sur son patient allongé et, après un bref silence, répondit :

— Je regrette que vous ne soyez pas satisfait.

— Mon état, ou plutôt l'angoisse permanente qui découle de ma situation anormale, n'a pas changé. Je ne dors pas, j'ai toujours des coliques et, à tout instant, je redoute cette apparition. J'espère donc que vous me pardonnerez de douter de votre traitement. Comment l'avez-vous appelé déjà ?

— La psychanalyse.

— Aucun autre patient n'est traité de cette manière.

— Non. C'est nouveau.

— Le monde moderne est trop entiché de nouveauté. Ce n'est pas parce que quelque chose est nouveau que c'est bien.

À l'évidence, Erstweiler était déprimé et faisait preuve de l'irritabilité caractéristique qui accompagne une baisse de moral.

— Le moment est peut-être venu d'essayer autre chose, Herr Doktor. Pourquoi pas l'hydrothérapie ?

— Je ne crois pas que cette thérapie vous aiderait.

— Pourquoi ? Elle a bien aidé le type qui hurlait que les Hongrois arrivaient. Quand il est revenu dans la salle après son hydrothérapie, il était beaucoup mieux.

— Je ne pense pas que ce traitement conviendrait à votre cas.

— Quel est mon cas ? demanda Erstweiler en levant les bras et en les laissant retomber lourdement sur sa couche. J'ai vu mon double... et si je le vois une fois de plus, ce sera sûrement la fin pour moi. J'en ai assez de parler, Herr Doktor.

— Alors, peut-être devriez-vous essayer d'écouter. La psychanalyse est une cure par l'écoute autant que par la parole. Elle exige que je vous écoute la plupart du temps. Mais parfois, il faut que vous m'écoutiez. J'ai repensé à votre rêve, Herr Erstweiler, le rêve du conte de fées anglais.

— Quelle importance, Herr Doktor ? Ce n'était qu'un rêve !

Épuisé par sa propre impatience, Erstweiler soupira.

— Les rêves sont des processus mentaux qui obéissent à certaines lois, à certains principes. À condition de connaître ces principes, on peut interpréter les rêves. Le rêve est la voie royale de l'inconscient.

— L'inconscient ?

— Il habite cette vaste partie de l'esprit, d'ordinaire inaccessible, dans laquelle on peut découvrir la réponse aux questions qui nous intriguent le plus dans l'expérience humaine. En ce qui vous concerne…

Liebermann frappa légèrement dans ses mains.

— … il faut y chercher la raison pour laquelle vous croyez voir votre double. Je pense que la cause de vos hallucinations est liée à une série de souvenirs enfouis dans votre inconscient. Et votre rêve nous donne un indice sur ce à quoi ces souvenirs se rapportent.

Erstweiler fit mine de répliquer, mais, avant qu'il ait le temps de soulever une objection, Liebermann ajouta :

— Permettez-moi de vous expliquer ce qui se passe.

Le jeune médecin se pencha en avant.

— Le langage des rêves est symbolique ; toutefois, les symboles qui apparaissent dans les rêves possèdent en général des traits communs avec l'objet ou la personne qu'ils sont censés représenter. Si on étudie ces correspondances, on peut donc rendre un rêve intelligible. Prenons le contenu de votre rêve sur le conte de fées anglais, en commençant par son élément le plus important, le pivot autour duquel tourne toute l'histoire.

— Je ne suis pas sûr de comprendre où vous voulez en venir.

— Vous rappelez-vous le titre de ce conte ? Comment l'appelait Frau Middleton ?

— Je crois qu'elle l'appelait *Jack and the Beanstalk*, Jack et la tige de haricot, ou Jack et le haricot géant.

— Donc, l'image qui caractérise l'histoire est…

— Le haricot ?

— Exact.

L'air décontenancé, Erstweiler demanda :

— Vous pensez que le haricot a une signification ?

— Oui.

— Eh bien… peut-être daignerez-vous m'éclairer ?

— Considérez-le comme un objet qui a une forme particulière… qu'il partage avec d'autres objets.

Erstweiler grogna, avant d'affirmer :

— Une tige de haricot est longue… et elle pousse.

— Parfait. N'oubliez pas non plus que vous avez mentionné qu'elle montait.

— C'est important, à votre avis ?

— Tout à fait. Allons, Herr Erstweiler, concentrez-vous. Qu'est-ce qui est long et qui monte ? Qu'est-ce qui augmente de volume et se dresse ?

Erstweiler écarquilla les yeux.

— Herr Doktor… est-ce que je vous comprends bien ? Sous-entendez-vous que…

— Oui ?

— Sous-entendez-vous que le haricot de mon rêve représenterait l'organe de reproduction mâle ?

— C'est ça. Votre rêve est essentiellement un rêve sexuel. Il parle de l'accomplissement d'une pulsion sexuelle et d'un désir interdit.

— Enfin, Herr Doktor, c'est ridicule ! Mon rêve est un souvenir d'un conte qu'on m'a raconté quand j'étais petit. Un conte pour enfants ! Comment diable pourrait-il être sexuel ?

— L'inconscient s'exprime souvent à l'aide de matériaux qui paraissent innocents. Certains souvenirs, surtout s'ils sont dérangeants, ne peuvent accéder à la conscience que sous un déguisement pendant le sommeil. Plus le déguisement est innocent, plus les souvenirs trouveront à s'exprimer dans les rêves. Rappelons-nous votre récit : le garçon, dont vous avez endossé le rôle dans votre rêve, grimpe à la tige de haricot et découvre un château dans un nuage. Ce château abrite une poule qui pond des œufs d'or, mais appartient à un ogre. Le garçon vole la poule, et il est pourchassé. En atteignant le sol, le garçon coupe le haricot et l'ogre tombe et trouve la mort.

— Herr Doktor, je trouve cette conversation assez déroutante…

Liebermann ignora la remarque.

— Pour l'instant, ne nous attardons pas sur le nuage, restons-en au château. Les espaces clos tels que boîtes, caisses, coffres, pièces, maisons et grands immeubles symbolisent souvent l'utérus.

— Herr Doktor, je vous ai demandé de me convaincre de ma folie. Vous semblez cependant déterminé à faire le contraire, et c'est moi qui en viens à douter de votre équilibre mental.

Liebermann poursuivit avec une joyeuse indifférence :

— Ce que confirme la présence de la poule dont les œufs d'or indiquent la fertilité.

— Herr Doktor…

Les doigts du patient agrippèrent la chemise d'hôpital.

— Venons-en au propriétaire du château, poursuivit sans désemparer Liebermann. À mon avis, l'ogre représente deux individus. Votre père, avec son comportement monstrueux dans la tour de la cathédrale Saint-Étienne, un lieu, notez ce détail, qui vous a rapproché des nuages. Et Bozidar Kolinsky, qui, comme votre père, était une brute.

— Bozidar Kolinsky, murmura Erstweiler en serrant davantage sa chemise, si bien que ses jointures blanchirent.

— Oui, confirma Liebermann en s'appuyant à son dossier et en observant la sueur qui perlait sur le front de son patient. Dans votre rêve, l'ogre possédait la poule. Et maintenant, réfléchissez, Herr Erstweiler : qui Bozidar Kolinsky possédait-il légalement devant Dieu ?

— Frau Milena.

— Donc…

— Frau Milena est la poule ?

— Et pas n'importe quelle poule, mais une poule capable de pondre des œufs d'or. Je vous ai entendu dire que Herr Kolinsky était un affreux…

— Herr Doktor, je ne me sens pas bien.

Erstweiler déglutit et posa une main sur la poitrine.

— C'est mon cœur. Il s'emballe. Je vous en prie, Herr Doktor.

— Nous en avons presque terminé, assura Liebermann en lui effleurant l'épaule. J'espère que j'ai réussi à vous convaincre que votre rêve n'était pas aussi innocent qu'il le paraissait à première vue, et que les personnages représentaient des gens de la vie réelle. Maintenant, l'histoire. Raconte-t-elle quelque chose qui s'est réellement passé ?

— Mon cœur !

— Là encore, selon moi, c'est sûrement le cas, et je vous propose le récit suivant : vous êtes tombé amoureux de Frau Milena et vous en êtes arrivé à détester son mari, Bozidar Kolinsky. C'était injuste, n'est-ce pas ? Cette brute, ce rustre marié à une femme aussi jeune et aussi belle. Frau Milena vous a séduit et, tous les deux, vous avez « pondu » un plan. Vous alliez tuer Bozidar Kolinsky, Frau Milena hériterait de sa propriété, du magot de ce grippe-sou, et vous deux, vous pourriez alors…

— Non, non, non…

Erstweiler se redressa soudain et regarda la porte.

— Arrêtez ! Il arrive… je le sens.

— Le garçon du conte anglais a tué l'ogre avec une hache, il a coupé le plant de haricot, une image qui suggère aussi de façon appropriée la castration ; tout comme vous, je suppose, vous avez tué Bozidar Kolinsky. S'il était ivre, ça n'était sans doute pas très difficile. Je devine que vous y avez mis toutes vos forces, en puisant dans une réserve de colère et de ressentiment à l'égard de votre père. Chaque coup était une affirmation de votre nouvelle virilité.

Erstweiler s'écria :

— Non, non… s'il vous plaît, Herr Doktor, faites quelque chose !

— Une fois la nuit tombée, vous avez traîné Bozidar Kolinsky dans la cave et vous avez découpé son corps en morceaux. Il y a plusieurs endroits à Simmering où on peut facilement se débarrasser de petits paquets, les incinérateurs d'usine, le Neustädter Kanal…

Erstweiler poussa un hurlement, gémissement sonore de supplicié.

Rheinhardt apparut sur le seuil.

— Tout va bien ?

— Oh ! mon Dieu ! s'écria Erstweiler. Je vous avais bien dit qu'il était réel… Vous ne le voyez donc pas ? Je suis fichu… fichu !

Erstweiler s'agrippa la poitrine, roula des yeux et retomba sur son lit de repos. Son bras formait un angle curieux.

— Dieu du ciel, Max ! Tu vas le laisser comme ça ?

Liebermann se leva et souleva le poignet de son patient.

— Personne n'est encore mort de ses hallucinations, Oskar. Il n'y a pas lieu de s'inquiéter. Son cœur bat vite, mais il ne court pas de sérieux danger.

— Que s'est-il passé ?

— Exactement ce que je pensais. Je l'ai confronté à la vérité et à sa psyché scindée. Son esprit n'était pas assez résistant pour supporter le traumatisme que constitue un meurtre de sang-froid. Le rappel de ce soir d'horreur ne pouvait pas s'intégrer à ses autres souvenirs et a donc été projeté sur un alter ego hallucinatoire : son double.

— Il ne se rappelle pas ce qu'il a fait ?

— Ses souvenirs existent bien dans son inconscient, mais, chaque fois qu'il repense à son crime, l'angoisse et la culpabilité deviennent intolérables, et ses souvenirs sont reniés… repoussés vers l'extérieur.

— Et maintenant, quand il se réveillera, est-ce qu'il se rappellera ?

— Je l'ignore. Nous verrons bien. Toutefois, il vient d'être mis de façon impitoyable en face de la vérité et il y a de fortes chances pour que ses défenses en aient été ébranlées.

Erstweiler gémit, tourna la tête sur le côté, et un filet de salive s'écoula de ses lèvres.

— Ce que je ne comprends pas, c'est pourquoi sa complice a filé en abandonnant la maison et l'argent que Herr Kolinsky était censé avoir amassé. Voilà qui va à l'encontre de l'objectif initial. Leur plan était sans doute de signaler à la police la disparition de Herr Kolinsky et, le moment venu, ils auraient commencé tous les deux une nouvelle vie. D'ailleurs, ils auraient très bien pu s'en tirer !

— La réponse est simple. Comme Herr Erstweiler, Frau Milena n'est pas une criminelle dans l'âme. Incapable de tuer son mari, elle avait besoin que quelqu'un le fasse à sa place. Mais le statut de complice ne suffisait pas à apaiser une culpabilité qui, telle une grande vague d'horreur et de détresse, a dû la submerger sans qu'elle s'y attende. Elle n'a pas pu y faire face et, dans un état d'extrême affliction, a cherché un soulagement en mettant la plus grande distance possible entre elle et les lieux du crime.

— À ton avis, où est-elle à présent ?

— Qui sait ?

— Je me demande quand elle est partie.

— À cette question, je crois pouvoir répondre. Son départ a sans doute coïncidé avec le début des troubles d'Erstweiler. Les deux choses sont liées. On peut imaginer le malheureux en train de se réveiller, de tendre la main dans le lit vide, sans trouver la douce consolation du partage. Ce matin-là, il a dû se lever torturé par sa conscience. Qui plus est, il s'est rendu compte qu'il était seul. Quand il s'est regardé dans le miroir en se rasant, il n'a pas vu Norbert Erstweiler, employé d'une entreprise d'importation, mais le visage répugnant d'un assassin. C'est ainsi que l'idée du double s'est insinuée en lui et a germé dans le sol fertile qu'est l'inconscient.

Rheinhardt tapota la joue du patient.

— Herr Erstweiler…

L'homme gémit. Ses paupières papillotèrent, s'ouvrirent sur des yeux révulsés, puis se refermèrent.

— On dirait qu'il délire.

— Il est en état de choc, voilà tout.

L'inspecteur s'assit dans le fauteuil de son ami.

— S'il n'a pas oublié quand il se réveillera… Pourrons-nous obtenir des aveux ?

— Je suppose.

— Voilà qui est vraiment extraordinaire.

Liebermann sourit.

— C'est vrai.

Puis, en repensant aux propos vifs qu'ils avaient échangés la veille, quand Rheinhardt avait douté du bien-fondé d'une exploration des régions obscures de l'esprit, Liebermann ajouta :

— Tu vois, la psychiatrie a son utilité.

Incapable de résister, il réitéra sa foi dans le caractère sacré de toute connaissance, même difficile à accepter.

— Il vaut toujours mieux savoir que rester dans l'ignorance. Il serait idiot d'entrer aux enfers avec une malheureuse bougie alors qu'on a une torche à la flamme puissante à portée de la main.

— Très juste, mon ami ! dit Rheinhardt en riant. Très juste !

52

Empressé, l'air grave, Liebermann avançait dans le couloir de l'hôpital à longues enjambées. Il arriva devant une porte gardée par un agent de police. Ce dernier s'inclina et claqua des talons.

— Y a-t-il du nouveau ?

L'agent secoua la tête.

Liebermann frappa sans obtenir de réponse. Il recommença.

— Il dort peut-être, suggéra l'agent.

— Quand avez-vous jeté un coup d'œil pour la dernière fois ?

— Il y a environ une demi-heure.

— Dormait-il à ce moment-là ?

— Non. Il regardait dans le vague, répondit l'agent en frissonnant. Ces yeux… ils vous transpercent.

— Merci.

Liebermann tourna le bouton et entra. Sprenger était assis dans son lit. Il avait une jambe plâtrée et le bras gauche en écharpe. Un peu de sang avait traversé le bandage qui lui entourait la tête. Son regard était fixé au loin.

— Bonjour, Herr Sprenger.

Le jeune médecin tira une chaise au chevet du lit et s'assit.

— J'espère que vous vous sentez mieux aujourd'hui.

Sprenger ne bougea pas.

— Si vous souffrez, vous le direz, n'est-ce pas ? L'infirmière, Fräulein Egger, m'informe que vous n'avez pas voulu de médicament. C'est très inhabituel étant donné la gravité de vos blessures et je me doute que vous avez souffert en silence. Il est tout à fait raisonnable et acceptable que vous réclamiez un analgésique.

Liebermann marqua une longue pause avant de poursuivre :

— Savez-vous qui je suis, Herr Sprenger ?

Il se leva et agita une main devant les yeux du patient qui ne cilla même pas.

Liebermann se demandait si son état était plus grave que le professeur Bieler et lui-même ne l'avaient pensé. L'air impassible et l'immobilité irréelle de l'employé des pompes funèbres indiquaient peut-être des lésions du cerveau.

— M'entendez-vous, Herr Sprenger ?

Il lui prit le pouls, qui était normal. Puis il attrapa un petit miroir et en dirigea la lumière dans les yeux de Sprenger. Ses pupilles se rétrécirent. Sa respiration était lente et régulière.

Le jeune médecin soupira, s'approcha de la fenêtre, agrippa les barreaux et regarda dans la cour déserte.

— Mutisme sélectif, conclut-il d'un ton catégorique. Vous êtes tout à fait capable de me parler. Vous avez décidé de ne pas le faire.

Un chariot passa dans le couloir. L'agent dit quelque chose. Si on ne pouvait deviner ses paroles, on sentait, d'après son ton, qu'il badinait. Un rire de contralto lui répondit avec coquetterie. Quelques propos furent échangés, puis le tintement du chariot se perdit au loin.

Liebermann se rassit.

— J'aimerais que vous me parliez. J'aimerais que vous me racontiez ce qui vous passe par la tête sans essayer de censurer le flot d'idées ou d'images qui se présentent à vous.

Un certain temps s'écoula.

— Rêvez-vous, Herr Sprenger ?

Lentement, l'employé des pompes funèbres tourna la tête et regarda Liebermann en face. Ses yeux captaient la lumière et avaient l'éclat de saphirs.

— « La nuit, la moitié de la vie, Est aussi sa meilleure moitié. »

Liebermann se redressa.

— Que représente pour vous cette citation ?

Sprenger se détourna.

Au bout de quelques minutes, Liebermann se leva et prépara une seringue d'analgésique. Il piqua ensuite avec soin le bras droit de Sprenger.

— Voilà qui devrait vous soulager. Il faudra prendre l'habitude de demander de la morphine lorsque vous en ressentez le besoin.

Liebermann se débarrassa de la seringue et posa sa sacoche sur le lit.

— J'aimerais comprendre votre…

Il chercha le mot juste et, ne le trouvant pas, se décida pour un terme neutre.

— … objectif.

Puis il sortit de sa sacoche un carnet et un crayon qu'il plaça sur la table de chevet.

— Je vous laisse de quoi écrire. Là, à portée de la main. Quand vous vous sentirez moins faible, ce serait bien d'envisager d'écrire une histoire. Votre histoire.

Il fit claquer les fermoirs de sa sacoche.

— Mais pour l'instant, il faut vous reposer. J'essaierai de passer vous voir tous les jours.

53

À quoi ressemblait cette communion ?

Que le langage est maladroit et vide de toute signification ! Imaginez donc ceci, car c'est la position dans laquelle je me trouve. Imaginez un perroquet placé devant une merveille de l'Antiquité, les pyramides ou l'Acropole. Et maintenant, imaginez un homme aveugle, qui tenterait d'appréhender la beauté de ces monuments en écoutant l'oiseau. Je pousse des cris, des hurlements. Je siffle, je m'égosille. Bien sûr, vous pouvez écouter, mais à quoi bon ?

Avez-vous déjà connu l'extase, Herr Doktor ? Si vous ressemblez aux autres hommes – et je n'ai aucune raison de penser qu'il en va autrement – vous chercherez sans doute à répondre en rappelant à votre mémoire un souvenir charnel. Pendant des millénaires, les poètes ont détourné le langage du mysticisme pour décrire une simple bestialité. Vous vous rappellerez donc le moment où vous vous êtes pâmé et étiez tout entier sensation… et là, comment ne pas sourire ? Que vous puissiez prendre un vulgaire rut suivi par un spasme du bas-ventre pour de l'extase montre la pauvreté de votre expérience, plaisir du porc qui se vautre dans la fange ! L'extase ne se trouve pas dans une cour de ferme. Elle n'est pas enfouie sous un tas de fumier.

Quand Elle est venue chercher Adele Zeiler, nous étions unis.

Comment était-ce ?

Quel effet cela fait de transcender les limites du corps ?

Quel effet cela fait de sentir le temps et l'espace se dissoudre dans le néant ?

Quel effet cela fait de sentir du feu au lieu de sang dans ses veines ?

Quel effet cela fait de voir des mondes entrer en collision et exploser ?

Quel effet cela fait de boire des étoiles à la bouche même du ciel ?

Quel effet cela fait de baiser le visage de l'éternité ?

Ah ! retrouver le sanctuaire de ces grandes ailes qui se referment sur votre âme avec la tendresse d'une mère allaitant son enfant nouveau-né !

Les mots sont désespérants.

Jamais, jamais vous ne pourrez comprendre.

Ensuite, il y eut l'obscurité et un jeu de lumière bleu gentiane. Cette clarté retomba peu à peu et, avant l'extinction, une dernière tache violette, phosphorescente, dansa. J'étais revenu sur terre. La fille était vide, simple enveloppe. J'avais froid et je me sentais mal. Je me suis obligé à quitter le Volksgarten et, pendant que j'arpentais les rues désertes, je pensais, je savais déjà que je n'en resterais pas là.

Le lendemain, je ne suis pas allé travailler. J'ai fait dire que j'étais malade. Mais, à la vérité, j'étais torturé par la nostalgie. Cette communion avait enflammé mon désir sans l'assouvir. Je La désirais plus que jamais.

Par chance, j'avais fait la connaissance d'une vendeuse, Fräulein Babel. Capricieuse, lunatique, cette enfant me prodiguait des petites gentillesses que je trouvais touchantes. Pourtant, la pitié qu'elle éveillait n'avait pas prise sur moi. Toutes les nuits, je rêvais à ces ailes et à la consolation de Son étreinte.

QUATRIÈME PARTIE

CENDRILLON

54

S'ils s'étaient entretenus par téléphone, Rheinhardt et Liebermann ne s'étaient pas vus depuis quinze jours. Ils commencèrent leur soirée musicale avec des poèmes de Goethe mis en musique par Hugo Wolf, l'interprétation la plus réussie étant celle, fort agitée, de *Was in der Schenke waren heute* (Quel tumulte à l'auberge aujourd'hui !). Liebermann enfonçait les touches du Bösendorfer avec une violence joyeuse, déchaînée, pendant que Rheinhardt chantait aussi fort que le lui permettaient ses cordes vocales. Soulagés d'arriver à la fin sans avoir fait une seule faute, ils éclatèrent de rire. Toutefois, plus l'heure tournait, plus leur exubérance s'estompait, et ils terminèrent par quatre lieder introspectifs de Brahms. Le dernier, *Die Mainacht* (La Nuit de mai) fut donné avec beaucoup de sentiment. Pour Liebermann, le poème de Ludwig Hölty trouvait un singulier écho dans le testament qu'il allait montrer à son ami :

Quand, ô souriante image qui, comme l'aurore,
Perce mon âme de ses rayons,
[te trouverai-je sur cette terre ?
Et, tremblante, la larme solitaire
Brûle le long de ma joue.

Après leur séance, ils se rendirent au fumoir et s'assirent devant la cheminée. Liebermann avait placé le carnet de Sprenger sur la table basse, entre leurs deux fauteuils.

— C'est ça ? demanda Rheinhardt.

— Oui.

Rheinhardt prit le carnet et le feuilleta.

— Sprenger ne parle toujours pas, mais depuis quinze jours, il a accepté de faire ce que je lui demandais. Il raconte son histoire et un épisode m'arrive tous les jours. Le récit avance lentement, sans doute à cause de la morphine qu'on lui administre pour soulager la douleur ; mais il se peut aussi que cette médication l'aide à se dévoiler en abattant ses résistances psychologiques. Même s'il refuse de prendre la parole, je le traite comme mes autres patients. Dès qu'il a achevé un nouveau chapitre, je le lis en sa présence et commente son contenu. Ce que tu as entre les mains est une biographie certes brève, mais extraordinaire. On y trouve les détails de sa vie, de sa naissance au meurtre de Cäcilie Roster.

— Veux-tu que je lise ça tout de suite ?

— Oui. Tu n'en as pas pour longtemps.

Liebermann servit le brandy et offrit un cigare à son ami. Au bout de quelques pages à peine, Rheinhardt s'écria :

— Griesser ! Son nom d'emprunt était celui de son ancien professeur !

— En effet. Lis donc le paragraphe qui suit.

Rheinhardt approcha le carnet de son nez.

— Tiens, tiens, un archéologue amateur…

— Je suis allé au Muséum d'histoire naturelle et je me suis adressé à l'archiviste. Il a pu retrouver la lettre originale du professeur adressée au directeur du Muséum.

— Extraordinaire. D'où était-elle envoyée ?

— De Kluneberg, un tout petit village de montagne, en Styrie.

Rheinhardt se remit à lire en grommelant et lâchant à l'occasion un « c'est fou ! », « incroyable ! », ou « quel monstre ! » pendant que Liebermann faisait tournoyer son brandy dans son verre et fumait. Bientôt une brume âcre envahit la pièce. Une fois sa lecture achevée, Rheinhardt referma le carnet, se tourna vers son ami, fit mine de parler, puis s'arrêta et gonfla les joues. Enfin, il secoua la tête et dit :

— C'est de la démence. Il est complètement fou !

— Je suis bien d'accord avec toi. Il y a pourtant une logique sous cette démence qui la rend compréhensible, en un sens.

— Pouvons-nous ajouter foi à tout ce qu'il a écrit ?

— Peut-être a-t-il embelli certains moments de sa petite enfance, mais, en gros, je pense qu'il a livré un récit fidèle de sa vie. L'existence de la lettre écrite par le professeur tend à indiquer qu'il dit la vérité.

Rheinhardt prit un cigare.

— Tu avais raison, c'est bien un... de quoi l'as-tu qualifié, déjà ?

— De *thanatophile*, répondit le jeune médecin en savourant chaque syllabe. Oui, j'avais raison, même si, je l'avoue, j'ai employé ce mot pour faire l'intéressant. Nous autres médecins aimons bien donner une impression d'érudition en parsemant notre allemand de grec et de latin ! Je n'avais aucune idée de la façon dont Sprenger en était arrivé à associer le moment de la mort d'une autre personne à sa satisfaction sexuelle.

— Et maintenant ? Pour ma part, je ne le sais toujours pas, même après avoir lu cette...

L'inspecteur tapota le carnet.

— ... curieuse déposition.

— Te rappelles-tu notre discussion du syndrome de Sophocle à propos d'Erstweiler ?

— Oui… vaguement.

Rheinhardt agita son cigare.

— Dans ce cas, tu me pardonneras de me répéter, car, si tu ne comprends pas le syndrome de Sophocle, tu ne comprendras pas Sprenger.

— Mais tu le mentionnais à propos d'Erstweiler.

— En réalité, le syndrome éclaire le comportement des deux hommes. Le professeur Freud a mis en évidence un phénomène général de la petite enfance, caractérisé par l'amour de la mère et la jalousie – voire la haine – à l'égard du père. Erstweiler et Sprenger représentent des exemples extrêmes de ce qui peut arriver quand ce conflit œdipien n'est pas résolu. Chez Sprenger, l'accent est mis sur l'amour de la mère, chez Erstweiler, sur la haine du père.

— Loin de moi l'idée de prétendre que les enfants n'aiment pas leur mère. C'est évident. De même, il est évident que l'on doit grandir, ce qui veut dire devenir plus indépendant. L'amour intense que l'on éprouve pour sa mère quand on est petit doit donc se transformer. Je crois que c'est ce que tu désignes par la « résolution ». Je veux bien accepter tout cela ; mais j'ai la forte impression que, lorsque tu évoques l'amour de la mère, tu parles d'une autre sorte d'amour. Ton allusion à l'Œdipe de Sophocle suggère quelque chose de moins innocent, de moins naturel.

— Naturel ? Peut-être est-il naturel que le nourrisson ait un avant-goût des sentiments qu'il éprouvera adulte. Peut-être que ce premier attachement à la mère est un entraînement à notre vie intime future.

— Dans ce cas, il n'entraîne que la moitié de la population ! Comment diable cette situation œdi-

pour ne pas réveiller son père. Le moment venu, cette immobilité a elle-même été érotisée et incorporée au jeu exploratoire qu'il pratiquait avec les petites villageoises. Quand il a vu Netti et Gerda dans leur cercueil, parfaitement immobiles, il a éprouvé un niveau d'excitation encore jamais atteint. Sa sexualité a donc été peu à peu détournée de son cours naturel pour prendre un tour anormal. Si son développement sexuel avait eu lieu dans un environnement moins perturbé, il aurait pu ressembler à n'importe lequel des nécrophiles décrits par Krafft-Ebing. Mais ce ne fut pas le cas. J'ai mentionné les circonstances particulières dans lesquelles sa sexualité s'est éveillée. Cette combinaison de facteurs l'a donc amené à dépasser les formes habituelles de déviations. Lorsque sa sexualité s'est affirmée, son désir de communion avec sa mère s'est fait plus pressant. Toutefois, dans son esprit dérangé, transgresser le tabou universel de l'inceste nécessitait un aménagement. Pour rendre ce désir plus acceptable, il a fait d'une mère déjà pourvue d'ailes l'ange de la mort. Cette métamorphose n'a pas réclamé un gros effort et son imagination fiévreuse lui a fourni les hallucinations appropriées : pressentiments, halos de lumière violette, figure ailée…

Rheinhardt écrasa son cigare et, les joues cramoisies d'indignation, s'écria :

— Est-ce que tu es en train de me dire que Sprenger tuait des femmes pour satisfaire un désir infantile de coucher avec sa mère ?

— En fin de compte… oui.

— Excuse-moi, Max, mais cette fois…

Rheinhardt secoua la tête.

— … Cette fois, tu t'embourbes en suivant ton mentor. J'ai le plus grand respect pour le professeur Freud, mais…

— Oskar, comment peux-tu refuser cette explication ? Quand Sprenger dit qu'il a visité Notre-Dame à Paris, il évoque le portail de la Vierge. La représentation de Marie non pas en mère de Dieu, mais en épouse du Christ, a retenu son attention. Tu ne le vois donc pas ? C'est ce qui a tout déclenché. Peu après, il a décidé de convoquer l'ange de la mort en commettant un meurtre. Inspiré par le portail, il a sollicité sa propre « épouse ». Mère et épouse ne faisaient plus qu'un dans son inconscient.

D'un geste brusque, Liebermann saisit le carnet posé sur les genoux de Rheinhardt et le feuilleta avec impatience.

— Écoute un peu : « Ah ! rctrouvcr lc sanctuairc de ces grandes ailes qui se referment sur votre âme avec la tendresse d'une mère allaitant son enfant nouveau-né ! » Voilà comment il décrit sa communion avec l'ange de la mort ! Ça ne te semble pas curieux qu'il compare l'un des personnages mythiques les plus terrifiants à une mère qui allaite son enfant ?

D'un petit mouvement de tête, Rheinhardt le concéda.

— Je dois en effet admettre que c'est une façon étrange d'exprimer ce qu'il ressent… compte tenu de la nature de l'être qu'il décrit.

Pendant le silence qui suivit, Liebermann continua à tourner les pages et à relire certains passages. L'inspecteur observa l'expression farouche et les mâchoires serrées de son ami.

— Voici une remarque intéressante, reprit Liebermann d'une voix lointaine. Sprenger écrit qu'il aimait bien Fräulein Babel. Quelque chose en elle éveillait sa pitié. Rappelle-toi, quand nous sommes allés dans l'appartement de Fräulein Babel, je t'ai dit que l'assassin avait peut-être laissé la porte ouverte parce qu'il voulait se faire prendre. Je crois que ce passage confirme mon hypothèse. Un reste de conscience se rebellait contre sa psychopathologie et les effets du poison sur son cerveau.

— Ah oui ! s'exclama Rheinhardt avec toute la puissance de sa voix de baryton. Justement, je voulais te poser la question. Jusqu'ici, tu m'avais donné à entendre que l'oxyde de plomb était très important. Pourtant, à présent, tu sembles mettre l'accent sur les penchants œdipiens de Sprenger et sur son développement sexuel précoce.

— Les deux sont importants. La nostalgie de sa mère, son comportement autoérotique, ses jeux avec les petites villageoises, sa confrontation avec les cercueils et sa nécrophilie une fois qu'il est devenu adulte, tout cela a contribué à sa maladie. Mais son désir de communier avec l'ange de la mort aurait pu en rester au stade de simple désir s'il n'y avait pas eu l'oxyde de plomb. Il est possible que le poison se soit accumulé au fil des ans dans les régions du cerveau qui gouvernent l'inhibition. Dès lors, plus rien ne le retenait et le fantasme est devenu réalité.

Les deux hommes gardèrent le silence et un certain temps s'écoula. Dans l'immeuble, on entendait un violoncelle. Tout juste audibles, les notes semblaient presque former une mélodie connue, sans pourtant y parvenir. Finalement, Liebermann se tourna vers son ami.

— Je crois que nous devrions prendre en compte un dernier facteur qui a contribué à la forme unique qu'a prise le déséquilibre de Sprenger.

— Oui ?

Rheinhardt émergea de son monde de réflexions personnelles.

— Nous.

— Je te demande pardon ?

— Nous, toi, moi, nous autres Viennois. Nous sommes obsédés par la sexualité et la mort. Les signes qui l'attestent sont partout : théâtres, galeries d'art, opéras, salles de concert. Regarde un peu les séductrices de Klimt, ou les marches funèbres que Mahler, le chef d'orchestre, met dans ses symphonies. Les bonnes gens de Vienne affluent pour assister à la nouvelle production de *Tristan et Isolde*, une histoire dans laquelle, de façon révélatrice, les philtres d'amour et de mort sont échangés. Les jeunes débauchés ont toujours des liaisons qui finissent par un duel avec le mari de la femme séduite. Ce qui commence dans la chambre à coucher glisse inexorablement vers la tombe : prostituées postées au Graben où se dresse la colonne de la Peste ; journaux qui mentionnent des suicides tous les jours ; le professeur Freud qui nous explique que les rêves où l'on s'envole sont libidineux ; Krafft-Ebing et son étude des déviations sexuelles ; Schnitzler et ses petites vendeuses aguicheuses ; la pompe ampoulée et le macabre de nos funérailles ; enfin la syphilis, notre maladie nationale… Tout cela tend à nous rappeler notre double obsession : la sexualité et la mort. Les corps malades produisent des symptômes, et le corps malade de notre société a produit Sprenger !

Rheinhardt grogna dans son verre de brandy.

— Tu sembles souhaiter qu'il soit jugé avec clémence. Il ne faudrait tout de même pas oublier ces malheureuses : Adele Zeiler, Bathilde Babel, Selma Wirth et Cäcilie Roster.

Rheinhardt posa son verre et tira sur sa lèvre inférieure.

— Attends un peu !

Ses yeux s'écarquillèrent.

— Sprenger ne parle pas de Fräulein Wirth.

— Je me demandais combien de temps tu mettrais à t'en apercevoir.

Deux sillons se creusèrent sur le front de l'inspecteur.

— Pourquoi est-ce qu'il ne parle pas d'elle ?

— Il n'en parle pas parce qu'il ne la connaît pas.

— Que veux-tu dire par là ?

— Eh bien, il ne l'a pas tuée.

— Comment peux-tu l'affirmer ?

Tel un prédicateur fervent brandissant sa bible, Liebermann agita le carnet.

— Ce qu'il a écrit est tout à fait cohérent. On ne pourrait pas inventer une histoire pareille. Une histoire inventée regorgerait d'anomalies et manquerait de logique en termes de psychologie. Il n'a pas hésité à avouer les meurtres de trois femmes. Pourquoi refuserait-il d'admettre celui d'une quatrième ?

— L'omission de Fräulein Wirth ne pourrait-elle pas être due à un trou de mémoire ? Tu m'as dit qu'on lui donnait de la morphine.

— Non, Oskar. Sprenger ne la connaissait pas. Elle a été tuée avec un poignard, et non avec une épingle à chapeau. Nous aurions dû accorder une plus grande importance à cette différence, y réfléchir davantage.

Liebermann laissa ses mots faire leur chemin et attendit de voir une lueur d'inquiétude dans les yeux de son ami avant d'ajouter :

— L'assassin de Fräulein Wirth court toujours.

— Mon Dieu !

L'inspecteur avait machinalement attrapé son verre que Liebermann remplit. Tête renversée en arrière, il but son brandy d'un trait, toussa et répéta :

— Mon Dieu !

Puis, tournant le verre vide dans sa main, il ajouta :

— Et maintenant, qu'est-ce qu'on fait ? Par où commence-t-on ?

— Frau Vogl ? hasarda Liebermann.

— Oui, et Frau Lachkovics, la voisine de Fräulein Wirth. Peut-être se rappelleront-elles un nouveau détail. La fille de la voisine est attardée. Je doute qu'elle puisse nous en dire plus.

— Quand nous avons questionné Frau Vogl, elle a mentionné un homme en chapeau melon, qui attendait dans la cour, devant l'appartement de Fräulein Wirth.

— En effet.

— Et Frau Vogl croyait que Frau Wirth avait un amant.

— Ce n'était qu'un soupçon. D'ailleurs, si l'homme au chapeau melon était l'amant, pourquoi aurait-il traîné dans la cour ?

— Voilà une bonne question. Peut-être voulait-il voir arriver Frau Vogl.

— Dans quel but ?

Liebermann haussa les épaules.

— Je n'en sais rien.

Pour Rheinhardt, il était évident que son ami avait pensé à quelque chose, mais ne voulait pas en parler. Légèrement agacé par cette réponse, il exprima une idée qui lui venait à l'esprit.

— N'oublions pas l'envoyé du propriétaire, Shevchenko. Je vais de nouveau lui parler. Fräulein Wirth était en retard pour payer son loyer. D'après Frau Lachkovics, elle avait des dettes parce qu'elle dépensait tout son argent en visites de médecin.

— De médecin… répéta Liebermann, puis, en pianotant sur le carnet de Sprenger, il ajouta : Elle a consulté le Dr Vogl.

La manière dont il prononça le mot *consulté* était pleine de sous-entendus.

— Et alors ? souffla Rheinhardt.

— Quand nous sommes partis de chez les Vogl, je n'ai pas pu m'empêcher de trouver que quelque chose…

— Clochait, je sais, Max. Mais tu n'as pas réussi à me gagner à cette idée.

— Et s'il y avait eu quelque écart de conduite ?

— Entre Fräulein Wirth et le Dr Vogl ?

— Oui.

— Allons, Vogl n'aurait jamais tué cette femme pour s'assurer de son silence, si c'est ce à quoi tu penses, même si elle menaçait de porter un coup fatal à son mariage. Un homme de son milieu social ne saurait prendre un tel risque. D'ailleurs, Frau Vogl est d'une beauté saisissante, tu ne trouves pas ? Il semble peu probable que son mari ait souhaité poursuivre de ses assiduités l'amie estropiée de son épouse. Qu'imagines-tu donc ? Qu'en examinant sa jambe malade, le Dr Vogl a été submergé d'une passion soudaine ?

— Elle a pu le séduire, lui réserver certaines gâteries dont les hommes raffolent et qui rebutent la plupart des femmes.

— Pourquoi aurait-elle agi ainsi ?

— Pour contrarier Frau Vogl.

— Elles étaient amies.

— Frau Vogl est une amie belle, douée, en pleine santé, qui connaît le succès, est fêtée par la haute société et adorée par son mari. Une blanchisseuse boiteuse peut avoir quelques raisons d'en vouloir à une telle amie.

Rheinhardt réfléchit à cette suggestion et secoua la tête.

— Non, tu te trompes.

Liebermann sourit.

— Je me trompe peut-être, mais pas tant que ça.

— Que fais-tu demain ?

— Je suis de repos.

— Eh bien, j'espère que tu n'as rien prévu d'important.

55

Ils se retrouvèrent au milieu de la matinée pour boire un café, puis se rendirent dans la maison de couture de Frau Vogl. Comme le hall d'entrée était déserté, ils patientèrent un instant, mais personne ne vint les accueillir.

— Qu'est-ce qu'on fait maintenant ? demanda Rheinhardt.

Liebermann montra une sonnette électrique et pressa dessus.

Un faible tintement résonna dans le bâtiment.

Un peu plus tard, la porte du fond s'ouvrit et une jeune femme blonde arriva. Tous deux la reconnurent, l'ayant aperçue lors de leur précédente visite.

— Monsieur l'inspecteur, dit la jeune femme.

— Fräulein, lui retourna Rheinhardt en s'inclinant.

— Est-ce que Madame vous attendait ? Elle ne m'a pas prévenue…

Rheinhardt l'interrompit.

— Non. Toutefois, je lui serais très reconnaissant si elle pouvait m'accorder quelques minutes de son précieux temps.

— Que dois-je lui dire ?

— Que je désire lui parler.

— À propos de…

— D'une affaire de la plus haute importance.

— Madame est à l'étage des machines à coudre. Je vais l'avertir de votre présence.

Après une révérence, elle s'éloigna. Le bruit de ses pas – curieusement lourds pour une jeune femme – s'entendit dans l'escalier.

Au bout de plusieurs minutes, la silhouette de Kristina Vogl apparut sur le seuil. Elle portait une robe bleue qui mettait ses yeux en valeur, et ses cheveux bruns formaient des crans artistiques. Quelques mèches s'échappaient devant ses oreilles, illusion de négligé, qui adoucissait ses traits et évoquait le saut du lit. Une grosse broche carrée était épinglée au-dessus de son cœur. Une croix en argent la divisait en quatre sections ornées de pierres semi-précieuses de couleurs vives.

— Monsieur l'inspecteur, quelle surprise ! s'écria-t-elle avec chaleur.

Elle s'avança et tendit une main que Rheinhardt baisa. Quand il releva la tête, il recula d'un pas, comme s'il ne supportait pas la proximité d'un être aussi rayonnant.

— Frau Vogl, dit-il, incapable de dissimuler son admiration.

— Puis-je vous offrir un rafraîchissement, monsieur l'inspecteur ? Du thé, peut-être ?

— Non, merci.

Kristina s'adressa à son assistante.

— Wanda, est-ce que la salle de réception est prête ?

— Oui, madame.

— Nous reprendrons quand j'en aurai terminé avec l'inspecteur Rheinhardt et le Dr Liebermann. Allez, sauvez-vous maintenant.

Liebermann était étonné que Frau Vogl se soit rappelé son nom, d'autant plus qu'elle ne l'avait pas salué.

— Par ici, je vous prie, messieurs.

Elle les emmena dans une grande pièce qui plut tant au jeune médecin qu'il se surprit à regarder autour de lui dans un état de divin ravissement. Étant un admirateur de la modernité, il était presque pétrifié par les murs laqués en blanc, les longs miroirs, les lampes en verre et l'élégante simplicité du mobilier. La table cubique ressemblait beaucoup à celle qu'il avait achetée pour son fumoir.

— Magnifique ! dit-il. Est-ce Moser qui a décoré cette pièce ?

— Moser et Hoffmann. Si ça vous intéresse, il y a certains de leurs bijoux exposés dans la vitrine.

Liebermann examina les trésors alignés derrière la vitre inclinée. Un bracelet fait de salamandres en corail attira aussitôt son attention.

— Je vous en prie, asseyez-vous, monsieur l'inspecteur.

Rheinhardt attendit que l'hôtesse se soit installée avant de prendre place sur l'une des chaises aux dossiers constitués de cercles.

— Herr Doktor… dit-il en regardant son ami. Voulez-vous vous joindre à nous ?

— Bien sûr, répondit Liebermann, un peu embarrassé. Toutes mes excuses.

Il avait peine à s'arracher à la vitrine, mais vint s'asseoir sur un siège libre et expliqua à Frau Vogl :

— Tout est exquis. J'aime beaucoup Moser. J'ai une table qui ressemble à celle-ci.

— De Moser ?

— Oui.

Kristina parut impressionnée ; toutefois, elle ne l'encouragea pas à poursuivre sur ce sujet et se tourna vers Rheinhardt.

— Monsieur l'inspecteur, je dois vous féliciter. Quand j'ai vu le gros titre à la une du *Wiener Zeitung*… Eh bien, vous ne pouvez pas imaginer mon soulagement. Mon cher époux était tellement inquiet qu'il ne me laissait pas quitter la maison sans escorte ! C'est merveilleux de ne plus éprouver la moindre peur.

— Frau Vogl, vous êtes très aimable, mais je n'ai pas attrapé Sprenger tout seul. Une grande part de mérite revient à mon collègue ici présent, le Dr Liebermann, qui, pour des raisons professionnelles, préfère que ses activités policières ne soient pas dévoilées dans les journaux.

Kristina jeta à Liebermann un coup d'œil gêné.

— Vous vouliez me parler d'une affaire de la plus haute importance. Je suppose qu'il y a un rapport avec la pauvre Selma.

— Oui, c'est exact. Il y a certains aspects de la vie de Fräulein Wirth qui nécessitent des éclaircissements. Peut-être serez-vous en mesure de nous aider.

— Ah bon ?

— Rappelez-vous, au cours de notre entretien, vous avez laissé entendre que Fräulein Wirth pouvait avoir un soupirant.

— Je…

Kristina hésita et secoua la tête.

— Vraiment, je n'en sais rien. Selma me faisait pitié. Sa vie n'a jamais été facile et elle semble avoir eu plus que sa part de malheurs. J'ai toujours espéré qu'elle rencontrerait quelqu'un. Je crois que mon envie de la voir mariée et heureuse m'a incitée à accorder trop de signification aux infimes changements que j'ai observés dans sa façon de s'habiller et de se comporter.

— Frau Vogl, quels étaient ces changements ? demanda Liebermann.

— Oh ! je ne me souviens pas au juste. Elle souriait plus souvent. On pourrait dire qu'elle était plus… je ne sais pas… qu'elle avait rajeuni.

— Et ses vêtements ?

— Oui ?

— En quoi étaient-ils différents ?

— Elle avait acheté une nouvelle… Non, se reprit-elle en rougissant. Non. Elle paraissait plus soignée, voilà tout.

Rheinhardt se pencha en avant.

— Frau Vogl, vous disiez avoir vu un homme qui attendait devant chez elle.

Kristina sembla déconcertée, puis, soudain, son visage s'éclaira.

— Oui, c'est ça. Un homme avec un chapeau melon.

— S'il vous plaît, Frau Vogl, réfléchissez bien. Vous rappelez-vous autre chose à son sujet ?

— Non. C'était seulement… un homme.

— Ce monsieur aurait-il pu être le soupirant de Fräulein Wirth ?

— Monsieur l'inspecteur, tout compte fait, je ne crois pas qu'elle en avait un.

— Supposons quand même que votre première impression ait été juste. Est-il concevable que le monsieur que vous avez vu ait pu être son amant ?

— Comment voulez-vous que je le sache ?

Une note d'irritation s'était glissée dans sa voix.

— Malgré tout le respect que je vous dois, monsieur l'inspecteur, je ne vois pas pourquoi vous me posez ces questions. Qu'est-ce que ça change, que cet homme ait été ou non l'amant de Selma ? D'ailleurs, qu'est-ce que ça change, qu'elle ait eu ou non un amant ?

Rheinhardt se pencha encore davantage en avant.

— J'ai le regret de vous informer que la réponse peut avoir une importance capitale, Frau Vogl, dans la mesure où nous avons à présent de bonnes raisons de penser que Markus Sprenger n'a pas tué Selma Wirth.

L'expression de Frau Vogl se durcit.

— Quoi ?

— Je suis navré. Je comprends que vous trouviez cette nouvelle affligeante.

Kristina prit de profondes inspirations et sa poitrine se souleva.

— Je ne comprends pas. Que dites-vous là, monsieur l'inspecteur ? s'écria-t-elle d'une voix forte, hystérique. Sprenger… Enfin, son nom s'étalait dans tous les journaux. Markus Sprenger.

— Je crains que de nouveaux éléments ne soient apparus.

— De nouveaux éléments ?

— Oui.

Rheinhardt s'en tint là, même si, à en juger par son expression, Kristina brûlait d'avoir des précisions. Un certain temps s'écoula, puis elle se redressa et recouvra son sang-froid. D'une voix plus basse et plus maîtrisée, elle demanda :

— Dans ce cas, pensez-vous… que je sois toujours en danger ?

— C'est possible.

Kristina porta une main tremblante à sa tempe.

— Mais c'est affreux ! Vraiment affreux. En êtes-vous certain, monsieur l'inspecteur ? Êtes-vous certain que ce n'était pas Sprenger ?

Rheinhardt le confirma d'un air solennel.

— Frau Vogl, nous avons grand besoin de votre aide. Réfléchissez bien. Est-ce que Fräulein Wirth vous aurait donné matière à inquiétude en ce qui concernait sa sécurité ? Aurait-elle dit quoi que ce soit à ce sujet ?

Le regard de Kristina passa de Rheinhardt à Liebermann et revint se poser sur l'inspecteur.

— Oui, hasarda-t-elle d'un ton hésitant. Peut-être…

Rheinhardt sortit son calepin et son stylographe.

— Allez-y, je vous en prie.

— Selma méprisait l'homme qui collectait les loyers.

— Shevchenko ?

— C'est comme ça qu'il s'appelle ? Pour moi, c'est seulement l'envoyé du propriétaire.

— Pourquoi le méprisait-elle ?

— Elle le trouvait grossier, bestial et…

Kristina effleura sa broche multicolore comme si les pierres étaient dotées d'un pouvoir magique et pouvaient lui donner la force de continuer.

— … je crois qu'il lui a fait un jour une proposition inconvenante.

— Je dois vous demander d'être plus explicite, Frau Vogl.

— Il a proposé d'annuler sa dette si elle…

— Se soumettait à sa volonté, suggéra l'inspecteur.

— Oui, c'est ça.

— Je vois.

Rheinhardt griffonna quelques notes. Liebermann prit le relais.

— Frau Vogl, pourquoi croyez-vous, sans en être sûre, qu'il lui ait fait une proposition inconvenante ? Si Fräulein Wirth vous en a parlé, il ne s'agit pas d'une pure conjecture.

— Excusez-moi… Cet homme lui a en effet fait une proposition.

— Selma vous l'a dit ? demanda Rheinhardt.

— Oui.

L'inspecteur mordilla l'extrémité de son stylographe.

— Frau Vogl, pourquoi ne l'avoir mentionné plus tôt ?

— Je ne m'en souvenais plus. Comprenez-moi : cette conversation remonte à près d'un an. Et, par la suite, Selma n'y a plus jamais fait allusion. Bien entendu, j'ai supposé qu'elle avait refusé sa proposition et qu'il s'était abstenu de la renouveler. Et je n'imaginais pas non plus que ce Shev… Shev…

Rheinhardt vint à son aide.

— Shevchenko.

— Que ce Shevchenko pourrait un jour abuser d'elle. Si cette idée m'était venue à l'esprit, j'aurais exigé que Selma quitte son appartement et, quoi qu'elle ait pu dire, j'aurais pris les dispositions nécessaires.

Rheinhardt leva les yeux de son calepin. Liebermann soupira en voyant la lueur d'admiration se glisser de nouveau dans les yeux mélancoliques de son ami.

Ils trouvèrent un café près de la cathédrale.

— Je vais téléphoner à Haussmann pour lui dire de chercher Shevchenko et de me rappeler s'il réussit à le dénicher, annonça Rheinhardt.

Il se rendit dans la cabine et, en revenant, s'adressa au serveur. Liebermann vit quelques pièces changer de main et le serveur s'incliner avec obséquiosité.

— Ah ! s'exclama l'inspecteur, ravi de constater qu'ils étaient servis. J'en avais vraiment envie !

Après avoir bu une gorgée de café turc, il coupa un morceau de tarte aux prunes avec sa fourchette. La part était généreuse : pâte moelleuse recouverte de quartiers de fruits violets, parsemée de sucre glace. Il mâcha lentement pour prolonger ces premiers moments de plaisir.

— C'est excellent. Et toi, qu'as-tu commandé ? demanda-t-il à Liebermann en regardant sa pâtisserie blanche indéfinissable.

— Un flan au fromage blanc.

Rheinhardt haussa les épaules, but une nouvelle gorgée de café et avala une autre bouchée. Ce ne fut qu'après avoir consommé la moitié de sa tarte qu'il se rappela la présence de son compagnon et demanda :

— Alors, qu'est-ce que tu en dis ?

Liebermann remua son café noir et en scruta la surface comme si la réponse était inscrite dans le tourbillon de mousse brun clair.

— Il y a quelque chose qui cloche.

L'inspecteur cessa de mâcher.

— À ton avis, elle mentait ?

Liebermann posa sa cuillère.

— Dès qu'elle t'a vu, elle a semblé tout faire pour te désarmer. Elle s'est prêtée à un baisemain, t'a flatté et t'a souri en jouant la coquette.

— Peut-être a-t-elle vu en moi un homme admirable devant lequel elle était incapable de réprimer ses élans.

Rheinhardt sourit, mais l'expression de son ami resta morose. Le jeune médecin poursuivit comme si de rien n'était.

— Elle a dit que Selma Wirth avait changé et elle allait ajouter qu'elle s'était acheté une nouvelle robe, puis, en se rappelant qu'elle manquait d'argent, elle s'est reprise et a préféré parler de modifications dans sa tenue.

— Allons, Max, tu n'es pas voyant, que je sache. Tu ne fais que te livrer à des suppositions.

— Quand tu as parlé de l'homme au chapeau melon, elle a paru tout d'abord déconcertée, comme si elle avait oublié ce détail qu'elle avait pourtant elle-même mentionné. Et quand tu lui as annoncé que l'assassin de son amie courait toujours, sa réaction a été très étrange : elle s'est plus intéressée à la façon dont tu étais parvenu à cette conclusion qu'à sa propre sécurité. D'ailleurs, comme tu insistais pour en savoir davantage sur Fräulein Wirth, elle a paru se raccrocher à Shevchenko à la dernière minute. J'ai eu l'impression qu'elle… improvisait. Surtout lorsqu'elle a prétendu qu'elle ne se rappelait plus son nom. En réalité, elle a une très bonne mémoire des noms.

Liebermann reprit sa fourchette en main mais, alors qu'il s'apprêtait à la porter à sa bouche, il arrêta son geste à mi-course.

— D'après Frau Vogl, son amie aurait évoqué la proposition de Shevchenko il y a près d'un an… C'est ce qu'elle a déclaré sans la moindre hésitation. Pourtant, la plupart des gens ont besoin de réfléchir pour calculer à quand remonte un événement qui date d'un certain temps. Sa réponse immédiate prouve qu'elle n'avait pas besoin de se livrer à ce calcul.

— Ce qui veut dire ?

— Que, contrairement aux apparences, elle avait déjà beaucoup réfléchi à ce détail, ou alors…

— Oui ?

— Qu'elle a tout inventé.

Rheinhardt poussa son reste de tarte au bord de son assiette.

— Tu sais, Max, il se pourrait bien que je me laisse convaincre.

L'inspecteur termina sa pâtisserie et sortit des cigares de sa poche. Il en offrit un à Liebermann, lui donna du feu, puis alluma le sien. Il avait envie de demander à son ami ce qu'il avait à l'esprit, mais il savait que ce serait inutile. Le jeune médecin s'était renfermé dans sa coquille.

Si Rheinhardt avait posé la question, et s'il avait obtenu une réponse franche, il en serait resté sidéré, voire choqué. Car, à cet instant précis, Liebermann revoyait Miss Lydgate en train d'introduire les doigts dans le sexe de Bathilde Babel. Cette image, qui l'avait perturbé au début, avait perdu sa lascivité et recelait soudain certaines possibilités…

Ils fumèrent leur cigare en silence et passèrent l'heure suivante à échanger des propos décousus. Le seul sujet qui les incita à s'exprimer avec quelque cohérence fut la musique de Karl Goldmark, en particulier ses lieder de jeunesse, et son opéra intitulé *La Reine de Saba*. Bientôt, le serveur s'approcha et s'inclina bien bas :

— Monsieur l'inspecteur, votre adjoint est au téléphone.

56

Le bureau de Shevchenko se trouvait au-dessus d'un magasin de pianos qui semblait attirer une clientèle de musiciens accomplis. Des bribes de Beethoven, jouées avec force et même fureur, montaient à travers les lames de parquet. Entendre cette musique provoqua une tension curieuse dans les doigts de Liebermann, qui se mirent à pianoter eux aussi. On aurait dit que le féroce génie de Beethoven s'était emparé de son esprit et de son système nerveux. Redoutant de ne pas pouvoir s'empêcher de mimer l'interprétation du *Presto agitato* de la *Sonate en do dièse mineur*, Liebermann croisa les mains.

Shevchenko n'avait pas débarrassé les restes de son repas de midi. Un trognon de pomme avait viré au brun et le boyau d'une saucisse, presque transparent, recroquevillé, évoquait une mue de serpent. Une giclée de moutarde jaune vif apportait une touche de couleur incongrue à cette nature résolument morte. Liebermann fut frappé par le contraste qu'il voyait là : les reliefs du quotidien de Shevchenko, et le gouffre qui séparait le grand art des nécessités matérielles de l'existence. Il lui semblait que la musique qui faisait vibrer l'air venait d'un autre univers, un endroit libéré de la pourriture et des imperfections corporelles.

Il y avait environ dix minutes qu'ils se trouvaient dans ce bureau.

Après avoir présenté Liebermann, Rheinhardt avait expliqué le but de leur visite. Shevchenko avait écouté d'un air impassible. Son expression frisait même l'indifférence.

Liebermann s'aperçut qu'il ne pouvait regarder le Ruthène sans éprouver une légère nausée. Ses cheveux étaient gras, sa barbe peu soignée et ses ongles noirs. Le tissu de sa redingote était lustré par endroits. L'homme dégageait en outre une odeur déplaisante, aigre, que Liebermann associait aux vieillards et aux hôpitaux – mélange désagréable de transpiration rance et d'ammoniaque.

— Écoutez, monsieur l'inspecteur, je regrette bien entendu d'apprendre que l'assassin de Fräulein Wirth court toujours. Mais je crains que vous ne perdiez votre temps avec moi. Je vous ai déjà dit tout ce que je sais au sujet de Fräulein Wirth.

Rheinhardt se pencha en avant.

— La dernière fois que nous nous sommes entretenus à son sujet, vous avez mentionné qu'elle n'avait pas payé son loyer depuis plusieurs mois.

— Oui. Elle ne payait jamais régulièrement. Et elle avançait de bien mauvaises excuses, précisa-t-il en secouant la tête.

Quelques mesures du mouvement lent de la *Sonate Waldstein* filtrèrent d'en bas.

— Vous devez avoir du mal à travailler ici, dit Rheinhardt.

— Pourquoi dites-vous ça ?

— À cause de la musique. Elle ne vous distrait pas ?

Shevchenko haussa les épaules.

— Elle ne me gêne pas.

Rheinhardt s'appuya à son dossier et sa chaise craqua.

— Dites-moi, Herr Shevchenko, comment décririez-vous vos relations avec Fräulein Wirth ?

— Mes relations ? Qu'est-ce que vous appelez mes relations ?

— Vous entendiez-vous ?

— Mon travail ne consiste pas à entretenir de bonnes relations avec les locataires, monsieur l'inspecteur, mais à collecter les loyers. Quelqu'un qui est chargé de cette tâche n'est jamais très aimé.

— Mais, malgré tout, entreteniez-vous de bonnes relations avec elle ?

Shevchenko prit le temps de la réflexion avant de répondre :

— Autant qu'elles pouvaient l'être compte tenu de mon rôle.

— Fräulein Wirth n'était pas sans posséder un certain charme.

Shevchenko haussa de nouveau les épaules. L'inspecteur persévéra :

— La trouviez-vous séduisante ?

Le Ruthène plissa les yeux. Il grogna et demanda :

— Où voulez-vous en venir, monsieur l'inspecteur ? Je n'aime pas qu'on tourne autour du pot, alors venez-en au fait.

— Avez-vous proposé à Fräulein Wirth d'effacer ses arriérés en échange de ses faveurs ?

Le Ruthène haussa imperceptiblement les sourcils.

— Qui a bien pu vous dire une chose pareille ?

— Quelqu'un qui connaissait la défunte.

— Sa voisine ? Comment s'appelle-t-elle déjà ? Lenkeiwicz ? Non, Lachkovics ! C'est ça, Frau Lachkovics.

— Ce n'était pas Frau Lachkovics.

— Alors qui ? J'ai le droit de le savoir.

Shevchenko soutint un instant le regard de l'inspecteur, puis soupira et détourna les yeux.

— On vous a mal informé, monsieur l'inspecteur.

— Vous ne trouviez pas Fräulein Wirth séduisante ?

— Non, monsieur l'inspecteur.

Il leva la tête et regarda Rheinhardt bien en face.

— Quand suis-je censé lui avoir fait cette proposition ?

— Il y a quelque temps. Un an, peut-être…

Les premières mesures de la *Grande Sonate Pathétique* ajoutaient une atmosphère mélodramatique à cet échange.

— Il y a un an, répéta Shevchenko avant de compter sur ses doigts les mois écoulés. En réalité, monsieur l'inspecteur, une proposition de cet ordre a bien été faite à ce moment-là. Mais pas par moi.

La musique s'arrêta soudain au milieu d'une phrase.

— Voudriez-vous expliciter votre pensée ?

— Je ne suis pas du genre à salir la réputation des morts. Cette pauvre femme est dans la tombe.

— Herr Shevchenko, vous ai-je bien compris ? Fräulein Wirth vous aurait proposé ses faveurs contre une aide financière ?

Le Ruthène sortit de sa poche un portefeuille qui s'ouvrait comme un livre. Il le tendit à ses visiteurs pour qu'ils voient à l'intérieur la photographie d'une femme et l'image de Jésus montant au ciel dans un cône de lumière.

— Frau Shevchenko. Nous avons été mariés vingt-cinq ans. Dieu ne nous a pas accordé la bénédiction que représentent les enfants. Nous n'étions que tous les deux. De toute ma vie, je n'ai jamais ne serait-ce que regardé une autre femme, même depuis la mort de Frau Shevchenko.

Les premiers accords de la *Pathétique* sonnèrent de nouveau.

— Elle est morte il y a environ un an d'une terrible maladie qui la faisait souffrir, vomir, cracher du sang, beaucoup de sang. Je travaillais toute la journée et j'étais debout toute la nuit pour m'occuper d'elle. Parfois, le prêtre ou une religieuse venait et je dormais une ou deux heures, guère plus. Les médecins ne pouvaient rien pour elle.

À ce moment précis, le pianiste se lança dans une valse légère où un demi-ton discordant apportait une note d'humour. Le changement d'ambiance mettait les nerfs à rude épreuve.

— Croyez-vous vraiment qu'en de telles circonstances j'aurais recherché avec Fräulein Wirth le type d'arrangement que vous suggérez ?

Rheinhardt et Liebermann gardèrent le silence. La valse s'éteignit.

Shevchenko regarda la photo de sa femme avant de la remettre dans sa poche. Son doigt replié se porta à son œil droit, mais ne réussit pas à écraser la larme prête à couler.

Liebermann sentit un pincement de culpabilité. Il avait porté un jugement injuste sur cet homme. Le manque de soin qui le caractérisait avait une cause évidente : un profond chagrin. Shevchenko attendait la mort avec impatience pour pouvoir enfin rejoindre son épouse.

— Vous me voyez navré de vous avoir dérangé, Herr Shevchenko, dit l'inspecteur d'une voix très douce en se levant.

Le Ruthène inclina la tête.

Lorsque Rheinhardt et Liebermann traversèrent la pièce, le bruit de leurs pas coïncida malencontreusement avec le rythme d'une danse allemande pleine d'entrain.

57

Il n'y avait personne chez Frau Lachkovics. En attendant son retour, les deux amis passèrent un moment à fumer dans la cour puis, lorsque l'estomac de Rheinhardt se mit à gargouiller, ils décidèrent de se rendre dans un estaminet voisin. Ayant déniché un établissement accueillant, ils passèrent l'heure suivante à apprécier un bon *Tafelspitz*, du bœuf bouilli servi avec des pommes de terre rôties, une sauce au raifort et aux pommes et une autre à la ciboulette, et firent glisser le tout avec plusieurs chopes d'Edelweiss. Revigorés à la fois par ce repas substantiel et par les qualités stimulantes de la bière blanche, ils revinrent sur leurs pas et furent soulagés de voir les fenêtres éclairées.

Frau Lachkovics les fit entrer dans un modeste salon où sa fille était assise, muette, dans un fauteuil d'osier qui occupait un coin de la pièce. Rheinhardt présenta Liebermann et fut surpris par la réaction de Frau Lachkovics qui devint agitée et regarda tour à tour Jana et le jeune médecin. L'inspecteur en conclut qu'elle s'était trompée sur le but de cette visite et pensait que le médecin allait examiner sa fille pour l'envoyer à l'hôpital. Une bouffée de pitié le submergea.

— Frau Lachkovics, dit-il en lui effleurant doucement la manche. Herr Doktor Liebermann est là pour m'aider et non pas pour se livrer à un examen médical.

Soulagée, la femme soupira, fit mine de parler, mais une idée soudaine sembla lui ôter toute assurance.

— Frau Lachkovics, que vouliez-vous dire ?

Elle secoua la tête et les invita à s'asseoir. Rheinhardt et Liebermann furent obligés de se partager un canapé étroit et ils eurent beau remuer, gigoter ou pivoter, ils restaient aussi serrés entre les accoudoirs.

— Vous étiez sortie, tout à l'heure, dit Rheinhardt en dégageant son coude coincé par le bras de Liebermann.

— Oui, répondit Frau Lachkovics en attrapant un tabouret. Je suis désolée, nous étions à Ottakring. Ma mère… vous vous rappelez, je vous ai parlé de ma mère âgée ?

— En effet.

Frau Lachkovics s'assit et lissa sa jupe.

— Le tram est arrivé en retard. Je ne sais pas pourquoi. Avez-vous envoyé un message ? Si j'avais su…

Rheinhardt l'interrompit.

— Je vous en prie, ne vous inquiétez pas pour nous, Frau Lachkovics. Votre retard nous a donné l'occasion de savourer un délicieux *Tafelspitz* au *Trinklied*.

D'un geste vague, il désigna la rue.

— Frau Lachkovics, j'ai quelques questions à vous poser sur Fräulein Wirth.

Elle n'éleva pas d'objection. L'arrestation de Markus Sprenger avait suscité d'interminables discussions parmi les blanchisseuses, toutefois cette nouvelle ne donna pas à Frau Lachkovics le courage de demander à l'inspecteur pourquoi il était revenu l'interroger. Elle acceptait l'autorité du policier avec passivité.

Rheinhardt poursuivit :

— Frau Lachkovics, êtes-vous certaine que Fräulein Wirth n'avait pas d'amis masculins ?

— Je ne peux pas en être certaine, mais, à mon avis, c'est peu probable. Vous comprenez, nous étions souvent ensemble. Je l'accompagnais pour aller à la blanchisserie le matin et pour en revenir le soir. Quand elle avait de la visite, je le savais toujours. D'ici, j'entendais frapper à sa porte. Les murs ne sont pas épais. À part Herr Shevchenko, l'envoyé du propriétaire, je n'ai jamais vu d'autre monsieur. J'ai vu l'amie de Selma, Frau Vogl, ça oui, et j'ai vu des filles de la blanchisserie, Christa, Steffi, mais jamais d'homme. D'ailleurs, si elle avait rencontré quelqu'un, je suis sûre qu'elle m'en aurait parlé. C'était dans sa nature de se confier. Elle n'a jamais été cachottière.

— Au moment où Fräulein Wirth a…

Rheinhardt lança un coup d'œil à la jeune Jana assise dans le coin de la pièce et chercha une formule édulcorée.

— Au moment où Fräulein Wirth a été confrontée à sa triste fin, vous rappelez-vous avoir vu un inconnu rôder dans la cour ?

— Non.

— Un homme en long manteau et chapeau melon ?

— Je ne me souviens d'aucun inconnu.

— Personne qui répondrait à cette description ?

— Un long manteau et un chapeau melon ? Il y a beaucoup d'hommes qui s'habillent comme ça.

— C'est vrai, reconnut l'inspecteur en changeant de position. Vous mentionniez Herr Shevchenko…

Frau Lachkovics fronça les sourcils.

— Oui ?

— S'est-il toujours comporté… correctement ?

— Je ne vois pas ce que…

— Vous a-t-il toujours témoigné le respect qu'une dame est en droit d'attendre d'un homme bien élevé ?

Elle le regarda sans comprendre.

— Excusez-moi, mais je dois vous poser une question indélicate, poursuivit Rheinhardt. Herr Shevchenko vous a-t-il fait des propositions ? Vous a-t-il fait des avances importunes ?

— Herr Shevchenko ! Mon Dieu, non !

Les joues de Frau Lachkovics s'empourprèrent et la rougeur gagna bientôt son cou.

— Je suis navré, madame, mais je dois vous poser une autre question indélicate. Aurait-il, pour ce que vous en savez, fait des propositions à Fräulein Wirth ?

Frau Lachkovics vira au cramoisi.

— Non, non…

— Fräulein Wirth vous en aurait-elle parlé, à votre avis, si cela s'était produit ?

Frau Lachkovics ne répondit pas aussitôt. Rheinhardt voyait qu'elle accordait toute son attention à cette question.

— Oui, dit-elle enfin. Je crois qu'elle m'en aurait parlé. Mais Herr Shevchenko n'est pas comme ça. Il s'occupe seulement de récolter les loyers. Il ne bavarde pas avec les gens, il ne traîne pas. Une fois qu'il a fait son travail, il s'en va. La plupart des locataires ne l'aiment pas. C'est vrai qu'il ne sourit jamais et se montre parfois coupant et désagréable. Mais je ne crois pas que ce soit un mauvais homme. Il est triste et solitaire, c'est tout.

Le fauteuil en osier craqua. Jana se leva et vint se placer derrière sa mère qui se retourna pour lui sourire.

— Jana ?

Au lieu de répondre, elle fixa sur l'inspecteur des yeux qui restaient curieusement vides. Ses traits ne trahissaient rien de sa personnalité, de son humeur ou des idées qui lui passaient par la tête. Elle leva le bras. Dans sa main, elle tenait un livre.

— Je peux le garder, maintenant qu'elle est morte ? demanda-t-elle d'un ton monocorde.

— Pardon ? fit Rheinhardt.

— Jana ! s'écria Frau Lachkovics en tirant d'un coup sec sur la jupe de sa fille pour exprimer son mécontentement.

Cette réprobation n'eut pas l'effet escompté.

— Maintenant que Selma est morte, je peux garder son livre ? répéta la jeune fille.

— C'est Selma qui te l'a donné ? demanda Rheinhardt.

— Oui.

Rheinhardt s'extirpa du canapé et prit le volume des mains de Jana. En lisant le titre au dos, il constata que c'était un recueil de contes pour enfants.

— Il y en a un autre dans la cuisine, précisa Jana.

Rheinhardt fit rapidement défiler les pages. Des illustrations se mêlaient à un texte que le mouvement rendait flou. Soudain le livre resta ouvert à l'endroit où un ticket avait été glissé. L'inspecteur le sortit, l'examina et demanda à Frau Lachkovics :

— C'est à vous ?

— Non.

— De quoi s'agit-il ? s'enquit Liebermann.

— Un bulletin de consigne de la Südbahnhof[1].

Jana rompit le silence qui suivit.

— Alors, je peux garder les livres ?

— Tu peux les garder si je peux garder ce bulletin, répliqua Rheinhardt.

1. Gare du Sud.

58

Heinz Vogl entra dans la chambre de sa femme. Comme il était encore tôt, il fut étonné de constater qu'elle s'y était déjà retirée et trouva même qu'elle exagérait. Il se persuada donc qu'il était en droit de la réveiller si elle s'était endormie.

— Ma chérie ?

L'édredon ondula lorsqu'elle se tourna vers lui.

— Je ne dors pas, précisa-t-elle sans nécessité.

Vogl avança dans le cône de lumière qui filtrait de sa propre chambre et s'assit au bord du lit.

— Quelle heure est-il ? lui demanda Kristina en battant des paupières.

— Dix heures, à peu près.

— Comment s'est passée ta réunion ?

— Assez bien. Le professeur Raich était favorable à la nomination de Mitterwallner, mais le professeur Lischka et cet idiot de Kinigader y étaient opposés. Par chance, j'ai réussi à convaincre Salvenmoser de voter avec nous et, finalement, le résultat a été satisfaisant. Mais ça n'a pas été sans fatigue ni frustration, et je crains que cette discussion plutôt vive ne laisse des traces chez certains. Le moment venu, il faudra vider l'abcès.

Vogl effleura la joue de sa femme.

— Qu'y a-t-il, ma chérie ?

— Est-ce que tu te souviens de l'inspecteur Rheinhardt, qui était venu avec le Dr Liebermann ?

— Oui, bien sûr.

— Ils sont passés aujourd'hui à la maison de couture.

— C'est vrai ? Que voulaient-ils ?

— Ils ont dit qu'ils disposaient à présent d'indices prouvant que l'homme qu'ils ont arrêté, Sprenger, n'aurait pas tué Selma.

— Mais, ma chérie, c'est là une nouvelle terrible ! Tu es donc toujours en danger.

Vogl porta à ses lèvres la main molle de sa femme et déposa un baiser sur chacun de ses doigts.

— J'espère que tu n'es pas revenue à la maison toute seule.

Kristina ne répondit pas.

— C'est ce que tu as fait ? Ma chérie, tu dois te montrer plus prudente. Ce n'est pas le moment de prendre des risques.

— Je ne peux pas continuer à vivre ainsi, souffla Kristina.

Son ton était étrange, presque étranglé. Ses yeux se voilèrent et se remplirent de larmes. Vogl la prit dans ses bras et la berça d'avant en arrière.

— Ma pauvre chérie… ne pleure pas. L'inspecteur Rheinhardt a réussi à attraper Sprenger. Je suis sûr qu'il finira par épingler l'assassin de Selma, quel qu'il soit. Ce n'est qu'une question de temps.

Destinés à rassurer, ces mots parurent avoir l'effet contraire. Vogl sentit le corps de son épouse se raidir dans ses bras pendant que les larmes roulaient sur ses joues.

59

Le fiacre s'arrêta devant la Südbahnhof à l'endroit où s'alignaient déjà d'autres voitures. Les deux hommes mirent pied à terre sur l'esplanade. Pendant que

Rheinhardt réglait la course, Liebermann admira l'architecture de la gare, parfait exemple d'ostentation viennoise. On aurait pu prendre cette façade pour celle d'un prestigieux opéra européen. Cette folie des grandeurs le fit sourire et, même s'il était pour sa part un farouche partisan de la modernité, il se sentait néanmoins fier de sa ville. La gare s'enorgueillissait de cinq portails surmontés de fenêtres cintrées, elles-mêmes surmontées de fenêtres rectangulaires. Un tympan ocre égayait le fronton massif dont chaque coin soutenait une statue classique majestueuse. Des sphinx étaient juchés sur le toit des deux ailes qui flanquaient la façade et possédaient elles aussi un fronton.

— Impressionnant, hein ? dit Rheinhardt en rejoignant son ami. Mais ce n'est pas le moment…

La tape vigoureuse qu'il lui donna dans le dos propulsa le jeune médecin en avant.

L'intérieur de la Südbahnhof était aussi somptueux que l'extérieur. Ils pénétrèrent dans un vaste hall dominé par un grand escalier qui montait pour se scinder sous une galerie à balustrade. Le sol était éclairé par des rangées de lampes à gaz sphériques montées sur de hauts supports en fer ciselé, et, pourtant, d'autres globes scintillants étaient accrochés au plafond que sa hauteur rendait presque invisible.

Il était près de onze heures du soir, mais la gare fourmillait encore de monde. Le dernier train de Trieste venait d'arriver et un flot de gens se hâtait dans le hall. Un monsieur au teint basané, portant djellaba, fez et babouches jaunes en cuir souple, passa, accompagné par un porteur qui traînait une malle dorée sur un chariot. Sur leurs talons avançaient un groupe d'Italiennes très bruyantes et quelques hommes d'affaires autrichiens qui estimaient, selon toute apparence, qu'elles auraient dû se comporter avec plus de retenue dans un lieu public. Un sifflet retentit et un jet de vapeur jaillit. L'air sentait la poussière de charbon et l'huile.

Rheinhardt et Liebermann se frayèrent un chemin parmi la foule jusqu'à la consigne. Ils présentèrent le bulletin à l'employé qui, après en avoir pris note dans son registre, leur remit une clé.

Chaque casier était numéroté et ils trouvèrent le n° 106 au bout de la première rangée. Rheinhardt s'accroupit. Au moment de tourner la clé, il leva les yeux sur son ami.

— J'hésite à l'ouvrir de crainte d'être déçu.

Avec un déclic, le pêne sortit de la gâche et l'inspecteur ouvrit la porte du casier.

— Oui, il y a bien quelque chose à l'intérieur.

Il retira un papier roulé et des cartes postales, puis se releva et tendit la première carte à Liebermann.

Elle montrait deux jeunes filles nues, à peine pubères, qui posaient, gauches, devant une toile de fond à fleurs, en feignant de s'intéresser à une figurine à cornes placée sur un support. Sur la deuxième, les mêmes adolescentes étaient étendues sur un tapis et, sur la troisième, elles s'embrassaient.

Liebermann examina les cartes postales avec attention. Revenant à la première, il la pencha vers la lumière.

— La fille qui a un nævus sur le ventre…

Rheinhardt jeta un coup d'œil au modèle nu et regarda Liebermann.

— Elle me rappelle…

Il hésita avant d'ajouter :

— … quelqu'un.

— Oui, c'est aussi ce que je me disais.

— Ça ne peut pas être… mais non.

— Je crois que si… et j'ai l'impression que sa compagne est Selma Wirth.

Liebermann retourna la carte pour vérifier où elle avait été imprimée. Rien n'était indiqué. Rheinhardt déroula le papier et s'aperçut qu'il s'agissait d'un dessin très bien exécuté, mais déplaisant à l'extrême : deux jeunes filles, toujours les mêmes, allongées côte à côte, jambes écartées, l'une avec des bas noirs, l'autre entièrement nue.

Rheinhardt reconnut le style de l'artiste : corps émaciés, détails à profusion entre leurs jeunes cuisses. La signature confirma ses soupçons.

— Qu'est-ce que c'est que cette histoire ? marmonna-t-il en montrant le gribouillage dans le coin inférieur droit.

60

Planté au milieu de son atelier, Rainmayr admirait son croquis.

— Tiens, tiens ! Où l'avez-vous déniché ? demanda-t-il à Rheinhardt. Pas mal du tout. Il y a certaines choses que je ferais différemment aujourd'hui. La perspective manque d'intérêt et les visages sont assez inexpressifs… mais ça reste très acceptable. Bien sûr, à présent, je pourrais obtenir le même effet avec moins d'efforts.

— Quand avez-vous exécuté ce dessin ?

Rainmayr secoua la tête.

— Oh ! je ne sais plus. Il doit y avoir au moins vingt ans.

Il fit claquer sa langue avant d'ajouter :

— Non, plus… vingt-cinq, peut-être ?

— À qui l'avez-vous vendu ?

— Je ne m'en souviens pas, monsieur l'inspecteur. J'en ai fait tellement dans ce style. Mais dites-moi donc où vous l'avez trouvé.

— Herr Rainmayr, vous rappelez-vous le nom de ces jeunes modèles ?

— Oui, répondit-il avant de se reprendre : C'est-à-dire, non.

Rheinhardt jeta un coup d'œil à Liebermann. L'inspecteur était devenu aussi sensible qu'un psychanalyste aux petites erreurs spontanées révélatrices que le professeur Freud appelait lapsus. Liebermann inclina la tête pour lui donner raison.

Rainmayr remarqua que quelque chose était passé entre les deux hommes et reprit avec nervosité :

— C'étaient des filles des rues. Je ne sais plus combien d'entre elles ont posé pour moi au fil des ans. Des centaines. Vous ne pouvez pas me demander de toutes me les rappeler.

— Herr Rainmayr, vous savez très bien qui elles sont, dit Liebermann.

Le peintre posa le croquis sur la table et son regard traversa la pièce pour se fixer sur Liebermann.

— Non, je vous assure que je ne m'en souviens pas.

— Sauf votre respect, j'ai déjà eu l'occasion de constater que le Dr Liebermann ne se trompait pas quand il affirmait que quelqu'un disait ou non la vérité.

— Quoi ? Il lit dans les pensées ?

Liebermann haussa les épaules d'un air de dire : *C'est tout comme.*

— Alors peut-être devrait-il se présenter au *Ronacher*, dit le peintre en souriant. Ils sont à la recherche de nouveaux numéros pour leur spectacle.

Rheinhardt s'approcha du chevalet pour examiner la toile inachevée qui, comme les autres travaux de l'artiste, montrait une jeune femme aux membres décharnés, aux seins petits et au sexe exhibé. Il considéra les yeux du modèle pour tâcher de cerner sa personnalité, mais il n'y lut rien. On aurait dit que l'âme les avait désertés. Ce vide était glaçant.

— Herr Rainmayr, si vous refusez de nous aider, je reviendrai ce soir avec mon adjoint et trois agents. Nous confisquerons toutes vos œuvres, vous serez jugé et passerez plusieurs mois en prison. Alors, que décidez-vous ? Acceptez-vous de répondre ou vous en remettez-vous à vos puissants mécènes ? Sauf que ces messieurs, j'en suis convaincu, vous laisseront tomber dès qu'ils vous verront en difficulté.

— Vous ne réussirez pas à m'intimider, Rheinhardt ! gronda le peintre.

— Eh bien, au revoir, répliqua sèchement l'inspecteur.

Il se dirigea à grands pas vers la porte et, d'un geste, invita Liebermann à le suivre.

— Non… attendez !

La voix de Rainmayr était soudain fluette. Il ramassa une cigarette isolée parmi le fouillis accumulé sur sa table puis chercha en vain des allumettes.

Rheinhardt lui offrit du feu.

— Bon. Alors, qui sont ces filles ?

Rainmayr tira sur sa cigarette et secoua la tête.

— Celle-ci est Selma Wirth, dit-il en désignant l'un des nus du croquis. Ce nom vous est déjà familier, bien entendu. Comme la pauvre Adele Zeiler, elle compte parmi les victimes de Sprenger.

Une nouvelle fois, il secoua la tête.

— Au début, j'ai eu peine à le croire quand j'ai lu qu'elle avait été assassinée. Et si vite après Adele. Deux d'entre elles ! J'avais l'impression que le sort s'acharnait sur moi. J'avais peur que vous ne découvriez que Selma avait autrefois posé pour moi, même si ça remonte à une éternité, et que vous n'établissiez un rapport. Vous le comprendrez sans mal, je n'avais pas envie qu'on me soupçonne d'avoir commis un double meurtre et qu'on m'arrête.

— Étiez-vous toujours en relation avec Selma Wirth ?

— Non, répondit Rainmayr en rejetant la fumée par les narines. Il y a environ un an, nous nous sommes rencontrés par hasard dans un café. Nous avons échangé quelques mots, mais cette conversation n'avait rien d'agréable. Elle m'a demandé de l'argent, et je n'en avais pas. Elle s'est montrée amère, et même assez grossière.

— Pourquoi, à votre avis ?

— Je n'en ai aucune idée et je n'ai pas essayé de le savoir. Cette fois exceptée, je ne l'avais pas vue depuis plus de vingt ans. À l'époque, elle avait seize ou dix-sept ans.

Rheinhardt désigna l'autre nu.

— Et elle ? Qui est-elle ?

Rainmayr fit la grimace. À l'évidence, il se débattait avec un dilemme. Après un soupir, il répondit d'un ton calme :

— Erika Hofler.

Liebermann s'avança.

— Herr Rainmayr, vous mentez.

Le peintre lui lança un regard mauvais.

— Tout compte fait, vous ne lisez pas si bien que ça dans les pensées. Pendant une minute, j'y ai presque cru.

Rheinhardt leva la main pour empêcher son ami de répliquer avant d'inviter Rainmayr à poursuivre.

— Erika Hofler. Une jolie fille, je l'aimais beaucoup. Elle n'était pas comme les autres. Elle s'intéressait à mon travail et m'interrogeait sans cesse sur la couleur et le style. Quand elle ne posait pas, au lieu de traîner et de faire l'intéressante, elle prenait un de mes livres. Je la voyais lire la biographie de Vasari ou de Cellini. Elle voulait apprendre, si bien que je lui ai donné des cours et, d'ailleurs, elle se débrouillait assez bien. Bien sûr, les autres filles lui en voulaient. Elles étaient jalouses.

Le peintre tira quelques bouffées et écrasa sa cigarette dans une assiette.

— Elle n'avait pas la vie facile, la petite Erika. Son père était une brute. Il buvait et frappait sa femme et ses gosses avec une ceinture. Je me rappelle encore les marques des coups.

Rainmayr agita une main pour figurer ces traces.

— Un jour, j'ai même fait une étude de ces blessures pour un client, précisa-t-il, le regard voilé par cette réminiscence. Hofler a fini par se tuer à force de boire, ce qui était une bonne chose d'un certain point de vue et une mauvaise d'un autre. Quand il était en vie, il n'avait déjà pas beaucoup d'argent, mais après sa disparition…

Rainmayr ouvrit les mains.

— L'argent que je donnais à Erika était tout ce dont la famille pouvait disposer. Il y avait aussi une sœur cadette, Mona, une jolie petite fille, mais toujours malade. Dès qu'elle courait, elle crachait du sang. Un hiver plus rude que les autres l'a emportée. Les médecins du dispensaire ont fait de leur mieux. Mais elle aurait eu besoin de consulter un spécialiste, ajouta-t-il en secouant la tête. La pauvre Erika était accablée. Quant à Frau Hofler… bon, qu'est-ce qu'on peut dire ? Quelque chose s'est passé dans sa tête.

Rainmayr tourna l'index sur sa tempe.

— On l'a enfermée dans une institution.

— Comment s'est débrouillée Erika pour survivre ?

— Je l'ai aidée pendant quelque temps, puis elle a cessé de poser et a trouvé d'autres moyens d'existence.

— La prostitution ?

— Vous savez comment ça se passe, monsieur l'inspecteur.

Le peintre attrapa un pinceau et se mit à le nettoyer avec un chiffon.

— Il y a trois ans, j'ai été invité à une exposition, et elle était là… Erika Hofler. Elle se faisait appeler Kristina Feuerstein et était devenue une estimable grande couturière. Après avoir travaillé dans les maisons de couture parisiennes les plus renommées, elle est revenue à Vienne et a frayé avec les artistes de la Sécession.

— Lui avez-vous adressé la parole ?

— Oui.

— Vous a-t-elle reconnu ?

— Bien sûr.

— De quoi avez-vous parlé ?

— D'art, monsieur l'inspecteur, répondit Rainmayr en lâchant le pinceau propre sur la tablette de son chevalet. Je n'ai pas besoin d'en dire davantage, n'est-ce pas, monsieur l'inspecteur ? Je suis sûr que vous en savez assez à présent.

— Pourquoi vous sentez-vous obligé de protéger Frau Vogl ? Car il s'agit bien de Frau Vogl, n'est-ce pas ?

— Je ne m'y sens pas obligé.

— D'accord. Alors, pourquoi voulez-vous le faire ?

— Elle a commencé dans le ruisseau, et maintenant elle fréquente des comtesses. Je l'admire. Vous me prenez pour une sorte de monstre, comme Sprenger. Vous vous trompez. J'ai des règles de conduite qui peuvent différer des vôtres mais qui n'en sont pas moins des règles. Erika a réussi à laisser son passé derrière elle. Eh bien, je lui souhaite bonne chance. C'était ma petite préférée…

Lorsqu'il prononça le dernier mot, Rheinhardt le vit se transformer. Quelque chose dans son expression lui rappela l'homme qu'il avait observé sur le terrain de jeux. Il revit ses yeux avides fixés sur Mitzi pendant qu'elle escaladait les barres.

— Qu'est-il arrivé à Frau Hofler ? demanda Liebermann.

Le peintre haussa les épaules.

— Comment voulez-vous que je le sache ?

61

Kristina congédia son assistante et pria Rheinhardt et Liebermann de s'asseoir. Tous trois se trouvaient de nouveau réunis dans la salle de réception au décor résolument moderne de la maison de couture. Un carnet de croquis ouvert sur la table cubique laissait voir une silhouette féminine en *Reformkleid*, les bras levés au-dessus de la tête. Les épaules étroites de cette robe de style cafetan rejoignaient d'amples manches aux plis généreux. Kristina déclara qu'elle ne s'attendait pas à avoir aussi vite le plaisir de leur compagnie et, pendant qu'elle parlait, Liebermann remarqua qu'elle effleurait – oh ! très légèrement – la main de l'inspecteur. S'il ne l'avait observée avec une extrême attention, il aurait fort bien pu manquer ce geste.

— Eh bien, monsieur l'inspecteur, en quoi puis-je vous être utile ? demanda-t-elle avec un sourire chancelant.

Rheinhardt avait l'air abattu.

— Nous sommes tombés sur certaines choses que j'aimerais vous montrer.

— Des choses ?

— Oui.

Rheinhardt ouvrit sa sacoche et en sortit les cartes postales.

— Des photographies de jeunes femmes ayant appartenu à Fräulein Wirth. Je me dois cependant de vous avertir qu'elles représentent des exemples d'art de bas étage destinés à des messieurs peu recommandables.

Il lui tendit les cartes postales qu'elle posa sur ses genoux. Le regard fixé sur la première – les deux filles debout, gauches, devant la toile de fond à fleurs –, elle accusa le coup. Une veine battit sur son long cou. Elle lutta pour ne manifester qu'un étonnement distrait.

— Monsieur l'inspecteur, dit-elle en ouvrant les mains dans un geste de supplication. Je ne sais que dire…

— À votre avis, d'où Fräulein Wirth tenait-elle ces cartes postales ?

— Un homme avait dû les laisser chez elle.

— Nous ne les avons pas trouvées chez elle.

Après avoir dégluti avec difficulté, la couturière demanda :

— Où, alors ?

— Dans une consigne, à la Südbahnhof.

Kristina sembla de nouveau supplier.

— Peut-être avait-elle l'intention de les revendre. La pauvre Selma avait très peu d'argent.

— Frau Vogl, regardez bien la première photographie. Reconnaissez-vous ces filles ?

Kristina passa les doigts sur le bord.

— Vu son état, cette carte doit être très ancienne, non ? Je crains de ne pas reconnaître les personnages… non… comment pourrais-je les reconnaître ?

Liebermann se pencha en avant :

— *Cendrillon*.

Kristina Vogl se tourna vers le jeune médecin. À en juger par son expression, elle était contente de cette interruption, même si elle lui semblait totalement incompréhensible.

— Je vous demande pardon ?

— *Cendrillon* – le conte de fées tel que l'illustrent les lithographies accrochées au mur de votre chambre. Le mois dernier, quand nous vous avons rendu visite chez vous, j'ai fait une remarque sur ces gravures et sur leur lien avec votre profession. Je vous ai dit que les robes avaient une grande importance dans l'histoire. Et que vous… vous dessiniez des robes. Vous m'avez répondu que cette idée ne vous était pas venue à l'esprit.

Sous le sourire, on voyait poindre l'indignation lorsqu'elle répliqua :

— J'ai acheté ces lithographies parce que j'aime le style de l'artiste et non pas parce qu'on parle de robes dans *Cendrillon* !

— Sans doute. Admettons donc aussi que, parfois, vous êtes impressionnée par la coupe d'une robe parisienne au point de ne voir que la ligne inventive et rien d'autre, même pas le tissu. Bien sûr, on privilégie toujours certaines choses aux dépens d'autres. Mais la question qui se pose, c'est quelles choses et pourquoi ?

— Avec tout le respect que je vous dois, Herr Doktor, j'ai beaucoup de mal à vous suivre.

— Dans ce cas, je vais être plus clair. Vous n'avez pas vraiment accordé d'importance au fait que les robes comptaient beaucoup dans *Cendrillon* parce que vous privilégiiez une autre dimension du conte.

— Ah bon ?

— *Cendrillon* raconte l'histoire d'une malheureuse méprisée par ses belles-sœurs, qui se bat néanmoins contre la pauvreté et l'adversité et finit par être récompensée en épousant un prince.

Les traits de Kristina se durcirent. Au lieu de répondre, elle se tourna vers l'inspecteur et lui rendit les cartes postales.

— Tenez, reprenez-les. Je regrette, mais je ne peux pas vous aider.

— Vous ne les avez pas examinées toutes les trois, objecta Rheinhardt.

— Je ne peux pas vous aider, répéta-t-elle.

— Dans ce cas, peut-être accepterez-vous de regarder ce dessin ?

Il retira de sa sacoche le croquis de Rainmayr, montra la silhouette allongée d'Erika Hofler.

— Cette jeune fille… ne vous dit-elle pas quelque chose ? Remarquez le nævus, juste là, ajouta-t-il en désignant son propre ventre. Il ne serait pas difficile d'identifier cette personne, même devenue adulte.

Un grand silence se fit dans la pièce.

Pendant un long moment, Kristina fixa les yeux sur le croquis de Rainmayr, puis, soudain, remua la tête avec force, comme si elle l'arrachait aux mâchoires d'un étau. Rheinhardt s'apprêtait à prendre la parole, mais Liebermann l'arrêta d'un froncement de sourcils. Les larmes étaient imminentes. Il les sentait venir. Ayant accompagné, année après année, des patients larmoyants, il avait développé un sens, d'une précision inouïe, qui le prévenait du moment où les gens allaient se mettre à pleurer.

Les épaules de la couturière se mirent à trembler et, quand elle releva la tête, les larmes roulaient sur ses joues.

— C'est moi. La fille… c'est moi… mais vous le savez déjà.

Rheinhardt sortit de sa poche un mouchoir bien repassé qu'il lui tendit.

— Et l'autre est… dit-il pour l'inviter à terminer la phrase.

— Selma.

Elle se moucha et se tamponna le visage.

— Voilà ! Vous avez découvert mon secret. Je suis une mystificatrice.

— Vous n'êtes pas une mystificatrice, Frau Vogl. Vous êtes une dame au talent considérable.

— Du talent ! répéta-t-elle en expulsant le mot comme s'il avait l'amertume de la bile. Oui, j'ai peut-être du talent, mais je ne suis pas une dame, je suis cette fille.

D'un geste soudain, violent, elle abattit la main sur le croquis qui se déchira un peu.

— Erika Hofler, dit Rheinhardt.

Entendre son nom fit sursauter Kristina.

— Comment le savez-vous ?

Son regard tomba sur la signature dans le coin inférieur droit.

— Rainmayr. Vous lui avez parlé ?

— Oui.

— Il m'avait donné sa parole. Il m'avait juré qu'il ne me trahirait jamais.

— Herr Rainmayr n'a révélé votre véritable identité que contraint et forcé.

Kristina releva le menton et, ayant recouvré son sang-froid, demanda :

— Qu'avez-vous l'intention de faire ? Maintenant que vous m'avez démasquée ? Tout révéler aux journaux ? À mon mari ?

Rheinhardt secoua la tête.

— Ni l'un ni l'autre.

La couturière parut déconcertée. Liebermann intervint :

— Frau Vogl, quand nous sommes venus hier, vous nous avez dit que Herr Shevchenko, le représentant du propriétaire, avait fait une proposition malhonnête à Fräulein Wirth. Ce n'était pas tout à fait la vérité, n'est-ce pas ?

— Je vous ai dit ce dont je me souvenais.

— Bon, personne n'a une mémoire infaillible, bien que la vôtre, en l'occurrence, paraisse très fiable. Je crois que votre version des faits était une distorsion délibérée de ce que Fräulein Wirth vous avait raconté.

— Je ne vois pas de quoi vous voulez parler.

— Fräulein Wirth vous a confié que l'état de ses finances était si désespéré qu'elle envisageait de s'offrir à Shevchenko.

— C'est absurde, Herr Doktor. Elle méprisait cet homme.

— Il faut donc supposer qu'elle espérait vous donner un sentiment de culpabilité.

— Dans quel but ?

— Vous inciter à lui donner de l'argent.

— Selma n'avait pas besoin que je me sente coupable, Herr Doktor. J'étais heureuse de l'aider financièrement. Le problème était plutôt de lui faire accepter mes dons.

— Au contraire, ça vous restait en travers de la gorge.

— Comment osez-vous dire une chose pareille ?

— Pour vous assurer de sa discrétion au sujet de votre passé commun, vous aviez jugé sage de lui remettre de petites sommes qu'elle acceptait sans scrupules. Du reste, elle avait l'impression qu'elle y avait droit. Elle trouvait normal que vous lui versiez de l'argent. C'est quand vous ne lui en donniez pas qu'elle se montrait manipulatrice et exigeante. Mais vous parveniez encore à faire face à la situation. On pouvait l'apaiser avec des consultations médicales et des traitements d'un coût modeste sans que la légende de votre prétendue amitié en souffre trop. Mais quand l'inauguration de votre magnifique maison de couture a fait l'objet de nombreux articles dans les journaux et que votre nom a commencé à figurer dans les colonnes de la rubrique mondaine, à côté de ceux de comtes et de comtesses, il lui a été impossible d'accepter une telle différence entre vos deux situations. Vous étiez déjà la préférée de Rainmayr à l'époque où vous posiez pour lui, et voilà que la haute société viennoise vous portait à présent aux nues. Le ressentiment, la jalousie ont grandi en elle, encore accrus par son infirmité. Que vous a-t-elle dit ? Comment a-t-elle expliqué ses demandes excessives ? *Tu peux te le permettre, tu es riche ? N'oublie pas que nous sommes de vieilles amies ?* Quand vous avez fini par lui opposer un refus, les choses ont vraiment tourné à l'aigre. C'est alors que Selma vous a annoncé que ces documents, le croquis et les cartes postales, pourraient aisément se retrouver dans de mauvaises mains.

« Il fallait réagir. Vous aviez lu dans les journaux des articles sur le meurtre de Fräulein Zeiler et de Fräulein Babel. Dans toute la ville, il n'était question que du monstre du Volksgarten, de ses crimes odieux, et on murmurait que, selon la police, il frapperait sans doute de nouveau.

— De quoi… au juste m'accusez-vous, Herr Doktor ?

— Votre ancienne camarade était devenue un poids… que vous ne pouviez pas vous permettre de porter.

Les larmes se remirent à rouler sur ses jours, mais, cette fois, Liebermann soupçonna une ruse. Kristina coula un regard en direction de Rheinhardt pour évaluer son humeur.

— Bien sûr que je voulais qu'elle sorte de ma vie, dit-elle en dépliant le mouchoir impeccable de Rheinhardt et en l'agitant avant d'y enfouir le visage. Elle avait les moyens et la volonté de détruire tout ce pour quoi j'avais travaillé.

Liebermann nota avec satisfaction qu'elle ne songeait même plus à contester les faits.

— Vous ne pouvez pas savoir de quelles difficultés j'ai dû triompher, Herr Doktor. Vous ne pouvez pas comprendre par quoi j'ai dû en passer pour échapper à une existence misérable et dégradante. Comment le pourriez-vous ? Vous avez sans doute bénéficié de tous les avantages réservés aux hommes de votre classe sociale. Bien sûr que je voulais me débarrasser de cette créature envieuse, pernicieuse. Mais je ne l'ai pas tuée, si c'est ce que vous insinuez. Comment voulez-vous que ce soit moi ? Dieu du ciel, cette femme a été violée ! On l'a écrit dans le *Tagblatt*, le *Zeitung* et la *Neue Freie Presse*. Un homme a abusé d'elle !

Ni Rheinhardt ni Liebermann ne répondit à ces vives dénégations. Kristina soupira, essuya ses larmes et inclina la tête, comme si elle disposait soudain d'une information très importante.

— Je vois, reprit-elle doucement en hochant toujours la tête. Vous croyez que j'ai payé quelqu'un ? Pensez-vous vraiment que je prendrais de nouveau le risque d'un chantage ? D'un chantage au meurtre ? Je ne suis pas folle !

— Non, je ne crois pas que vous avez payé quelqu'un, dit Liebermann.

— Alors, que croyez-vous ?

Kristina se redressa en poussa la poitrine en avant. Son geste semblait calculé pour mettre ses avantages en valeur. L'assurance de Liebermann s'en trouva renforcée.

— Je n'ai pas pu m'empêcher de remarquer que votre mari et vous dormiez chacun dans sa chambre. Un arrangement que choisissent beaucoup de médecins. Votre mari doit souvent rentrer tard et, en revenant, il peut se livrer à sa toilette sans vous réveiller. Toutefois, ce choix révèle aussi un aspect de vos relations conjugales. Vous devez aller dans sa chambre ou il doit venir dans la vôtre.

— Monsieur l'inspecteur ! Voilà qui est inconvenant. Il s'agit de ma vie intime. Je ne tolérerai pas qu'on m'insulte de la sorte. Vous ne pouvez pas laisser cet homme…

— Je vous en prie, dit Rheinhardt d'une voix ferme. Laissez le Dr Liebermann poursuivre.

— Le 16 avril au soir, vous êtes allée voir Fräulein Wirth. Elle vous a montré quelques cartes postales et dessins, plus ou moins les mêmes que ceux que l'inspecteur vous a fait voir aujourd'hui. Nous supposerons qu'elle se les était procurés récemment, sinon, vous auriez été au courant de leur existence plus tôt. J'imagine qu'elle est tombée dessus par hasard chez un bouquiniste de la Wieblinger Strasse. Vous vous êtes arrangée pour retourner un peu plus tard ce même jour afin de lui acheter ces documents – contre une somme qui devait être conséquente, j'imagine.

Liebermann se carra dans son fauteuil et tira sur son menton.

— J'ignore si vous avez conçu votre plan en revenant de votre visite, ou si l'occasion de relations intimes avec votre mari s'est présentée d'elle-même et vous a donné une idée. Toujours est-il que vous avez fait l'amour et êtes retournée dans votre chambre en emportant en vous ce qui était nécessaire à votre entreprise. Vous avez expulsé la semence et l'avez versée dans une seringue prise dans le bureau de votre mari. Je ne sais pas au juste ce qui s'est passé quand vous êtes retournée chez Fräulein Wirth. Là, j'en suis réduit aux conjectures. L'avez-vous aussitôt poignardée ? Je ne crois pas. La lame était trop bien placée. Peut-être aviez-vous emporté du chloral hydraté, également pris dans le bureau de votre mari, et l'avez-vous mélangé à une boisson ? Une fois Fräulein Wirth sans connaissance, il aurait été en effet bien plus facile de glisser la lame entre ses côtes et d'injecter la semence de votre mari en elle. Bien sûr, vous ignoriez qu'il y avait d'autres desseins. Vous ne vous doutiez pas que Fräulein Wirth avait l'intention de vous extorquer toujours plus d'argent.

Kristina Vogl dévisagea Liebermann. Le mouchoir lui tomba des mains et elle s'agrippa le ventre, comme si elle souffrait soudain de douleurs gastriques.

— Vous ne savez pas ce que j'ai souffert… pour obtenir tout ça… vous ne savez pas ce que ça représente pour moi.

Les yeux brillants, la couturière regarda autour d'elle.

— Vous ne savez pas ce qu'une femme comme moi doit faire, poursuivit-elle, penchée en avant, en donnant l'impression que la douleur devenait plus aiguë. Et maintenant, vous allez tout me prendre.

Elle se tourna vers Rheinhardt et lui adressa un étrange sourire qui lui donna un air innocent et juvénile. Quand elle reprit la parole, sa voix elle aussi était celle d'une enfant, d'une enfant perdue.

— On va me pendre, monsieur l'inspecteur ?

Rheinhardt se leva et, d'un pas lourd, s'approcha de la vitrine. Sa respiration haletante faisait penser à une série de soupirs liés les uns aux autres. Il regarda les bijoux colorés derrière la vitre inclinée, les pierres semi-précieuses et le bracelet aux salamandres, mais ne répondit pas.

62

À l'Opéra, Liebermann avait pris place dans une loge qui se trouvait un peu à droite de la scène. Presque tous les fauteuils d'orchestre étaient occupés. Il jeta un coup d'œil anxieux à sa montre.

Où était donc passé Rheinhardt ?

Un lustre en cristal énorme, fabuleux, pendait au plafond orné. Des milliers de pendeloques à l'éclat adamantin étaient accrochées à deux cercles de lumière, le plus grand sous le plus petit. La loge de l'empereur restait obscure, mais au parterre il y avait foule dans l'espace réservé aux spectateurs debout, une barre en bronze séparant civils et militaires. Devant, à l'orchestre, les mélomanes élégants se montraient plus bruyants qu'à l'ordinaire, escomptant une production révolutionnaire. Une jeune femme à la beauté saisissante, vêtue de velours bleu et de perles, descendit l'allée centrale en ayant l'air de glisser sur le sol, un hussard de chaque côté. Au milieu du premier rang, deux messieurs portant l'uniforme des personnages officiels de la cour prirent place à côté d'un troisième qui pouvait fort bien être l'ambassadeur d'Allemagne.

En entendant la porte de la loge s'ouvrir, Liebermann se retourna et vit Rheinhardt, un sachet de friandises à la main, entrer précipitamment en s'empêtrant dans les tentures rouges. L'inspecteur s'assit à côté de son ami.

— Excuse-moi. J'ai été retardé… par une affaire qu'il fallait régler avant demain matin.

— Ah oui ?

D'un geste, Rheinhardt signifia qu'il ne souhaitait pas s'appesantir sur ce point.

— J'ai du nouveau.

— À quel sujet ?

— La police tchèque a arrêté Frau Milena.

— Quand ?

— Hier soir. Elle vivait sous une fausse identité dans un village proche de la frontière bavaroise.

— Comment les policiers l'ont-ils retrouvée ?

— C'est elle qui est allée les trouver.

— Elle s'est constituée prisonnière ?

— Oui, elle a fait des aveux complets.

Rheinhardt ouvrit le sachet et invita Liebermann à y puiser un chocolat. Le jeune médecin en choisit un rond, saupoudré de cacao ocre, mordit dedans pour le couper en deux et examina l'intérieur, noir, piqueté d'amandes pilées. Le chocolat fondit dans sa bouche en exhalant un arôme délicat de café et d'orange.

— Tu le trouves bon ? demanda Rheinhardt. J'espère que oui, parce que j'ai acheté ces friandises ici même à un prix exorbitant.

Il prit un chocolat enrobé de noix de coco, se mit à mâcher, ferma les yeux et grogna de satisfaction. Après quoi il expliqua :

— On l'a ramenée à Vienne dans la matinée.

— Un sentiment de culpabilité, je suppose.

— Quoi ?

— Elle s'est constituée prisonnière parce qu'elle se sentait coupable. Tout comme Erstweiler, elle ne possède pas un psychisme suffisamment résistant pour surmonter les conséquences émotionnelles du crime qu'ils ont commis. En tuant Bozidar Kolinsky, ils se sont aussi tués, d'une certaine manière.

Rheinhardt hocha la tête pour marquer son accord. La douceur de son deuxième chocolat parut le priver un instant du sens de la parole, et un sourire presque niais joua sur ses lèvres. Bientôt, il reprit ses esprits :

— Alors, comme ça, nous allons voir ce fameux *Tristan et Isolde*. Merci mille fois d'avoir acheté les billets.

— Il fallait bien fêter notre succès, et je me suis dit que le thème de cet opéra tombait à pic.

— Les critiques sont enthousiastes. D'après eux, *Tristan* marquerait l'aube d'une nouvelle ère dans l'histoire de l'opéra, rien de moins.

— Pour ma part, j'ai aussi très envie de voir les décors de Roller. Il paraît que son travail regorge de symboles. Chez lui, tout prend un sens, même les couleurs, les plus petits détails des décors. En cela, il se montre un peu psychanalyste…

Ils continuèrent à parler de l'accueil critique très favorable de l'opéra de Wagner jusqu'au moment où, une fois l'orchestre accordé, les lumières déclinèrent et Mahler, frêle chef d'orchestre, arriva dans la fosse.

Exquis, le prélude émergea du silence avec naturel et se désintégra à plusieurs reprises avant de s'élever dans une immense vague sonore qui, en se brisant, suscita une nostalgie, un besoin physique de l'entendre de nouveau, si bien que le public émit un soupir audible. Le génie de Mahler rendait la partition transparente, le tempo lent permettait à l'oreille de savourer chaque ligne mélodique, chaque nuance. Tel un grand anatomiste, le chef d'orchestre se servait de sa baguette comme d'un scalpel pour révéler des mystères auxquels, jusque-là, de simples humains n'avaient jamais pu avoir accès.

Lorsque le rideau se leva, Liebermann vit le pont d'un navire dont la mâture s'avançait vers le public. Il ne s'agissait pas toutefois d'un bateau ordinaire. De même, la mer qu'il avait traversée n'était pas l'étendue d'eau séparant l'Irlande de la Cornouailles, mais un océan plus profond et insondable, celui de l'inconscient. Ce vaisseau était directement issu d'un rêve. Liebermann remarqua les objets étranges éparpillés sur le pont : coffre doré évoquant un reliquaire, divan aux sculptures païennes, coussins somptueux en brocart.

Malheureusement, quand les chanteurs arrivèrent, la musique se modifia et le charme cessa quelque peu d'opérer pour Liebermann. Car s'il appréciait fort l'écriture orchestrale de Wagner, il jugeait souvent ses parties vocales moins impressionnantes du fait de leur caractère déclamatoire. Pourtant, il n'en savoura pas moins le spectacle en concentrant son attention sur une Anna von Mildenburg sculpturale, qui incarnait une Isolde saisissante. La grande soprano était revêtue d'une toge gris argent à l'encolure incrustée de pierres semi-précieuses formant un motif géométrique qui rappela à Liebermann la broche de Frau Vogl…

Les deux amis profitèrent du premier entracte pour aller fumer un cigare sous les arcades. Là, ils parlèrent de la représentation tout en observant voitures et trams qui circulaient sur la Ringstrasse.

— Comment va Haussmann ? demanda Liebermann en songeant soudain que, la dernière fois qu'il l'avait vu, le pauvre garçon se tordait de douleur par terre dans l'appartement de Sprenger.

— Je suis heureux de t'annoncer qu'il s'est complètement rétabli. D'ailleurs, il me secondera demain matin pour régler un petit problème dans une autre affaire.

Un mendiant s'approcha, tendant une sébile en fer-blanc. Aussitôt, un portier en uniforme sortit avec de grands gestes.

— Ouste, file ! Laisse ces messieurs tranquilles !

Rheinhardt lui signifia de ne pas s'interposer et laissa tomber une pièce dans la sébile.

— Allez donc boire quelque chose de chaud, dit-il au mendiant qui s'inclina, porta la sébile à son front et s'éloigna.

— Vous ne devriez pas les encourager, monsieur, objecta le portier.

— Peut-être en effet...

Quand le rideau se leva sur le deuxième acte, la scène nimbée de lumière parme montrait un jardin par une chaude soirée d'été. Un porche et des marches raides menaient au donjon d'un château de conte de fées, en partie masqué par des arbres. Les remparts baignaient dans une douce lueur rose onirique. Derrière un bas muret couvert de lilas, de violettes et de roses blanches, le jardin descendait vers une mer scintillante éclairée par la lune. Un ciel piqueté de milliers d'étoiles chatoyantes coiffait la scène. L'effet était vraiment magique.

C'était le décor de la *Liebestod*, la mort dans l'amour, l'hymne métaphysique du désir et de l'anéantissement composé par Wagner. L'orchestre déferla, extatique, sublime, et les deux amoureux chantèrent leur besoin de fusion si impérieux qu'il impliquait l'annihilation de leur individualité propre.

— À jamais unis dans l'éternité
— Sans réveil
— Sans crainte
— Sans nom, enlacés dans l'amour...

En écoutant les voix passionnées et puissantes à l'extrême d'Erik Schmedes et d'Anna von Mildenburg, Liebermann sentit son cœur se serrer.

Les amoureux chantaient encore et encore leur désir d'être libérés du monde, la béatitude de la non-existence, l'ivresse d'une communion avec la nuit. L'effet était saisissant.

La voix de la cantatrice s'éleva alors au-dessus d'un orchestre déchaîné.

— Laisse-moi mourir !

Et Liebermann voulait lui aussi mourir d'amour et *baiser le visage de l'éternité*...

Ils étaient tous obsédés d'une façon malsaine par la sexualité et l'amour, ils étaient tous malades : Sprenger, Erstweiler, Rainmayr, Wagner, Mahler, Erik Schmedes et Anna von Mildenburg. Et même Max Liebermann... oui, il pouvait ajouter son nom à la liste. Il était lui aussi affligé de cette folie.

Qu'est-ce qui clochait avec l'âme germanique ?

Pourquoi l'amour et la mort étaient-ils aussi intimement mêlés dans l'imagination de ce peuple ?

Liebermann jeta un coup d'œil à Rheinhardt et vit les larmes ruisseler sur ses joues.

Que va-t-il advenir de nous autres Viennois ? songea alors Liebermann.

63

Des coups sonores réveillèrent Rainmayr. Émergeant d'un agréable rêve dans lequel il s'élevait au-dessus de Vienne dans un ballon gonflé à l'air chaud, le peintre se rendit compte qu'on cognait à sa porte. Il s'empressa de se lever tout en s'écriant :

— Qui est là ? Que voulez-vous ?

Pas de réponse.

Tout en jurant entre ses dents, Rainmayr enfila son cafetan et s'approcha de la fenêtre. Dehors, il aperçut une charrette vide. De l'endroit où il se tenait, il ne pouvait pas voir à qui elle appartenait.

Les coups redoublèrent.

— Ça va, ça va… j'arrive !

Quand il ouvrit la porte, il fut étonné de voir l'inspecteur Rheinhardt accompagné d'un jeune homme élégant et de deux agents.

— Monsieur l'inspecteur, que diable croyez-vous…

Le peintre s'écarta lorsque Rheinhardt entra à grands pas dans l'atelier, suivi par ses compagnons. Sur un geste de l'inspecteur, les agents commencèrent à rassembler dessins et toiles.

— Non ! hurla Rainmayr avant de se tourner vers Rheinhardt. Vous m'aviez dit que vous ne feriez pas ça !

— J'ai changé d'avis, répondit Rheinhardt avant d'avancer d'un pas vers Rainmayr et de poursuivre : Je me suis entretenu avec le procureur et il en est ressorti que les charges qui pèsent contre vous sont très lourdes : possession d'œuvres indécentes et séduction de mineures. La possession et le commerce d'images érotiques constituent un délit sérieux qui peut aller chercher dans les six mois de travaux forcés. Le détournement de mineures, vous le comprendrez aisément, est sanctionné par une peine encore plus sévère.

— Détournement de mineures ? Mais vous n'avez aucune preuve !

— Si. Votre ami l'acteur… vous savez bien, celui qui habite là-bas, précisa l'inspecteur en montrant la fenêtre. Il n'a pas fallu user de beaucoup de persuasion pour qu'il nous fournisse une déposition en ce sens.

Rheinhardt sourit et tapota sa poche.

Rainmayr vit l'un des agents soulever du chevalet la toile inachevée. Il l'emporta dehors et on entendit un craquement lorsqu'il la jeta dans la charrette.

— Vous m'avez menti ! Vous m'aviez dit que vous ne feriez pas ça !

— Herr Rainmayr, peut-être me jugerez-vous immoral, mais je puis vous assurer que ma conscience ne me permet pas de contrevenir à certaines règles de conduite. Elles peuvent différer des vôtres mais n'en sont pas moins des règles de conduite. Un homme tel que vous, qui possède des idées bien arrêtées sur ce qui est moral ou non, est sans aucun doute capable de le comprendre. Allons, habillez-vous. Nous avons encore beaucoup de choses à faire aujourd'hui.

64

Le silence régnait dans l'hôpital qui dépendait de la prison. On n'entendait que les pas du gardien qui effectuait sa ronde de nuit dans les étages de l'aile est. De temps à autre, Herr Trommler s'arrêtait devant la porte d'une cellule, tirait doucement le panneau qui masquait le judas grillagé et jetait un coup d'œil à l'intérieur. La plupart des hommes incarcérés dormaient à poings fermés. Très rarement, il apercevait la lueur d'une bougie et le dos voûté d'un détenu en train d'écrire. Certains s'imaginaient qu'ils étaient poètes et, la nuit, écrivaient des vers. Le gardien avait lu quelques-unes de ces ballades lyriques exaltant des jeunes vierges et des hommes héroïques, et s'étonnait de la naïveté dont elles faisaient preuve.

Un étrange couinement s'échappa d'une cellule. Pour l'instant, Trommler ne s'était pas encore prononcé sur Sprenger, qui, depuis son arrivée, s'était plutôt comporté en dormeur qu'en poète.

Le gardien fit coulisser le panneau du judas.

Debout au milieu de sa cellule, les bras écartés, Sprenger regardait la lune à travers la petite fenêtre à barreaux. Des rayons argentés obliques éclairaient son corps nu. Ses vêtements étaient pliés avec soin sur le lit. Le couinement provenait de quelque chose qu'il serrait dans sa main droite.

Saisi d'horreur, Trommler eut un mouvement de recul en constatant que Sprenger était en train d'étrangler un rat dodu. Puis son horreur vira au dégoût quand il le vit se convulser et entendit sa semence gicler sur le sol en béton.

Trommler cogna contre la porte.

Le membre encore tumescent, Sprenger se retourna lentement, lâcha le rat mort et croisa le regard du gardien.

— « La nuit, la moitié de la vie, Est aussi sa belle moitié », récita Sprenger en souriant.

La lampe s'éteignit, mais ce sourire devait rester imprimé à jamais dans l'âme de Trommler et longtemps hanter ses cauchemars.

65

— Un petit cadeau de la part de l'inspecteur Rheinhardt, dit Liebermann en tendant un paquet à Amelia Lydgate.

— Pour moi ?

— Oui. Avec toute sa gratitude.

La jeune Anglaise parut déconcertée.

— Mais c'est moi qui lui suis redevable. Il m'a permis d'assister aux autopsies du professeur Mathias et j'en ai tiré le plus grand profit.

— L'inspecteur juge que votre contribution à l'enquête s'est révélée précieuse et estime donc que vous avez droit à une récompense.

Amelia rougit et posa sur sa table anglaise le paquet dont elle effleura le papier.

— Eh bien, vous ne l'ouvrez pas ?

— Si, mais, auparavant, je vous demande d'excuser mon incivilité. Je me dois de vous préparer du thé. Asseyez-vous, je vous en prie.

Sur quoi, elle s'éloigna. Liebermann s'assit et observa cette pièce devenue familière avec le vase bleu qui contenait invariablement des fleurs blanches, les livres en latin et en grec, les journaux du grand-père d'Amelia, Ludwig Buchbinder, et les trois mezzotinto accrochés au mur, représentant une vue du pays d'Amelia, l'Observatoire royal de Greenwich, la cathédrale Saint-Paul et une scène champêtre sous laquelle était inscrite la légende suivante : « La lande de la façade sud de Kennwood House, Hampstead[1]. »

Il y avait maintenant un mois que Liebermann était allé à l'Opéra avec Rheinhardt, mais, pendant qu'il attendait Amelia, son imagination recréa spontanément les accents glorieux de la *Liebestod*. Il entendait les voix d'Erik Schmedes et d'Anna von Mildenburg. Sous leurs déclarations d'amour, l'orchestre s'enflait, se soulevait.

1. Ce manoir du XVIIe siècle se trouve à Hampstead, une banlieue résidentielle au nord de Londres. Sa collection de tableaux est très renommée.

Cette musique intérieure se désintégra lorsque l'escalier craqua, annonçant l'arrivée d'Amelia. Celle-ci entra et déposa le plateau du thé à côté du cadeau. Après avoir servi une tasse d'earl grey à son visiteur et lui avoir offert un *Vanillekipferl*[1], elle attrapa le paquet et appuya un peu dessus. Il contenait quelque chose de mou.

— Ouvrez-le donc ! dit Liebermann.

L'hésitation, l'embarras qu'elle manifestait étaient touchants.

Un bref sourire chassa un instant son expression sérieuse habituelle. Amelia tira sur le ruban jaune et déroula avec soin le papier. Un tissu très coloré apparut. Elle le souleva pour le déployer.

— Oh ! souffla-t-elle. C'est… magnifique.

— Une *Reformkleid* de la maison Wolnik, expliqua Liebermann qui avala une gorgée de thé. Après son arrestation, Frau Vogl a cédé ses parts à son assistante, Wanda Wolnik, qui semble aussi douée que sa patronne pour dessiner des robes.

Amelia caressa l'étoffe et regarda Liebermann en cillant.

— Comment l'inspecteur savait-il que je…

— Sa femme l'a un peu aidé. Elle s'y connaît en la matière, et j'ai moi-même pu laisser échapper une remarque à ce sujet.

— Merci.

Une ride verticale se creusa sur le front d'Amelia.

— Je vais envoyer un mot à l'inspecteur et à son épouse. Ce cadeau me va droit au cœur.

— J'espère que vous porterez cette robe.

Amelia la plaqua devant elle.

— Elle est vraiment magnifique, répéta-t-elle.

1. Biscuit aux noix ou aux noisettes, en forme de croissant, saupoudré de sucre vanillé.

— Pourquoi ne pas l'essayer ? suggéra Liebermann.

De nouveau, un fugace sourire joua sur les traits d'Amelia.

— Si ça ne vous ennuie pas…

— Bien sûr que non.

Elle sortit et s'absenta un certain temps. Liebermann termina son thé, mangea un biscuit et feuilleta un manuel qui traitait des maladies du sang. Comme ce sujet ne l'intéressait pas outre mesure, il abandonna sa lecture au profit d'un examen plus approfondi des mezzotinto.

Enfin, Amelia revint.

Avant même qu'elle n'apparaisse, il l'entendit assurer :

— Elle me va à la perfection.

Le vêtement lâche ondula lorsqu'elle entra dans la pièce. Rouge ardent, le tissu était orné d'un motif doré de cercles répétés. Ces couleurs trouvaient de subtiles correspondances dans les nuances cuivrées et brun-roux de ses cheveux à présent dénoués.

Jusqu'ici, Liebermann avait toujours estimé que ces robes lâches étaient peu seyantes, mais son avis était en train de changer. Voilà en effet comment une femme moderne devait s'habiller, sans être gênée, entravée, en ayant la liberté de humer l'air du nouveau siècle.

Amelia décrivit un tour complet. Le mouvement fit ondoyer et chatoyer le tissu.

Telle la prêtresse de quelque culte antique, elle semblait détenir un pouvoir originel, énigmatique et ineffable. Liebermann songea à Hygie, la déesse grecque de la santé. Sa féminité était à la fois attirante et un peu effrayante.

Car, à l'évidence, Amelia s'était débarrassée de son corset, et Liebermann prit conscience de sa silhouette nue sous l'étoffe, juste à côté de lui. Ses pensées se troublèrent et des images de chair pâle vinrent le hanter. Une fois de plus, il entendit en esprit les accents de la *Liebestod*. Un désir aigu le submergea, au point qu'il eut l'impression d'être mortellement blessé et de sentir son sang s'écouler, sa vie refluer.

— *À jamais unis dans l'éternité*
— *Sans réveil*
— *Sans crainte*
— *Sans nom, enlacés dans l'amour...*

Amelia Lydgate cessa de tournoyer et le fixa de ses yeux d'étain.

— Encore un peu de thé ? demanda-t-elle.

Le charme était rompu.

REMERCIEMENTS ET SOURCES

J'aimerais remercier Hannah Black, Clare Alexander et Steve Matthews pour leur relecture du manuscrit et leurs commentaires très utiles ; Nick Austin pour son excellent travail de révision et Simon Dalgleish pour avoir vérifié mon allemand douteux ; Luitgard Hammerer pour ses traductions et pour avoir consulté le musée funéraire de Vienne et répondu à mes questions concernant les pratiques de l'embaumement et la législation dans ce domaine vers 1900 ; Mirko Herzog pour m'avoir expliqué le rôle des concierges à cette même période et fourni des renseignements sur le *Sperrgeld*. J'aimerais aussi remercier le Dr Yves Steppler, consultant en pathologie, qui, lors d'une mémorable promenade à Hampstead Heath, m'a alerté sur le parti qu'on pouvait tirer du trou occipital dans une œuvre d'imagination. Enfin, je voudrais exprimer ma reconnaissance à Nicola Fox, être humain exceptionnel, encore et toujours, qui fait tout ce qui doit être fait pendant que je me coupe allègrement du monde réel.

La description des techniques d'embaumement utilisées dans l'Égypte ancienne est tirée de *La Mort à l'américaine*, de Jessica Mitford. L'obsession des dissections et la croyance aux vertus médicinales du kirsch reprochées à la faculté de médecine viennoise sont abordées dans *L'Esprit viennois. Une histoire intellectuelle et sociale (1848-1938)*, de William M. Johnston. L'explication du complexe d'Œdipe que donne Freud est tirée d'extraits expurgés de la lettre qu'il a écrite à Wilhelm Fliess le 15 octobre 1897, ainsi que de passages choisis de *L'Interprétation des rêves* et de *Trois essais sur la théorie sexuelle*. Sa conception de la perversité sexuelle polymorphe, de la cruauté et du fétichisme, est exposée dans *Trois essais sur la théorie sexuelle*, et la signification psychologique qu'il attribue aux doubles est librement adaptée de son essai intitulé *L'Inquiétante étrangeté* ; notons toutefois que la paternité d'une grande partie de ces idées revient en réalité à Otto Rank dont le texte majeur intitulé *Der Doppelgänger* a été publié dans la revue *Imago* en 1914. L'apparition du double dans les rêves comme mécanisme de défense contre la peur de la castration est évoquée dans *L'Interprétation des rêves*. Au XIXe siècle, on a bel et bien suggéré la construction d'un pipeline pour transporter rapidement les défunts viennois au Zentralfriedhof, on en trouve mention dans *Only in Vienna*, de Duncan J. D. Smith. Le policier français Gustave Macé a bel et bien existé et l'affaire que mentionne Rheinhardt est historiquement attestée. La description des robes de l'époque se fonde sur un passage du *Monde d'hier* de Stefan Zweig. Les précisions données sur la mode des *Reformkleider* ont été puisées dans *Vienne fin de siècle*, recueil dirigé par Christian Brandstätter, *Gustav Klimt : Painter of Women*, de Susanna Partsch, et *Wiener Werkstätte : les Ateliers viennois 1903-1932*, de Christian Brandstätter. La maison de couture Vogl s'inspire de photos et de descriptions de celle qu'avaient fondée les sœurs Flöge dans le 11e arrondissement. On trouvera des précisions sur les sœurs Flöge et sur leur maison de couture dans les ouvrages cités plus haut. Le dîner donné par Katharina Schratt, tel qu'on le relate à la rubrique mondaine des magazines, s'inspire d'une réception ayant réellement eu lieu, décrite dans *L'Empereur et la comédienne*, de Joan Haslip. La liste des invités est fidèle. Quant aux décors réalisés par Alfred Roller pour la production de *Tristan et Isolde* de Wagner, dont la première eut lieu en 1903, on en trouvera les détails dans *Gustav Mahler*, de Henry-Louis de La Grange. J'ai emprunté les Deux Chéris – avec gratitude et admiration – à la nouvelle d'Arthur Schnitzler intitulée *Un excentrique*.

Frank Tallis
Londres, 2009

Composé par Nord Compo Multimédia
7, rue de Fives, 59650 Villeneuve-d'Ascq

Imprimé en France par

BRODARD & TAUPIN

La Flèche (Sarthe), 56441
N° d'édition : 4241
Dépôt légal : février 2010

Imprimé en France